DERNIÈRE CHANCE

ŒUVRES DE DANIELLE STEEL AUX PRESSES DE LA CITÉ

Album de famille
La Fin de l'été
Il était une fois l'amour
Au nom du cœur
Secrets
Une autre vie
La Maison des jours heureux
La Ronde des souvenirs
Traversées
Les Promesses de la passion
La Vagabonde
Loving
La Belle Vie
Kaléidoscope
Star
Cher Daddy
Souvenirs du Vietnam
Coups de cœur
Un si grand amour
Joyaux
Naissances
Le Cadeau
Accident
Plein Ciel
L'Anneau de Cassandra
Cinq Jours à Paris
Palomino
La Foudre
Malveillance
Souvenirs d'amour
Honneur et Courage
Le Ranch
Renaissance
Le Fantôme
Un rayon de lumière
Un monde de rêve
Le Klone et Moi
Un si long chemin
Une saison de passion
Double Reflet
Douce-Amère
Maintenant et pour toujours
Forces irrésistibles
Le Mariage
Mamie Dan
Voyage
Le Baiser
Rue de l'Espoir
L'Aigle solitaire
Le Cottage
Courage
Vœux secrets
Coucher de soleil à Saint-Tropez
Rendez-vous
À bon port
L'Ange gardien
Rançon
Les Échos du passé
Seconde Chance
Impossible
Éternels Célibataires
La Clé du bonheur
Miracle
Princesse
Sœurs et amies
Le Bal
Villa numéro 2
Une grâce infinie
Paris retrouvé
Irrésistible

(Suite en fin d'ouvrage)

Danielle Steel

DERNIÈRE CHANCE

Traduit de l'anglais (États-Unis)
par Alice Fombois

Les Presses de la Cité

L'édition originale de cet ouvrage a paru en 2019 sous le titre *Lost and Found* chez Delacorte Press, Random House, Penguin Random House Company, New York.

Les Presses de la Cité, un département Place des Éditeurs
92, avenue de France – 75013 Paris

ISBN : 978-2-258-19182-2
Dépôt légal : juin 2024

À Tom,
Mon cow-boy bien aimé,
Si grandement adoré,
Plus grand que nature,
Plus vaste que le ciel,
Pour toujours partie de moi,
Avec tout mon amour,
Jusqu'à nos retrouvailles

Et à mes enfants
Tellement adorés,
Trevor, Todd, Beatrix, Nick,
Samantha, Victoria,
Vanessa, Maxx et Zara,
De tout mon cœur et de toute mon âme,
Mon amour éternel

Maman / D S

On ne devient vieux que le jour
où nos rêves deviennent regrets.

1

Madison Allen habitait une caserne de pompiers centenaire dans West Village, près du fleuve Hudson, dans le bas de Manhattan. Elle était bien loin des quartiers huppés de New York où elle avait passé la plus grande partie de sa vie. L'appartement où elle avait élevé ses trois enfants était simple mais confortable, dans un immeuble bourgeois du début du siècle. Pour elle, acheter cette vieille caserne quinze ans plus tôt avait donc marqué un nouveau départ au moment où sa benjamine, Milagra, partait pour l'université. Ses deux aînés, âgés de 21 et de 20 ans, ne revenaient déjà plus que pour les vacances.

Deanna, l'aînée, avait emménagé à Chelsea après avoir décroché un poste d'assistante designer pour une marque de prêt-à-porter très en vue. Ancienne élève de la Parsons School of Design, elle avait du talent et de la détermination à revendre. Guidée par son amour de la mode et focalisée sur sa propre réussite, elle ne craignait pas la compétition. Moins intellectuelle que ses cadets, qui se distinguaient par leur sens des affaires ou leur talent d'écriture, elle possédait en revanche un véritable instinct de battante.

Après ses études à la prestigieuse université californienne de Berkeley, Ben était resté à San Francisco pour travailler dans l'univers des start-up, où il avait brillamment réussi. Adorant le style de vie californien au grand air et le monde des nouvelles technologies, il avait juré de ne jamais revenir vivre à New York, et avait tenu parole. Gentil et affectueux, c'était un bon mari et un bon père. Un fils attentif aussi, même si Maddie le voyait rarement. Tout comme les deux autres, d'ailleurs. Elle essayait de ne pas se montrer intrusive en les contactant trop souvent et attendait qu'ils se manifestent. Ce n'est que lorsque l'attente devenait trop longue qu'elle décrochait son téléphone, après avoir résisté le plus longtemps possible.

Sa dernière, Milagra, avait d'abord étudié à l'UCLA, à Los Angeles, avant de suivre des cours d'écriture à Stanford. Elle avait fini par s'installer à Mendocino, en Californie du Nord, où elle avait trouvé le silence et l'isolement nécessaires à son travail. En effet, Milagra écrivait depuis ses 15 ans, et avait publié son premier roman à 19. C'est d'elle dont Maddie avait le moins de nouvelles.

Ses trois enfants s'étaient opposés à son déménagement. Ils ne retrouvaient pas leurs marques dans sa nouvelle maison quelque peu inhabituelle, et jugeaient sa décision difficile à accepter. Mais elle n'en avait pas démordu : si elle était restée seule dans son ancien appartement, elle savait qu'elle aurait tourné chèvre. Elle avait besoin de ce changement, et ils finiraient bien par s'y faire. Acheter cette vieille caserne en brique avait représenté un événement heureux, une vraie aventure pour Maddie. Elle était tombée amoureuse du lieu et l'adorait toujours. Pour commencer, il conservait sa perche de feu, le long de laquelle les pompiers se laissaient autrefois glisser en cas d'alerte. Elle-même avait tenté l'expérience une fois et en gardait un très bon souvenir. C'était excitant et amusant, même si elle était descendue plus vite que prévu ! Quelqu'un passait la polir plusieurs fois par an.

Et l'endroit était bien moins inhospitalier que ne l'avaient décrété ses enfants. Sur les quatre niveaux que comptait le bâtiment, le dernier comportait deux pièces de belle taille et une troisième plus petite avec salle de bains, transformées en chambres pour eux. Ils y avaient à peine dormi en quinze ans, et n'y dormiraient sans doute plus.

Ben, jeune entrepreneur en pleine ascension, n'avait pas le temps de venir lui rendre visite. Fort de son talent pour détecter un besoin auquel personne n'avait encore jamais pensé et pour capitaliser dessus, il avait revendu sa première start-up une fortune et en avait lancé une autre qui l'occupait plus que jamais. Sans compter qu'à 35 ans, il était marié et père de trois enfants, Willie, Charlie et Olive, qui avaient 6, 5 et 3 ans. Très pris par ses affaires et sa famille, il passait rarement à New York et, quand il venait, il descendait à l'hôtel. Quant à sa femme, Laura, originaire de

Detroit, elle avait de la famille et des amis à Chicago mais ne se rendait pas plus que lui sur la côte Est.

Ils habitaient à Belvedere, une presqu'île très prisée du comté de Marin, dans une maison magnifique qui jouissait d'une vue spectaculaire sur San Francisco, à seulement vingt minutes de là. Leurs vies étaient bien remplies. Entre le travail de Ben, leurs engagements mondains et toutes les activités des enfants, ce n'était jamais le bon moment pour leur rendre une petite visite, aussi courte soit-elle. Les rares fois où Maddie s'y était risquée, elle s'était sentie de trop. Résultat, ses petits-enfants la connaissaient à peine. Elle les voyait une ou deux fois par an, pas plus de quelques jours, et peinait à rivaliser avec leurs cours d'informatique, de karaté, de foot, de natation ou de danse, sans oublier les goûters et autres sorties que leur mère organisait pour eux. Laura veillait à ce que tout le monde soit très occupé et tenait Maddie à distance. Celle-ci ne s'en plaignait pas car savoir son fils heureux suffisait à son cœur de mère. Elle aurait aimé le voir davantage et qu'ils vivent dans la même ville, bien sûr. Mais Maddie respectait les personnalités de ses enfants et les avait toujours encouragés à réaliser leurs rêves et à être indépendants.

Le jour du mariage de Ben, elle avait senti qu'elle le perdait au profit de sa belle-famille. De fait, Ben et Laura passaient toujours Noël à Detroit, dans sa famille à elle. Et la maison de ses parents sur Big Island, à Hawaï, constituait un lieu de ralliement rêvé pour tout le monde. Ben et les siens y passaient presque toutes leurs vacances, quand ils n'étaient pas au Mexique ou à Aspen. Maddie ne possédait pas de résidence secondaire, et sa propre vie professionnelle était bien remplie. Certes, ils auraient pu dormir chez elle quand ils venaient à New York. Mais, elle le reconnaissait volontiers, maintenant que la famille de Ben s'était agrandie, sa maison était trop exiguë, voire dangereuse pour de si jeunes enfants avec l'étroit escalier métallique et la perche de feu. Elle espérait qu'un jour, quand ils seraient plus grands, ses petits-enfants lui rendraient visite sans leurs parents, mais ce n'était pas pour tout de suite. Pour l'instant, leur mère se préoccupait avant tout de briller dans la bonne société de San Francisco et d'afficher la réussite de son mari. Il n'y avait pas de temps ni de place pour Maddie dans tout ça.

Milagra, de son côté, vivait dans un univers totalement différent, dans un Mendocino brumeux et sauvage battu par les vents. Avec les droits d'auteur de son deuxième roman, elle s'était acheté une petite maison victorienne croulante qu'elle avait retapée de ses mains. San Francisco avait beau n'être qu'à trois ou quatre heures de route, elle ne s'y rendait jamais. Son existence isolée à Mendocino lui convenait très bien. Sans être des best-sellers, ses romans gothiques à l'ambiance inquiétante et hantée rencontraient un public assez nombreux et fidèle pour qu'elle puisse vivre confortablement de sa plume. Depuis qu'elle avait commencé à écrire, à l'adolescence, elle vivait presque en recluse. Milagra se suffisait à elle-même et préférait la solitude. Même un simple coup de fil amical lui faisait l'effet d'une intrusion, aussi elle ne donnait jamais son numéro de téléphone et n'appelait personne – sans compter qu'elle se trouvait presque en zone blanche, à sa plus grande satisfaction. La plupart des contacts qu'elle entretenait avec sa mère se faisaient donc par mail, quand Internet fonctionnait. Maddie ne lui rendait visite que lorsque Milagra se trouvait entre deux romans et l'autorisait à venir. Or elle était toujours en train de travailler à un nouveau projet. Et depuis qu'elle avait acheté sa maison, six ans plus tôt, elle n'avait pas remis les pieds à New York. À 33 ans, elle vivait seule, avec trois gros chiens et deux chats. Elle ne voyait presque jamais son frère, mais lui envoyait des mails de temps à autre. En revanche, elle n'écrivait jamais à Deanna. Toutes les deux étaient trop différentes.

Milagra signifie « miracle » en espagnol. Un prénom choisi parce que Maddie avait failli la perdre à plusieurs reprises durant sa grossesse. Ce « miracle » était devenu une solitaire qui ne vivait que pour écrire, et dont le quotidien n'avait rien à voir avec celui de Ben et Laura. Milagra disait d'ailleurs qu'ils n'avaient rien à se dire. Mais elle avait encore moins en commun avec sa sœur à l'ambition dévorante, et l'univers très urbain et enfiévré dans lequel elle évoluait. Milagra l'avait toujours trouvée agressive et effrayante. Cela remontait à l'enfance, quand Deanna la tyrannisait et la commandait, toujours convaincue de tout savoir mieux que les autres. Son aînée l'avait même affublée d'un surnom : « l'extraterrestre ».

Aujourd'hui, à 36 ans, Deanna était mariée à David Harper, le directeur d'une maison d'édition renommée. Elle gagnait plus que lui et son poste de designer apportait une touche de glamour à leur couple. Sa dureté et ses jugements à l'emporte-pièce ne les empêchaient pas de former un duo bien assorti. Elle dirigeait leur vie et sa propre carrière d'une main de fer. Ils avaient deux filles de 9 et 7 ans pour lesquelles Deanna nourrissait des ambitions aussi élevées que pour elle-même. Kendra et Lilly fréquentaient l'une des meilleures écoles privées de la ville et avaient un emploi du temps aussi surchargé que leurs cousins californiens. Kendra s'appliquait à la danse classique tandis que Lilly pratiquait le hip-hop. Toutes deux apprenaient également le violon et le piano. Deanna avait soigneusement planifié leur vie.

Tous les quatre rejoignaient le week-end leur maison des monts Berkshire, dans l'ouest du Massachusetts, où David pouvait lire des manuscrits, Deanna travailler sur ses croquis et les filles prendre des cours d'équitation. Comme une nounou s'occupait d'elles, David et Deanna profitaient d'une pause bienvenue après leur semaine stressante.

Deanna n'invitait jamais Maddie à partager ces moments-là. Elle ne la conviait pas non plus aux réceptions qu'ils organisaient à New York. Elle était depuis toujours très critique envers sa mère, trop libre-penseuse à son goût, voire un peu excentrique. David et elle vivaient dans le très chic Upper East Side, entre Madison et Park Avenue. Leur appartement, décoré par ses soins, avait même été photographié par un magazine de design d'intérieur. On était aux antipodes du quartier chaleureux et accueillant de Maddie, avec ses petits restaurants, ses boutiques originales et, aux beaux jours, les promeneurs du dimanche. Maddie adorait faire de longues promenades qui la revigoraient et la relaxaient sur les berges de l'Hudson. Avec deux visions de la vie aussi différentes, les rapports entre mère et fille étaient souvent tendus. D'autant que Deanna ne mâchait pas ses mots quand elle désapprouvait quelque chose, or elle trouvait incongru que sa mère habite une antique caserne de pompiers. Ça n'avait pas de sens et c'était même embarrassant. Pourquoi ne pouvait-elle pas vivre dans un appartement des beaux quartiers, comme les autres personnes de son âge ?

Pour Maddie, c'était au contraire parfaitement sensé et, quand elle avait restauré la caserne, elle l'avait d'abord aménagée pour elle, reléguant les chambres de ses enfants absents au dernier étage. En dessous se trouvaient sa propre chambre et un petit salon où elle passait ses soirées à lire ou à faire des recherches pour son travail. Le salon occupait le premier étage, avec un espace cuisine assez vaste pour accueillir une table de dix convives – même si elle ne recevait jamais. Au rez-de-chaussée, il y avait deux petits bureaux, un pour elle et l'autre pour son assistante, Penny. L'immense espace avec une hauteur sous plafond de 6 mètres où étaient autrefois garés les camions de pompiers lui servait de studio de photographie. Pour la première fois de sa vie, elle pouvait vivre et travailler au même endroit. Et ses clients adoraient venir la voir, autant pour l'originalité du lieu que pour sa décoration à la fois sobre et élégante, à l'éclectisme réussi. Maddie avait beaucoup de goût. Sa collection de casques de pompier du monde entier occupait la totalité d'un mur et fascinait les visiteurs. Tout dans sa maison était intéressant, original, chaleureux et charmant, comme sa propriétaire.

Maddie n'aurait jamais pensé mener une telle carrière. Elle n'avait d'ailleurs rien fait pour cela. Fille d'enseignants, elle ne savait qu'une chose : elle ne voulait pas exercer le même métier que ses parents. Ils étaient sous-payés, croulaient sous le travail et ne se faisaient plus aucune illusion sur l'école publique. À l'université de New York, elle avait donc choisi l'histoire de l'art. Ses parents ne pouvaient pas l'aider financièrement et, une fois son diplôme en poche, elle avait dû trouver une façon de gagner rapidement sa vie. Blonde, grande, avec une silhouette déliée et un visage exquis, elle avait fait un peu de mannequinat. Cela payait bien mais entre les auditions, la pression, les journalistes odieux et les autres filles, de vraies chipies en compétition permanente, elle n'avait pas aimé l'expérience. Elle avait en revanche apprécié la liberté que lui offrait ce travail, et pouvoir se payer son propre appartement dans un quartier décent de Manhattan Est.

Il n'avait fallu que quelques mois pour qu'elle soit repérée par un photographe de mode français réputé, qui habitait et travaillait à New York. Stéphane Barbie l'avait poursuivie assidûment, à titre personnel et professionnel. Elle était tombée amoureuse et il l'avait persuadée de son amour fou. Au bout de six mois d'une relation passionnée elle était tombée enceinte et, après quelques nuits d'insomnie que Stéphane avait passées à fumer cigarette sur cigarette et à trop boire, ils avaient décidé de se marier civilement. En temps ordinaire, les parents de Maddie auraient réagi à cette décision si hâtive, mais son père se mourait d'un cancer et sa mère était trop dévastée pour la mettre en garde.

Maddie s'était adaptée avec bonheur à la vie à deux. Certes, elle n'aurait jamais imaginé entamer sa vie d'adulte avec un mariage précipité et une grossesse inattendue, mais tout se passait bien. Quand elle n'avait plus pu poser, Stéphane l'avait engagée comme assistante et elle était devenue une observatrice attentive de ses moindres faits et gestes. Elle adorait le regarder durant les shootings et elle avait continué à travailler pour lui après la naissance de Deanna, jusqu'à finalement devenir sa première assistante. Deanna avait 4 mois quand Maddie avait découvert qu'elle était de nouveau enceinte – elle qui croyait que l'allaitement empêchait les grossesses-surprises ! Stéphane avait été comblé par la naissance de leur fils. Ben était un vrai rayon de soleil, toujours souriant et rieur, alors que Deanna se montrait difficile et grognon.

Maddie était enceinte de huit mois et vivait une grossesse difficile lorsqu'elle avait découvert la liaison torride que Stéphane entretenait avec une mannequin polonaise de 19 ans, la star du moment, ainsi que toutes ses autres infidélités. Leur vie de couple s'était rapidement délitée et quand Milagra était arrivée, le monde de sa mère avait déjà volé en éclats. Stéphane buvait trop et sa carrière déclinait. Leur petite dernière n'avait que 1 mois lorsqu'il avait annoncé qu'il partait pour Paris avec sa nouvelle compagne, précisant sans ménagement qu'il ne pourrait pas se permettre de lui verser une pension alimentaire. Un an plus tôt, après son père, le cancer avait aussi emporté la mère de Maddie. À 25 ans, elle n'avait donc plus personne vers qui se tourner et se retrouvait isolée avec trois jeunes enfants. Elle n'avait pas de travail, pas d'économies, et ses parents étaient morts sans rien lui laisser. Elle allait devoir se débrouiller seule et travailler dur. Déterminée à ne reprendre le mannequinat qu'en dernière extrémité, elle avait réussi à trouver une garde d'enfants et un poste d'assistante auprès d'un photographe, mais pour un salaire de misère. Fidèle à sa parole, Stéphane ne lui envoyait pas un centime de Paris, d'autant qu'il avait depuis eu un nouveau bébé avec la Polonaise. Maddie avait demandé le divorce sans tarder. Ayant rapidement constaté qu'elle était bien plus compétente que son jeune employeur, qui était sérieux mais débutait dans le métier, elle avait pris le parti de se lancer en tant que photographe de mode. Très vite, cette décision audacieuse lui avait permis de sortir la tête de l'eau financièrement. Il n'avait fallu que deux ans pour que sa réputation dépasse celle de Stéphane. Elle travaillait sans relâche, ne comptait pas ses heures et collaborait en bonne intelligence avec les magazines de mode les plus importants, qui adoraient son travail.

Ses enfants et elle n'avaient plus jamais entendu parler de Stéphane hormis pour apprendre, deux ans plus tard, qu'il s'était tué dans un accident de moto. La nouvelle n'avait rien changé à leur existence, si ce n'est que s'était évanoui l'espoir, pour les enfants, de revoir un jour leur père. Avant sa mort la carrière de Stéphane battait de l'aile, les entrées d'argent s'étaient taries, et son amie polonaise l'avait plaqué en emmenant son bébé. Il laissait donc derrière lui quatre enfants pour qui il n'avait rien fait.

Maddie, quant à elle, travaillait plus que jamais. Elle était vite devenue l'une des photographes de mode les plus demandées de New York. Les années de vache maigre étaient désormais loin derrière, elle adorait sa carrière et parvenait à passer plus de temps avec ses enfants. Quand elle devait shooter en extérieur ou s'absenter, quelqu'un venait les garder, mais le plus souvent elle était avec eux.

Efficace et travailleuse, Maddie parvenait à équilibrer sa vie professionnelle et personnelle. Avec les années, elle avait ajouté une corde à son arc en réalisant des portraits de célébrités. Une fois ses enfants à l'université, elle avait aussi commencé, pour sa plus grande satisfaction, à couvrir des événements médiatiques importants. Elle photographiait des scènes de guerre ou des catastrophes naturelles, montrait des personnes âgées, de jeunes enfants accablés, des amants enlacés, des femmes serrant leurs enfants blessés contre elles, d'autres en train d'accoucher. Elle couvrait des élections, des émeutes, des manifestations, et acceptait des missions dans des zones dangereuses. Elle n'aurait jamais fait cela auparavant, quand elle était avant tout mère. Maddie était une amoureuse de la condition humaine, y compris dans ses aspects les plus sombres. Avec son appareil, elle fixait sur la pellicule n'importe quel détail qui accrochait son regard, lui brisait le cœur ou la fascinait. Ceux qui voyaient ses photos et les achetaient partageaient cette émotion.

Elle faisait donc de moins en moins de photos de mode, même si les demandes affluaient toujours. Mais après trente ans de carrière, elle pouvait se permettre de choisir ce qu'elle voulait photographier. Ses clients adoraient venir à la caserne de pompiers pour explorer l'endroit et l'écouter en parler. Maddie savait créer du lien, et elle possédait l'art de mettre à l'aise grâce à son contact chaleureux et son humilité naturelle. Cette qualité de relation donnait des clichés extraordinaires qui semblaient mettre à nu l'âme des modèles.

Même s'il vivait loin, Ben était très fier d'elle. Milagra, toute à son travail, ne prêtait pas vraiment attention à celui de sa mère. Quant à Deanna, elle avait toujours une remarque caustique ou une critique en réserve. Maddie avait l'habitude et essayait de ne pas se laisser affecter, mais parfois les propos de son aînée faisaient mouche. Deanna savait très bien où porter le coup, et comment retourner le couteau dans la plaie. Parfois, aussi improbable que cela puisse paraître puisque sa fille réussissait très bien dans la mode, Maddie se demandait si elle n'était pas jalouse de son succès. Le fait est que Deanna se croyait en guerre avec tout le monde. Pour elle, la vie était une compétition, et peu importait qui il fallait abattre pour gagner. Elle avait la dent dure depuis toujours et seul son mari semblait s'en accommoder. Il appréciait son ambition et admirait les résultats qu'elle obtenait. Elle le poussait à se dépasser, et leurs petites filles aussi.

Deanna passait parfois lui rendre visite à la caserne, généralement sans s'annoncer, à l'heure qui lui convenait, et sans aucun égard pour l'emploi du temps de sa mère. Elle agissait comme si Maddie n'était pas une photographe de talent reconnue, mais une femme au foyer faisant de la photo en amateur à ses heures perdues. Deux musées avaient pourtant exposé ses clichés. Deanna n'avait guère paru impressionnée alors que son mari, David, rendait plus facilement justice à sa belle-mère. Mais même lui ne parvenait pas à freiner Deanna, et il essayait d'ailleurs rarement. Maddie n'avait jamais pu non plus et elle compatissait : sa fille aînée était une force contre laquelle il était inutile de lutter. Et quel que soit l'amour qu'elle leur portait, elle se montrait aussi exigeante envers ses filles qu'envers elle-même. À 36 ans, il était peu probable que Deanna change jamais. En tout cas, sa mère était trop avisée pour y croire.

Elle ne pouvait s'empêcher, avec une pointe de culpabilité, de ressentir un certain soulagement à l'idée que son aînée n'ait pas plus de temps à lui consacrer. Deanna avait les cheveux bruns et la beauté de son père mais n'avait pas hérité de son charme tellement français. Et elle ne possédait rien de la douceur et de la bonté qui caractérisaient sa mère et la rendaient irrésistible.

Maddie était bienveillante, pleine d'empathie, et cela se voyait. Elle avait beau être une femme forte et dure à la tâche, jamais elle n'imposait sa volonté aux autres. Elle avait beaucoup travaillé pour arriver là où elle en était, et s'était toujours montrée juste et honnête, tout en étant une mère attentive et aimante. Elle considérait que son rôle consistait désormais à ne pas empiéter sur le temps précieux de ses enfants, dont elle respectait la vie bien remplie. Elle était donc la plupart du temps seule. Mais la situation lui convenait ainsi. La photographie avait pris toute la place jadis occupée par ses enfants, et cela la satisfaisait. Il était difficile, quand on travaillait autant qu'elle, d'entretenir les amitiés. Le temps passant, elle avait perdu de vue pas mal de ses relations, et ne voyait que rarement les plus intimes.

Cela n'avait toutefois pas empêché les rencontres. Depuis son divorce, trente-trois ans plus tôt, elle avait eu des hommes dans sa vie. Quelques-uns avaient vraiment compté, mais jamais elle ne s'était remariée – surtout à cause de ses enfants. Ces derniers avaient maintenant largement pris leur envol, pourtant cela faisait longtemps qu'elle n'avait pas eu d'histoire sérieuse. Si elle n'aurait parfois pas dit non à un peu de compagnie, elle ne se croyait en revanche plus capable des compromis nécessaires à une vie de couple. Elle était très occupée, indépendante, et sa vie lui plaisait telle qu'elle était. Elle pouvait faire ce qu'elle voulait, voyager comme elle l'entendait et tout décider par elle-même. Il n'était pas question d'abandonner cette liberté, ni même d'en concéder un iota par amour. Jeune, elle était plus conciliante, mais le prix à payer lui semblait désormais trop élevé pour quelque chose d'aussi éphémère.

Deanna n'avait jamais apprécié les compagnons de sa mère, et ne faisait guère d'effort pour le cacher – souvent à la plus grande consternation de Maddie. Deanna n'avait approuvé aucun des hommes de sa vie, et son père était inclus dans le lot. Ce géniteur coureur et libertin l'embarrassait terriblement, au point qu'elle se félicitait qu'il ne se soit pas attardé, même si à l'évidence sa mère l'avait aimé. Deanna se méfiait des hommes en général. Milagra, quant à elle, avait une vision diamétralement opposée de leur père, qu'elle trouvait « romantique », un adjectif qui faisait bondir Maddie. Stéphane avait été quelqu'un de profondément égoïste et narcissique, et les avait tous abandonnés. Ben, lui, regrettait de n'avoir jamais connu cet homme, malgré tous ses défauts. Plus jeune, il avait particulièrement souffert de ne pas avoir de père. Aussi attentionnée et présente qu'ait été Maddie, cela n'avait pas tout à fait suffi à combler le vide. Ben s'était toujours désolé de voir s'achever les relations de sa mère et, généralement, il en attribuait la responsabilité à sa ronchonne de sœur et à sa grande bouche – ce qui n'était pas totalement faux. À cela, Deanna répliquait non sans à-propos que si leur mère avait été suffisamment amoureuse de ces hommes, elle les aurait épousés. Elle ne l'avait pas fait, de son propre chef.

Il n'y en avait qu'un que Maddie regrettait vraiment, tout en sachant que cela n'aurait jamais marché. Leurs vies étaient trop différentes et l'épouser aurait signifié un changement trop radical pour ses enfants. Il lui arrivait parfois de penser à lui, et elle se demandait ce qu'il était devenu. Cela faisait des années qu'ils ne se donnaient plus de nouvelles. Il n'était plus qu'un tendre souvenir et elle était trop occupée et comblée par son travail pour songer au passé. Maddie faisait partie de ces personnalités ancrées dans le présent et toujours tournées vers le futur. Elle ne regardait pas en arrière, nourrissait peu de regrets et se montrait satisfaite de ce que la vie lui avait offert. Pour couronner le tout, ses trois enfants avaient l'air relativement heureux, et c'était le plus important. Depuis des années maintenant, elle parcourait le globe pour photographier les sujets qui l'intéressaient. Mais elle était toujours ravie quand son travail l'amenait en Californie, car elle avait alors une excuse toute trouvée pour rendre visite à Ben et Milagra sans avoir besoin d'attendre qu'ils suggèrent un moment opportun – un moment qui se présentait rarement.

Les deux enfants dont elle était le plus proche vivaient loin d'elle, et celle qui la jugeait sans cesse et n'appréciait guère sa compagnie était à New York. Une malchance et une ironie qui n'échappaient pas à Maddie. Mais c'était ainsi et elle en tirait le meilleur parti. Pour commencer, entre ses habitants, son tempo, l'incroyable diversité de l'offre culturelle et le fait d'avoir son studio photo en plein centre, elle adorait vivre à New York. Elle n'aurait pas aimé vivre à San Francisco et encore moins dans l'isolement sauvage et lugubre de Mendocino. En plus, elle aurait eu l'impression de jouer l'intruse dans les vies de ses enfants. Et elle savait que sa belle-fille n'aurait pas apprécié non plus. Alors que Ben la voyait avant tout comme sa mère, Laura était elle douloureusement consciente de la célébrité de Maddie et en ressentait un certain complexe, car sa propre mère était l'archétype même de la femme au foyer de banlieue huppée très investie dans le country club local, et elle avait marché dans ses pas. Son plus grand accomplissement avait été d'épouser Ben, et par extension sa réussite.

Cela dit, jamais Maddie n'avait planifié son succès. Elle s'était simplement découvert un talent et l'avait développé par la force des choses, tout en assurant seule la subsistance de sa famille. Les choses avaient bien tourné pour elle, et elle avait pu mener une existence libre et créative qu'elle appréciait pleinement – d'autant qu'elle en méritait chaque seconde. C'était précisément cette liberté qui gênait Deanna. Mais la désapprobation et les critiques de sa fille aînée n'intimidaient pas Maddie. Elle était elle-même, voilà tout.

D'une beauté naturelle peu commune, Maddie possédait également une sensualité sans apprêt dont elle n'avait absolument pas conscience, comme lorsque, concentrée sur son travail, elle retirait le crayon qui maintenait ses cheveux, laissant sa longue chevelure blonde retomber en cascade dans son dos. C'étaient sa modestie et sa simplicité qui avaient séduit les hommes de sa vie. Le style recherché et méticuleux de Deanna, pour chic qu'il fût, était bien moins séduisant que le naturel et la chaleur de sa mère. Celle-ci se souvenait encore avec amusement de la remarque faite par l'un de ses anciens petits amis à propos de sa fille adolescente : « J'ai toujours l'impression qu'elle va me donner une fessée. » Elle avait parfois la même impression. Deanna plaçait la barre haut, pour elle-même et pour les autres. Maddie, elle, avait plutôt tendance à être complice et maternante. Ses nombreuses qualités avaient souvent attiré les hommes, comme le miel les abeilles, mais elle n'avait jamais abusé de son charme. Quoi qu'elle fasse ou porte, il y avait chez elle une féminité innée et une douceur rayonnante. Elle était toujours renversante, même si elle soutenait que tout ça était désormais fini pour elle. Pourtant, quoi qu'en dise Deanna, 58 ans, ce n'était vraiment pas vieux, surtout avec pareille allure.

Deanna n'appelait Maddie que lorsqu'elle avait besoin de quelque chose. Contrairement à Ben, qui appréciait beaucoup les conversations avec sa mère. Il savait qu'il aurait dû lui téléphoner plus souvent, mais malgré toutes ses bonnes résolutions, il n'arrivait jamais à dégager le temps nécessaire. Personne ne le faisait rire comme Maddie, et elle s'intéressait réellement à sa vie. Elle le consolait de ses échecs et se réjouissait de ses succès. Ben ne partageait vraiment pas le point de vue de Deanna, qui voyait en Maddie une mauvaise mère. En fait, elle lui reprochait sa carrière – alors que la sienne était pourtant brillante, et qu'elle était de surcroît bien moins présente pour ses filles que Maddie ne l'avait été. Ben admirait leur mère pour tout ce qu'elle avait accompli. À ses yeux, elle était parfaite. Pour Deanna, en revanche, elle avait tout fait mal. Milagra, elle, avait choisi de prendre ses distances avec eux tous et de se réfugier dans le monde de ses romans.

La solitude ne semblait pas peser à Maddie. « C'est parfait, ça me laisse plus de temps pour moi », disait-elle. Elle soutenait très sereinement à Penny, son assistante, qu'il était trop tard pour l'amour, que ce n'était plus de son âge. Penny pensait tout le contraire, et était persuadée que Maddie n'aurait eu aucune difficulté à rencontrer quelqu'un. Mais pour ça, il fallait qu'elle en ait envie. Penny ne comprenait pas que les enfants de Maddie se soucient si peu de leur mère. Leurs coups de fil se comptaient sur les doigts d'une main. Décrocher leur téléphone pour prendre de ses nouvelles ne semblait pas leur traverser l'esprit. Certes, elle se portait très bien. Mais si un jour, ce n'était plus le cas ? Que se passerait-il ? Maddie, pour sa part, n'y pensait même pas. Elle avait bien le temps. Et puis surtout, elle avait Penny.

Cette dernière planifiait ses rendez-vous, organisait ses déplacements, veillait au bon ordre de son agenda et de sa vie. Pour les shootings, Maddie faisait souvent appel à des assistants photographes indépendants, qui prenaient comme un honneur de pouvoir collaborer avec elle. C'était pour eux l'occasion d'apprendre énormément en la regardant faire et en l'écoutant. Ses explications et consignes étaient toujours claires et précises. Maddie avait d'ailleurs enseigné la photographie pendant deux semestres à l'université de New York, et en conservait un excellent souvenir. Elle avait adoré côtoyer des jeunes, leur transmettre son savoir et les aider à grandir par ses conseils et ses encouragements – et pas en les écrasant de son ego surdimensionné, comme le faisaient trop souvent les professeurs d'art. Elle n'avait rien à prouver : sa carrière était derrière elle, ponctuée de nombreuses récompenses.

Penny avait commencé à travailler pour Maddie six mois après l'achat de la caserne de pompiers, au moment du chantier de rénovation qu'elle avait suivi avec efficacité. Elle adorait son travail, et Maddie. La seule ombre au tableau était d'avoir affaire à Deanna quand celle-ci appelait. Non seulement c'était toujours intéressé, mais en plus la jeune femme se montrait grossière et méprisante envers quiconque faisait barrage. En voilà une qui devait être un vrai monstre pour ses collaborateurs ! Ce qui gênait encore plus Penny, c'était la façon hostile et condescendante dont la fille traitait la mère. Vraiment, il y avait des fessées qui se perdaient ! Mais connaissant Maddie, Deanna n'avait jamais dû en recevoir… Penny était impressionnée par la patience de sa patronne. Rarement un mot lui échappait quand Deanna avait poussé le bouchon trop loin ou lâché une remarque particulièrement acerbe. C'était son sport préféré. Mais la plupart du temps, Maddie ne relevait même pas et l'excusait : Deanna était ainsi, c'était son style. Ce qui, pour Penny, ne justifiait rien.

À 42 ans, elle avait tiré un trait sur les hommes après une série de relations décevantes, et elle se consacrait à son travail et à sa patronne. Rousse aux yeux verts avec un joli visage, elle se plaignait de quelques kilos en trop qu'elle disait avoir bien l'intention de perdre, sans jamais passer à l'action. L'énergie qu'elle déployait à travailler pour Maddie semblait lui faire défaut dans sa vie privée.

Penny détestait partir le vendredi soir et rentrer chez elle avec la perspective d'un long week-end monotone consacré aux tâches ménagères en attendant le lundi. Certes, il y avait son chat persan blanc, qu'elle adorait, et tous ses frères et sœurs et leurs enfants dont elle était très proche – elle venait d'une grande famille irlandaise très vivante installée à Boston. Mais ce qui mettait de l'excitation et de l'animation dans sa vie, c'était Maddie. Elle lui était donc toute dévouée, même le week-end. Pourtant, Maddie ne la sollicitait presque jamais sur ses jours de congé. Penny appréciait de vivre dans l'ombre de son employeuse, et de lui rendre la vie plus facile.

De son côté, Maddie l'encourageait à faire des rencontres, même en ligne. Mais Penny avait déjà donné. L'idée même la terrifiait tant ses précédentes expériences avaient été décourageantes. Elle faisait partie de ces diamants bruts dont peu de gens remarquent la valeur. Maddie, elle, avait su la reconnaître, d'où l'indéfectible loyauté de Penny à son égard.

C'était vendredi soir. Il pleuvait à seaux et elle n'allait pas tarder à partir pour prendre le métro qui la ramènerait dans le Brooklyn populaire où elle habitait.

Maddie avait passé la journée sur les planches-contacts de son dernier shooting pour signaler ce qu'elle enverrait à la retouche. Elle avait le coup d'œil et demandait toujours juste ce qu'il fallait, jamais trop. Elle ne voulait pas que ses modèles aient l'air de s'être fait lifter, ni les montrer à leur désavantage. Il s'agissait de faire ressortir la beauté tout en conservant de l'authenticité, et elle savait équilibrer cela à la perfection. Le résultat comblait toujours ses modèles.

— Je peux faire quelque chose pour vous avant de partir ? lui demanda son assistante.

— Ça va, l'assura Maddie avec un sourire.

Jamais elle n'appelait Penny en dehors des heures de bureau, sauf en cas d'urgence absolue. Et elle ne lui demandait jamais d'aller pour elle au pressing, à la pharmacie ni de faire ses courses. Tout cela, Maddie s'en chargeait elle-même. Elle ne s'estimait pas au-dessus de ces tâches quotidiennes.

— Qu'avez-vous de prévu ce week-end ? demanda Penny en lui tendant une tasse de thé, que Maddie accepta avec un sourire de gratitude.

— Je voudrais faire un peu de rangement. Le temps s'y prête, et ça commence à manquer de place ici. J'accumule, j'accumule, et plus rien ne rentre dans les placards ! Un grand nettoyage de printemps s'impose. Ça fait une éternité que j'en parle et je compte m'y atteler dès ce soir.

En ce début de mois de mai, New York vivait le printemps le plus arrosé de son histoire. Mais Maddie ne restait jamais désœuvrée le week-end, et elle aimait s'occuper de sa maison.

— Surtout n'allez pas soulever quelque chose de trop lourd, on fera ça lundi, lui dit Penny.

La question était de savoir comment elles trouveraient le temps de se préoccuper du rangement vu la somme de travail à abattre pendant la semaine.

— Oh, il s'agit surtout de petites choses. Je ne suis même pas sûre de ce qu'il y a dans mes placards. C'est une des raisons pour lesquelles je veux y jeter un œil. Je deviens pire qu'un écureuil, conclut Maddie avec une grimace embarrassée.

— Ça, je le sais, répondit Penny dans un rire.

Maddie mettait de côté la moindre petite miette de correspondance, peu importait à quand ça remontait, et presque toutes les photos qu'elle avait prises – des kilomètres d'archives dormaient au garde-meuble.

— Cette fois, je vais essayer d'en jeter une partie, promis ! dit Maddie d'un ton ferme.

— Je le croirai quand je le verrai, rétorqua Penny en enfilant son manteau.

Quelques minutes plus tard elle partit avec un au revoir de la main. Arrivait-il à Maddie de se sentir seule le week-end ? se demanda-t-elle. Certes, son travail l'occupait beaucoup, mais quel dommage qu'elle ne voie pas plus ses petits-enfants ! À Boston, sa propre mère voyait les siens presque chaque jour. Ils passaient chez elle pour un oui ou pour un non et elle consacrait le plus clair de son temps libre à cuisiner pour eux. On n'aurait pas pu faire plus éloigné de la vie de Maddie, et Penny se sentait un peu triste pour elle. Maddie aurait sans doute été choquée si elle l'avait su : cela faisait belle lurette qu'elle avait appris à s'occuper toute seule, et elle y trouvait largement son compte. Elle ne s'attendait de toute façon pas à voir ses enfants et ses petits-enfants plus souvent que ça.

Ce soir-là, Maddie fit un effort et se prépara des œufs brouillés et une salade. Elle détestait cuisiner. Manger l'ennuyait, et elle préférait sauter un repas pour employer ce temps à autre chose. En plus, elle avait un appétit de moineau. Au déjeuner, elle s'était contentée d'un demi-sandwich sans interrompre son travail. Parfois, une pomme ou une banane suffisait, au grand dam de Penny. L'avantage d'être seule, c'était aussi de n'avoir aucun repas à préparer pour personne, ou alors de le faire seulement quand elle en avait envie.

Après son dîner frugal, elle prit une échelle au studio et la monta jusqu'à sa chambre. Elle aimait se débrouiller toute seule, et cette manœuvre l'emplit d'un sentiment de victoire. Une fois l'échelle installée devant le placard qu'elle souhaitait inspecter, elle grimpa pour atteindre les premiers cartons qu'elle saisit un à un avant de les laisser tomber par terre, puis de redescendre en inventorier le contenu. Sans surprise, tout ça était bon pour la poubelle. Le tas de papiers et de vieux vêtements grossissait à vue d'œil : quelle satisfaction ! Elle demanderait à Penny d'envoyer ces habits à une association caritative. Plusieurs heures s'écoulèrent ainsi avant qu'elle ne grimpe d'un barreau supplémentaire pour s'occuper de l'étagère suivante. Jusqu'à présent elle n'avait déniché aucun trésor, hormis une boîte contenant des lettres de ses enfants petits, qu'elle avait parcourues avec un sourire. Certaines dataient de l'époque où elle les envoyait en colonie de vacances !

Elle replaça avec soin ce qu'elle souhaitait conserver et jeta un œil à sa montre : déjà 1 heure du matin. Devait-elle s'attaquer à la dernière étagère, ou remettre l'opération au lendemain et aller se coucher ? Elle n'était pas fatiguée. Souvent, elle restait éveillée tard à lire ou à travailler. C'était un autre des plaisirs de la vie en solitaire : ne pas avoir à s'excuser pour l'heure tardive jusqu'à laquelle on veillait, ni du bruit qu'on faisait ou des lumières qu'on allumait à 2 heures du matin. Elle voulait en finir avec ce placard, et était curieuse de découvrir ce qu'elle avait bien pu ranger tout en haut. Puisqu'elle avait complètement oublié, cela devait y être depuis Mathusalem. Elle pourrait toujours faire la grasse matinée le lendemain.

Galvanisée par le beau tas d'affaires qui s'élevait déjà sur le sol de sa chambre, Maddie s'attaqua donc aux nouveaux cartons. Une fois redescendue de son échelle, elle retira le ruban adhésif, desséché et friable. C'était dire l'éternité que ces cartons avaient passée là-haut. Le premier était plein de photos des enfants petits. Des copies de certaines trônaient déjà, encadrées, un peu partout dans la maison. En revanche, le contenu du deuxième carton lui coupa le souffle. Elle y découvrit des lettres couvertes de différentes écritures, mêlées à des photos qui la firent sourire. Elle se souvenait, à présent. C'étaient les vieilles lettres d'amour et les photos des trois hommes de sa vie, ceux qui avaient compté depuis son mariage. Les autres lettres et photos, elle les avait jetées depuis longtemps. Mais de ces trois-là, elle avait tout gardé. Cela faisait des années qu'elle n'avait pas pensé à eux ni reçu de nouvelles.

Elle contempla les visages familiers. Jacques Masson était un jeune chef français ambitieux, qui travaillait à l'époque dans un restaurant new-yorkais et rêvait d'ouvrir son propre établissement. Bob Holland était un brillant investisseur qui s'intéressait aux nouvelles technologies et avait de belles perspectives de carrière devant lui. Quant à Andy Wyatt, c'était un cow-boy du Wyoming. Elle l'avait rencontré un été où elle avait emmené les enfants en vacances dans un ranch. Elle était tombée folle amoureuse de lui et leur liaison avait duré plus d'un an, en toute discrétion. C'était elle qui y avait mis fin parce que tout cela ne mènerait nulle part et que leur relation devenait trop intense pour qu'ils s'en tirent sans dommage. Tous les deux en avaient conscience, savaient qu'ils devaient arrêter, mais n'y arrivaient pas. Rompre avec lui avait été l'une des choses les plus douloureuses qu'elle ait jamais faites. Mais cette histoire n'était bonne ni pour elle, ni pour ses enfants, ni pour lui. Elle avait aimé ces trois hommes, mais quitter Andy lui avait littéralement brisé le cœur.

Longtemps, Maddie resta assise là, à contempler sa photo tout en se demandant où il se trouvait désormais. Probablement toujours dans le Wyoming. Comme ils avaient huit ans de différence, il devait aujourd'hui avoir 66 ans. Elle en avait 40 quand ils s'étaient rencontrés. Ben et Milagra étaient au lycée et Deanna venait d'entrer à l'université. Cela faisait donc dix-huit ans… Elle aurait dit mille ans ! Depuis, il n'y avait eu personne de sérieux. Andy avait été l'amour de sa vie. Mais malgré ça, elle s'était refusée à déménager dans un ranch du Wyoming, et lui n'aurait jamais survécu à New York. Il aurait été aussi misérable que lors de l'unique et bref séjour qu'il y avait passé pour la voir. Elle lui avait rendu sa liberté, pour leur bien à tous les deux. Mais jamais elle n'avait autant tenu à un homme.

Maddie remit les photos dans le carton, le poussa sur le côté et remonta à l'échelle pour en prendre un autre. Celui-là était plus gros et plus lourd. Elle parvint à le tirer à elle mais soudain elle fit un faux mouvement, se pencha un peu trop en arrière et perdit l'équilibre, entraînant l'échelle dans sa chute. Malheureusement, elle atterrit non pas sur le tapis mais sur le plancher en bois, qu'elle avait reverni à son arrivée et dont elle était si fière. Le bruit fut assourdissant et elle se retrouva coincée dans une position acrobatique, dont elle chercha immédiatement à s'extraire en repoussant l'échelle. Elle tentait de se relever quand une douleur insoutenable lui traversa la jambe gauche : son pied présentait un angle bizarre. Quand elle parvint enfin à se lever, une nausée l'envahit et elle crut s'évanouir. Elle dut se rasseoir et mettre la tête entre ses genoux le temps que l'étourdissement se dissipe. Son pied ne la portait plus. Le cœur lourd, elle réalisa qu'il devait s'agir d'une fracture ou d'une vilaine entorse. À tout prendre, elle préférait la seconde option. Elle réussit à sautiller jusqu'à son lit, au bord du malaise, et s'allongea tout en se maudissant intérieurement. C'était ridicule ! Jamais elle n'était tombée d'une échelle ni ne s'était blessée. Combien de fois avait-elle grimpé ou descendu ces barreaux pour vérifier les lumières et les angles de vue pour un shooting ?

Ainsi allongée sur son lit, la situation lui apparut pire encore : elle était prisonnière, incapable d'aller chercher de la glace à appliquer sur sa cheville. La cuisine se trouvait à l'étage inférieur. Comment l'atteindre et remonter ensuite le périlleux escalier métallique ? À cloche-pied ? Elle n'avait pas fait mettre d'ascenseur car, outre le budget que cela représentait, pareil chantier lui avait semblé inutile à l'époque et ça aurait empiété sur le studio photo. Une décision qu'elle regrettait bien à présent, surtout si cet épisode préfigurait l'avenir.

Elle n'avait personne, personne d'assez proche à appeler à son secours. Sauf Penny. Mais il était hors de question de la solliciter à 2 heures du matin. Deanna ? Jamais. Et de toute façon, elle devait être dans les Berkshires. Un de ses amis ? Cela faisait des mois qu'elle ne leur avait pas parlé. Il était délicat de leur demander un service maintenant, sans compter que c'était vraiment du dernier des ridicules d'appeler quelqu'un en pleine nuit pour qu'il vous aide à descendre votre escalier. Et une méchante entorse ne justifiait pas de déranger le 911. Tout ce qui lui restait à faire, c'était de laisser passer la nuit et d'espérer que ça irait mieux le lendemain. Peut-être serait-elle capable de descendre poser de la glace sur son pied. Sinon, elle devrait aller aux urgences.

En attendant le matin, elle resta donc allongée à contempler l'échelle étalée en travers de la pièce, le carton dont le contenu s'était éparpillé sur le tapis, et celui où elle avait retrouvé les photos et les lettres de ses anciens amants. Les yeux grands ouverts, elle repensait à la photo d'Andy Wyatt, si beau, qui lui souriait. Au lieu de la session rangement escomptée, voilà que c'était la catastrophe. Maddie ne pouvait penser à rien d'autre qu'à Andy tandis qu'elle tentait d'ignorer la douleur atroce qui irradiait de sa cheville, et la peur qui l'envahissait. Seule dans son lit, elle éclata en sanglots.

2

Lorsque Maddie émergea le lendemain, la douleur avait empiré et tout son corps lui faisait mal. Elle n'avait pas vraiment dormi, plutôt sombré dans une sorte de brouillard de souffrance. Elle se sentait vaseuse et comme dans une autre dimension. Était-ce cela, l'état de choc ? En tout cas, la douleur ne l'avait pas lâchée et elle avait tout au plus somnolé, pour se retrouver le matin venu face au même dilemme : comment descendre à la cuisine. Et aller aux toilettes.

En désespoir de cause, elle rampa jusqu'à la salle de bains en s'aidant de ses bras et de sa jambe droite. Chaque mouvement lui arrachait une grimace de douleur. C'était clairement la cheville le problème. Quand elle parvint à se redresser et se vit dans le miroir de la salle de bains, elle eut un choc : son visage était d'une pâleur extrême et elle avait de larges cernes noirs sous les yeux. Elle portait encore ses vêtements de la veille, mais impossible de retirer son jean. Bien déterminée à ne pas contacter le 911 pour une simple foulure et à ne pas déranger Penny, elle décida de régler ça toute seule, comme à son habitude. Maddie Allen n'avait jamais dépendu de personne. L'espace d'un instant, elle envisagea d'emprunter la perche de feu pour descendre, mais se ravisa. Si jamais elle se réceptionnait mal, elle risquait de perdre connaissance. Elle allait devoir passer par l'escalier.

Elle s'aspergea le visage d'eau froide, se brossa les dents et commença à se recoiffer avant de suspendre son geste : peu importaient ses cheveux. Sur un pied, elle alla récupérer sa chaussure droite là où elle l'avait envoyée balader la veille quand elle s'était allongée. Elle l'enfila sans se soucier de la gauche, qui avait volé quelque part lors de sa chute – elle n'aurait de toute façon pas pu l'enfiler, son pied avait trop enflé –, puis se débrouilla comme elle put pour rejoindre l'escalier métallique, qu'elle descendit marche par marche sur le derrière malgré les décharges de douleur. Parvenue au rez-de-chaussée, elle sautilla jusqu'à son bureau, réserva un Uber, puis saisit son sac et un blouson avant de claudiquer jusqu'à la porte d'entrée, en s'arrêtant dès qu'un vertige la prenait. Ce fut interminable, et elle était au bord de l'évanouissement quand elle sortit enfin. Dehors, le Uber l'attendait. Elle lui fit un signe, et le chauffeur baissa sa vitre.

— Vous pourriez venir m'aider, s'il vous plaît ? Je ne vais pas réussir à atteindre la voiture toute seule.

Il s'exécuta et elle s'appuya avec gratitude sur son bras. Monter dans la voiture lui arracha des larmes.

— Pourquoi n'avez-vous pas appelé le 911 ? lui demanda le chauffeur en la conduisant au New York Hospital.

— Comme il ne s'agit pas d'une crise cardiaque ni rien de ce genre… Ce n'est certainement pas grand-chose, ajouta-t-elle, les dents serrées pour lutter contre la douleur.

— On dirait bien que si. C'est arrivé comment ?

— En tombant d'une échelle, avoua-t-elle, piteuse, tout en retenant les larmes qui montaient.

— C'est peut-être une fracture, dit-il en lui jetant un regard compatissant dans le rétroviseur.

— J'espère que non ! À mon avis, je me suis juste méchamment tordu la cheville.

— Dans ce cas, ç'a dû être vraiment méchant, parce que vous m'avez l'air bien pâlotte.

De fait, Maddie avait le cœur au bord des lèvres et priait pour ne pas céder à la nausée.

— Oui, ça fait horriblement mal, confirma-t-elle. On dit d'ailleurs que les entorses sont plus douloureuses que les fractures.

Le chauffeur n'ajouta rien mais alla chercher un soignant dès qu'ils arrivèrent aux urgences. Un infirmier sortit du bâtiment avec un fauteuil roulant dans lequel Maddie prit place avec difficulté. Elle donna un gros pourboire au chauffeur, qu'elle remercia avec effusion.

— Bonne chance, lui dit-il avant de remonter dans sa voiture.

La personne en charge des admissions présenta à Maddie les formulaires à remplir. Puis une infirmière l'examina dans un box avant d'appeler le médecin de permanence et Maddie dut encore attendre une heure avant de passer une radio. Sans attendre le docteur, le radiologue annonça à Maddie que sa cheville était cassée. Elle était en larmes lorsque le praticien finit par arriver – la nuit avait été longue et pénible, et elle était à bout. Elle craignait une intervention chirurgicale et qu'on lui pose des broches.

— Bonne nouvelle ! dit le médecin après avoir observé les radios. La fracture est nette : un plâtre suffira. Ça devrait vous soulager, et on va vous renvoyer chez vous avec des antalgiques. Dans les jours qui viennent, il faudra éviter de porter votre poids de ce côté-là. Ensuite, vous pourrez utiliser une botte de marche et dans six semaines, votre cheville sera comme neuve.

Le médecin voyait bien combien Maddie était secouée par l'incident et la douleur. Il appela une infirmière pour l'aider à faire le plâtre et, une demi-heure plus tard, l'affaire était bouclée. Ils adaptèrent une paire de béquilles à sa taille, remplirent une ordonnance à la pharmacie de l'hôpital et deux heures plus tard, Maddie était prête à rentrer chez elle. Elle appela à nouveau un Uber.

— Il y a un ascenseur chez vous ? lui demanda l'infirmière qui poussait son fauteuil roulant vers la sortie.

Maddie secoua la tête, en proie à de multiples interrogations. Comment allait-elle s'en sortir ? Comment allait-elle regagner sa chambre ? Elle se sentait trop épuisée pour remonter sur le derrière, et se refusait toujours à appeler Penny. Sans aide, cela tenait de l'exploit, un exploit quasi impossible.

— Je me débrouillerai, assura-t-elle à l'infirmière avant de la remercier.

Rassérénée par la pose du plâtre, Maddie se sentait déjà un peu mieux. Elle avait même décidé d'attendre d'être rentrée pour prendre les antalgiques – inutile d'être groggy ou nauséeuse plus vite que nécessaire. Ce fut pendant le trajet que la solution lui apparut : elle allait dormir sur le canapé du studio photo ! Ce ne serait pas idéal, mais elle pourrait ainsi tenir jusqu'au lundi, et l'arrivée de Penny. Le studio disposait d'un réfrigérateur et d'une salle d'eau. Pour se nourrir, il lui suffirait de se faire livrer. Elle pouvait bien béquiller jusqu'à la porte. Et pour se doucher, elle protégerait le plâtre avec un sac poubelle. Pour l'heure, elle portait un pantalon de pyjama d'hôpital, car ils avaient dû découper son jean pour l'ausculter. Le spectacle devait valoir le déplacement, se dit-elle tandis que la conductrice de l'Uber lui portait son sac et l'aidait à ouvrir sa porte.

— Il y a quelque chose que je peux faire pour vous avant d'y aller ? proposa la femme.

— Merci beaucoup, ça ira, lui dit Maddie.

Une fois seule, elle se dirigea vers la kitchenette du studio pour avaler un antidouleur, puis alla s'allonger sur le canapé. Aussitôt lui revint à l'esprit qu'elle avait un shooting cette semaine. Tant pis, elle l'assurerait en béquilles. En plus, deux assistants seraient là pour la seconder. Vingt minutes plus tard, sous l'effet de l'antalgique, elle sombrait dans un profond sommeil.

Quand elle s'éveilla, il faisait nuit, elle sentait sa cheville battre et elle avait l'impression d'émerger d'une grosse gueule de bois. Avoir pris l'antidouleur sur un estomac vide n'arrangeait pas les choses : elle avait le cœur au bord des lèvres. Sa montre indiquait 19 heures. Déjà ? s'étonna-t-elle. Ce week-end était infernal.

Alors qu'elle s'apprêtait à commander quelque chose à manger, elle suspendit son geste : elle n'avait même pas faim. La moitié de son sandwich à la dinde de la veille, encore dans le frigo du studio, suffirait amplement pour prendre un autre comprimé si besoin. Quelques bouchées lui redonnèrent des forces. Elle se sentait déjà mieux. Après cela, dormir dans son lit aurait été le nirvana. Mais elle redoutait trop l'escalier, et de se cogner la cheville. Le canapé suffirait bien. Elle s'y endormit très vite, sans avoir eu besoin de reprendre un antalgique.

Le lendemain matin, poussée par l'envie irrépressible d'une douche, de vêtements propres et de son lit, elle monta sur les fesses en traînant ses béquilles. Se laver lui demanda presque une heure. Quand ce fut fait, elle se laissa tomber sur son lit avec soulagement. Son regard se posa alors sur les cartons toujours par terre, et le souvenir de leur contenu l'assaillit. Elle attendit cependant une heure avant de tirer péniblement jusqu'au lit celui qui contenait les lettres et les photos. Relire les unes et regarder les autres l'occuperait et côté approvisionnement, la boîte de biscuits qu'elle conservait dans le petit salon voisin lui permettrait de tenir jusqu'au lendemain. Il était malheureusement exclu qu'elle redescende pour réceptionner un repas. Dieu qu'elle détestait se sentir aussi impuissante et ralentie ! Au moins, elle était propre et avait moins mal. Le choc de l'accident et de la douleur s'estompait, mais quelle expérience pour elle qui ne s'était encore jamais rien cassé !

Elle s'installa confortablement contre les oreillers, avec les biscuits à portée de main. Elle était impatiente de relire les lettres et de revoir ces visages qu'elle n'avait plus contemplés depuis des années. C'était comme un voyage dans le temps. Au fil des pages se réveillait une foule de souvenirs. Les courriers de Jacques étaient les plus amusants. Son anglais académique et les photos la firent sourire. Dans un autre registre, les lettres de Bob étaient assez brillantes : il essayait de la convaincre de le rejoindre en Californie et lui démontrait en quoi leur relation avait du sens. Elle n'avait pas cédé. Pareil déménagement aurait été trop dur pour ses enfants, encore très jeunes.

Parmi toutes ces lettres, ce furent celles d'Andy qui l'émurent le plus. Sa prose lui déchira le cœur dès la première ligne. Il était tellement franc et direct, tellement gentil et amoureux. Comment aurait-elle pu ne pas l'aimer ? Elle examina ses photos de plus près, les étala autour d'elle sur le lit. À presque 50 ans, il était toujours très bel homme et ressemblait à un cow-boy de publicité. Plusieurs clichés les montraient tous les deux, rayonnants. Elle fixa ces photos pendant un long moment avant de les replacer avec soin dans le carton, puis elle alluma le téléviseur. Les trois hommes ne quittaient pas son esprit. Le week-end avait été particulièrement long et solitaire.

Ce soir-là, elle prit un antalgique. Il commençait à peine à faire effet lorsque le téléphone sonna. C'était peut-être Ben ? Quand il l'appelait, c'était souvent le dimanche soir, s'il n'était pas pris par Laura ou les enfants. La semaine, il était retenu au bureau jusqu'à tard.

— Bonsoir ! On a eu un temps affreux dans le Massachusetts. C'était comment, ici ? demanda Deanna sans même prendre des nouvelles de sa mère.

Maddie fit presque la grimace en entendant sa voix. Elle n'était pas d'humeur, et le comprimé la rendait un peu groggy.

— Aucune idée. Je suis restée à la maison tout le week-end.

Deanna ne releva pas, se disant sans doute que Maddie avait travaillé, comme souvent.

— J'ai quelque chose à te demander et je ne voulais pas attendre jusqu'à demain. Il me faut une réponse tout de suite.

Maddie regrettait déjà d'avoir décroché. Quelle que soit la demande, elle ne voulait pas l'entendre. Elle n'était pas de taille ce soir pour un bras de fer avec sa fille. Entre les effets du comprimé et la voix crispée de Deanna, elle sentait poindre la nausée.

— De quoi s'agit-il ? demanda-t-elle néanmoins d'une voix fatiguée, les yeux fermés.

— Nous avons besoin d'un lieu pour une soirée de charité, un cocktail d'une centaine de personnes. La caserne conviendra à merveille. Si ça te va, ajouta Deanna, sans douter une seconde de la réponse.

Mais Maddie avait déjà commis une fois l'erreur d'accepter pareille demande et l'événement avait pris bien plus d'ampleur qu'annoncé. Il y avait eu deux fois plus de convives que prévu, ils avaient envahi le trottoir et ne s'étaient pas gênés pour explorer l'ensemble de la maison. Elle s'était promis de ne plus jamais recommencer.

— En fait, non, ça ne me va pas, dit-elle faiblement. La dernière fois que j'ai donné mon accord, ç'a été n'importe quoi.

— Cette fois ce sera bien plus modeste, je te le promets. On gardera l'œil sur tout. Et on va faire appel à un food truck gastronomique, comme ça pas besoin d'utiliser ta cuisine.

— Et si quelqu'un tombe dans l'escalier après être monté à l'étage sans en avoir le droit ? C'est moi qui serai poursuivie en justice. Imagine que sous l'effet de l'alcool, quelqu'un décide de descendre par la perche de feu et se blesse.

Certains ne pouvaient pas s'en empêcher, surtout les hommes. Maddie ne voulait pas en porter la responsabilité.

— On en interdira l'accès par un cordon. Et personne ne te poursuivra en justice, maman, répondit Deanna sur un ton dédaigneux et agacé.

Elle détestait qu'on lui dise non.

— Je ne veux vraiment pas, insista Maddie en essayant d'être ferme malgré l'étourdissement et la nausée.

— Mais c'est pour une bonne cause, enfin. Tu n'as pas l'air bien. Ça va ?

Au téléphone, on aurait pu croire que Maddie avait bu. Elle-même se rendait compte qu'elle marmonnait plus qu'elle ne parlait.

— Pas vraiment, dit-elle, se sentant soudain vulnérable – une discussion de ce type avec son aînée exigeait d'être en pleine forme et en possession de tous ses moyens. J'ai eu un petit accident vendredi soir, mais ça va.

— Quel genre d'accident ?

— Je suis tombée d'une échelle et me suis cassé la cheville. Mais la fracture est nette, donc j'ai seulement la cheville immobilisée pour six semaines et d'ici trois jours, je pourrai avoir une botte de marche.

— Bon sang, maman, mais à quoi pensais-tu ? Qu'est-ce qui t'a pris de monter sur une échelle, un vendredi soir, toute seule ? lui reprocha aussitôt Deanna, pour qui gentillesse et compassion ne faisaient pas partie du vocabulaire.

— Je rangeais juste un placard, et j'étais en train de m'occuper des étagères du haut, répondit Maddie, comme prise en faute.

— C'est exactement ce que je craignais quand tu as acheté cette caserne absurde. Imagine que tu tombes dans l'escalier ! Il est traître. Tu ne peux pas utiliser une échelle quand tu es seule, maman. Félicite-toi que ce ne soit que la cheville et pas le col du fémur.

Une pensée assez peu réconfortante.

— À ton âge, tu ne devrais pas vivre seule dans un endroit pareil. Il te faut quelqu'un pour la nuit, poursuivait Deanna.

— Je n'en suis pas encore là, merci bien, répliqua Maddie.

Elle n'avait pas apprécié l'évocation du col du fémur, car elle y avait pensé elle aussi et cela renvoyait au temps qui passait inexorablement.

— Tu devrais vendre et te prendre un appartement, affirma Deanna, comme si sa mère avait commis un crime et perdu le droit de vivre seule dans une maison.

— Je n'ai pas besoin de quelqu'un ici la nuit et je m'en sors très bien toute seule. La preuve, ce week-end.

— Tu es trop âgée pour vivre dans une maison comme celle-ci. C'est un piège mortel. Tu pourrais tomber dans l'escalier ou dans le trou de la perche.

— Ça n'est encore jamais arrivé. Et tout le monde peut se casser une cheville, à n'importe quel âge. Les accidents, ça arrive. Mais je te l'accorde, je n'aurais pas dû grimper sur cette échelle. Je ne le referai pas.

— J'espère bien. Mais tu devrais sérieusement envisager de vivre ailleurs. Et pour commencer, tu aurais dû faire installer un ascenseur quand tu as emménagé.

— J'avais 43 ans, et pas le moins du monde besoin d'un ascenseur. Et je n'en ai toujours pas besoin. Je ne suis pas en fauteuil roulant, bon sang !

Sa fille commençait à l'agacer. Son ton comme ses propos étaient insultants.

— Oh, ça viendra, répliqua Deanna.

— Je verrai bien à ce moment-là.

— Encore faut-il en être toujours capable le moment venu. Cet accident est un avertissement : tu ne peux plus vivre seule dans cet endroit. Tu devrais en prendre acte, avant que quelque chose de plus grave n'arrive. Si tu n'engages pas quelqu'un, il te faudra vendre la maison. C'est ce que font les gens de ton âge.

Deanna asséna son dernier coup :

— Si tu insistes pour rester là, il faudra te trouver l'un de ces bracelets de sécurité qu'on porte en cas de chute. Et cet escalier… Comment tu as fait ce week-end ?

— Je me suis débrouillée.

Maddie ne souhaitait pas développer. Il était inutile de lui raconter qu'elle avait dormi sur le canapé de son studio, monté les marches sur les fesses et qu'elle s'était nourrie de biscuits pendant une journée entière, faute de pouvoir rejoindre la cuisine. Cela aurait apporté de l'eau au moulin de Deanna, or elle espérait bien que sa fille avait tort.

— Et pour l'amour du ciel, je n'ai pas encore 60 ans, signala-t-elle.

— Tu n'en es pas loin. C'est à cet âge-là que certains commencent à tomber en ruine ou déclarent Alzheimer, dit Deanna, en oiseau de mauvais augure.

— J'en connais aussi qui, à plus de 80 ans, vivent seuls et ont encore toute leur tête, rétorqua Maddie. J'étais sur une échelle, Deanna. C'était peut-être stupide de ma part, mais je ne me retrouve pas non plus plâtrée de la tête aux pieds ni sous assistance respiratoire. Je me suis juste cassé la cheville, pas le col du fémur.

— Mais ça finira par arriver, si tu persistes dans ce genre d'idioties.

Le discours de sa fille, qui plus est totalement dénué d'empathie, commençait à épuiser Maddie.

— J'ai mal à la tête, je te rappelle demain, lui dit-elle.

— Et pour le cocktail de charité ? insista Deanna.

— C'est non. De toute façon, à t'entendre, je suis trop vieille pour recevoir une centaine d'étrangers chez moi. Bonne nuit.

Maddie raccrocha sans attendre le flot d'arguments que sa fille ne manquerait pas de lui opposer. Elle se sentait mieux avant son appel. Et après cet échange, elle n'avait vraiment aucune envie de lui prêter la caserne – caserne que Deanna souhaitait lui voir vendre ! À moins qu'elle n'embauche une aide à domicile, comme une vieille femme incapable de prendre soin d'elle-même... À 58 ans ! Maddie ne décolérait pas. À entendre sa fille, elle était centenaire et perdait la boule. Et la perspective de ne plus vivre seule était profondément déprimante, même si pareil scénario n'était pas pour tout de suite.

À force de ressasser tout ça, Maddie ne parvint pas à s'endormir. L'effet de l'antalgique s'était depuis longtemps dissipé et son cerveau fonctionnait à 100 à l'heure. Sa cheville la torturait. Elle béquilla plusieurs fois jusqu'à la salle de bains et ce n'est que vers 4 heures du matin qu'elle finit par trouver le sommeil. Elle fut réveillée par le bruit de la porte d'entrée quelques heures plus tard. Penny venait d'arriver.

Elle appela alors son assistante sur sa ligne de bureau pour lui demander de la rejoindre à l'étage. Lorsque Penny entra dans la chambre et remarqua sa pâleur ainsi que les béquilles, elle eut l'air choquée.

— Mais ? Que s'est-il passé ?

Ses yeux naviguèrent du monticule d'affaires devant le placard jusqu'à l'échelle étalée par terre, en s'arrêtant de nouveau sur les béquilles – autant d'éléments qui résumaient à eux seuls toute l'histoire.

— J'étais en train de mettre à exécution mon programme de rangement quand je suis tombée de l'échelle vendredi soir.

Devant le regard de Penny, Maddie ajouta :

— Pitié, ne me faites pas la leçon. Le médecin m'a déjà sermonnée. Quant à Deanna, elle pense que je devrais avoir une aide à demeure ou bien vendre la caserne.

— Ça ne m'étonne pas d'elle, commenta Penny, le regard dur et désapprobateur.

Le courant n'était jamais passé avec Deanna.

— Je sais que grimper à cette échelle n'était pas l'idée la plus lumineuse qui soit. Je ne recommencerai pas. D'après Deanna, ce serait un début d'Alzheimer. J'espère bien que non, dit Maddie, l'air sombre.

— Ne soyez pas ridicule. Vous êtes plus affûtée que moi ! Bien que, je vous l'accorde, monter en haut d'une échelle le soir quand on est seul n'est pas très malin.

— Je sais, reconnut Maddie d'une voix contrite.

Elle se sentait idiote.

— Vous avez un shooting demain. Je l'annule ?

— Non, je pourrai l'assurer, il y aura deux assistants avec moi. Ce qu'il me faut surtout, pour l'instant, c'est un coup de main pour aller jusqu'à la salle de bains et prendre ma douche. Et après, un bon petit déjeuner. Je meurs de faim ! J'ai vécu de biscuits toute la journée d'hier.

— Pourquoi ne m'avez-vous pas appelée ? Je n'arrive pas à croire que vous ayez préféré contacter Deanna. Elle est passée vous aider ?

— Bien sûr que non, et je ne l'ai pas appelée. C'est elle qui l'a fait, parce qu'elle voulait disposer de la maison pour une nouvelle soirée de charité. Je lui ai dit non.

— Merci mon Dieu. Je me souviens très bien à quoi ressemblait la caserne après la dernière. Ils peuvent aussi louer une salle.

— Elle n'aura pas le choix de toute façon, je ne la laisserai pas organiser sa soirée ici, dit Maddie d'un ton ferme.

Mais Deanna n'abandonnait jamais. Quand elle voulait quelque chose, elle ne lâchait pas prise.

Maddie protégea son plâtre avec un sac poubelle et prit une douche bien chaude qui la revigora, d'autant que sa cheville avait l'air d'aller mieux. Penny l'aida ensuite à descendre l'escalier et à gagner la cuisine, où elle lui prépara des œufs brouillés avec du bacon et des toasts. Maddie était affamée, et heureuse de voir son assistante. Pendant tout le week-end, elle s'était sentie déprimée et seule, et sa discussion avec Deanna n'avait pas arrangé les choses.

— Vous avez eu le temps de passer en revue certains des cartons ? lui demanda Penny tout en s'asseyant en face d'elle avec un mug de café.

— Oui. J'ai entassé d'un côté ce qu'il faut donner, et de l'autre ce qu'il faut jeter.

— Aucun trésor caché dans le tas ?

— Pas vraiment, répondit Maddie avec un sourire. Juste des lettres et quelques photos d'anciens petits amis.

— Importants ? s'enquit Penny, qui n'avait encore entendu parler d'aucun.

— Ils l'ont été, se contenta de répondre Maddie en pensant au cow-boy. Dieu sait ce qu'ils sont devenus. C'était il y a bien longtemps.

— Je peux regarder sur Google. Et les contacter, si vous voulez.

— Je ne suis pas certaine qu'ils apprécieraient d'avoir de mes nouvelles. Qui veut une ex-petite amie de plus ?

— Des comme vous, ça ne court pas les rues ! répondit Penny avec un sourire. Vous devriez chercher sur Internet si vous voulez reprendre contact.

Maddie hocha la tête, perplexe. Qu'est-ce qui serait pire ? Que les sombres prédictions de Deanna s'accomplissent, ou bien retomber amoureuse d'Andy ? C'était difficile à dire. Les deux options comportaient des risques, en particulier la seconde. Ils s'étaient tellement et désespérément aimés… Et voilà qu'après avoir relu ses lettres et revu des photos de lui, elle avait la sensation de retomber amoureuse comme au premier jour, oubliant qu'il lui avait fallu deux ans pour réussir à passer à autre chose. Le revoir en chair et en os ne pourrait rien apporter de bon. Elle avait toujours été incapable de lui résister. Le recontacter serait une folie. Sa vie était si simple aujourd'hui, sans complications – si on exceptait sa cheville cassée. La dernière chose dont elle avait besoin était bien un cow-boy du Wyoming, aussi beau soit-il. Mais ce n'était pas l'envie qui manquait !

L'accident l'avait fragilisée, et les propos de Deanna effrayée. Soudain, elle voulait quelqu'un pour la protéger. C'était aussi simple que cela, et aussi idiot. N'avait-elle pas passé toute sa vie à prendre soin d'elle-même, ainsi que des autres ? Mais si Deanna avait raison ? Si c'était le début de la fin ? Maddie se trouvait confrontée de plein fouet au temps, à l'âge et à sa propre vulnérabilité. C'était terrifiant. Mais même Andy ne pourrait pas l'en protéger. Personne ne le pouvait, c'était bien ça le pire. En l'espace d'une nuit, sa finitude était devenue réelle.

3

Maddie prit finalement place à son bureau avec l'impression d'avoir porté sur ses épaules une charge herculéenne tout le week-end. Il y avait la fracture en elle-même, et les antidouleurs qui l'avaient assommée et déprimée. Mais plus que ça, c'étaient toutes les questions que l'incident avait soulevées et auxquelles elle n'avait jamais songé auparavant qui la turlupinaient. Les sinistres prophéties de Deanna flottaient au-dessus de sa tête comme un nuage annonçant un orage imminent, un ouragan qui frapperait sa vie sans qu'elle puisse l'éviter. Elle n'avait aucunement l'intention d'embaucher quelqu'un pour s'occuper d'elle, mais que se passerait-il si un jour elle en venait à dépendre des autres ? Ben et Milagra habitaient loin. Deanna en profiterait sans doute pour tout contrôler, et engagerait des infirmières contre son gré. Et si jamais son état physique la contraignait un jour à vendre la maison qu'elle adorait et qui lui convenait si bien ? Ou si ses enfants l'y forçaient… ? Pour la première fois de sa vie, Maddie se sentait soudain à leur merci. Elle craignait surtout Deanna, qui avait toujours été la plus dure. Maddie n'était pas sûre de gagner un bras de fer contre elle. Et l'ascenseur ? Devait-elle commencer à y songer ?

Tout cela était déprimant. Et que dire de l'avenir morne qui se profilait ? Allait-elle perdre la liberté qui lui était si chère, si essentielle à son épanouissement ? Jamais il ne lui était venu à l'esprit qu'elle devrait un jour faire une croix sur tout ça.

Penny perçut l'humeur sombre de sa patronne dès qu'elle entra avec une tasse de thé et tout un jeu de planches-contacts à vérifier.

— Comment vous sentez-vous ? demanda-t-elle.

L'expression de Maddie était éloquente. Le tableau dépeint par Deanna lui donnait envie de pleurer ou de disparaître. Mais on ne pouvait pas fuir le temps. Comme sa fille le disait, il la rattraperait tôt ou tard.

— Ça va, répondit néanmoins Maddie sans convaincre personne, et surtout pas elle-même. Je crois que les comprimés m'assomment un peu.

Elle qui détestait les médicaments… Elle en prenait le moins possible, et n'en avait de toute façon jamais besoin.

— En fait, je suis en train de me demander si Deanna n'a pas raison. Je devrais peut-être faire installer un ascenseur. Ça pourrait être utile, pour plus tard.

— Pour bien plus tard, alors, dit Penny, les sourcils froncés.

Elle détestait voir dans quel état Deanna arrivait à mettre sa mère. Elle trouvait toujours un moyen de la bouleverser ! Ses deux autres enfants n'étaient pas très présents, mais au moins ils ne la maltraitaient pas comme leur sœur aînée, laquelle semblait en plus y prendre un malin plaisir.

— Un ascenseur mordrait beaucoup sur le studio photo, fit-elle remarquer avec bon sens, avant d'ajouter doucement : Ne vous laissez pas retourner le cerveau par Deanna.

— Elle croit que c'est la vieillesse qui commence. Peut-être qu'elle a raison. Les personnes âgées tombent tout le temps, dit Maddie, à deux doigts de pleurer.

— Vous êtes très loin d'être une senior. Tout ça est vraiment ridicule. Deanna est jalouse de vous depuis que je vous connais, et sans doute l'est-elle depuis sa naissance. Quand vous serez vraiment âgée et commencerez à montrer des signes de faiblesse, elle aura sans doute l'impression d'être enfin supérieure à vous. Ne la laissez pas faire. À 90 ou 95 ans, vous aurez toujours plus de style, de grâce et sans doute plus d'énergie qu'elle. Voyez plutôt : j'ai seize ans de moins que vous, et vous m'épuisez ! Moi aussi, je trouve votre idée de grimper à l'échelle au milieu de la nuit plutôt idiote. Et ça l'est à n'importe quel âge ! Mais vous n'êtes pas en train de vous déliter pour autant. Un accident domestique, ça arrive à n'importe qui. Ce genre d'incident nous rappelle juste que nous sommes mortels et qu'il faut être prudent. Ce n'est ni un signe de sénilité ni une preuve de grand âge. Pour ma part, je suis certaine que vous ne le referez pas et que vous serez encore en train de courir dans ce maudit escalier le jour où je serai à la retraite. Vous savez comme je déteste cet escalier ! Deanna aime bien vous faire peur et saper votre confiance.

Maddie hocha la tête : tout cela était frappé au coin du bon sens. Mais sa fille était-elle aussi machiavélique que la décrivait Penny ? Ne manquait-elle pas, tout simplement, de tact et de gentillesse ? Cela dit, la vérité était qu'elle devrait sans doute un jour abandonner sa belle caserne de pompiers. Mais le moment n'était pas encore venu, et elle l'espérait lointain. Elle adorait vivre là.

Une heure plus tard, Maddie travaillait sur ses planches-contacts sans plus penser à Deanna ni à sa cheville lorsque Penny annonça Ben au téléphone. L'inquiétude saisit aussitôt Maddie : jamais il ne l'appelait durant ses heures de bureau, il était trop occupé pour ça. Quelque chose de grave avait dû se produire. Elle décrocha sur-le-champ.

— Tout va bien ? demanda-t-elle d'emblée.

— C'est plutôt moi qui devrais te poser la question. Que s'est-il passé ce week-end ?

À l'évidence, le téléphone arabe fonctionnait à plein régime... Mais il souhaitait tout de même entendre sa version de l'histoire.

— C'est Deanna qui t'a appelé ? s'enquit Maddie.

Sa fille était-elle allée jusqu'à évoquer la nécessité d'une aide à domicile ?

— Elle m'a envoyé un texto pour dire que tu avais fait une mauvaise chute et que tu avais la cheville cassée, dit-il d'une voix inquiète.

— Ce n'est rien de grave. Je rangeais un placard et je suis tombée de l'échelle. Je sais, c'était idiot. J'ai dû mal me réceptionner et j'ai fini aux urgences. Après m'avoir posé un plâtre, ils m'ont renvoyée chez moi et voilà. Tout ça est embêtant, mais pas mortel.

— Pourquoi tu ne m'as pas appelé ? demanda-t-il, pas encore totalement rassuré.

— Je ne voulais pas t'inquiéter. Et il n'y avait de toute façon pas grand-chose que tu puisses faire à distance. En cas de besoin, je pouvais appeler Penny.

Ben se sentait coupable. Il avait fallu un épisode de ce genre pour mettre en lumière l'isolement de sa mère. Il n'y pensait pas souvent, mais les week-ends, elle était toute seule. Deanna serait revenue du Massachusetts s'il s'était passé quelque chose de grave. Mais sa mère présentait les choses de manière bien moins alarmiste que sa sœur. Il n'avait d'ailleurs pas rappelé celle-ci, préférant avoir les informations de première main.

— Maman, tu ne devrais pas grimper à une échelle quand tu es toute seule, dit-il gentiment, tout en sachant qu'elle passait sa vie sur les échelles au studio, comme elle l'avait fait toute sa vie.

— Je sais, et je ne le referai plus. Je me suis simplement trop penchée en arrière et l'échelle a basculé sans que j'aie le temps d'en sauter. Deanna en fait tout un foin et veut que je prenne quelqu'un à domicile, mais cette maison n'est pas conçue pour. Et hors de question d'avoir quelqu'un assis chez moi, à attendre que je me casse la figure. Ça ne se reproduira pas, de toute façon.

Mais les accidents, ça arrivait. Tous deux le savaient bien. Maddie pouvait se couper méchamment ou tomber dans l'escalier. Lui-même avait plusieurs fois failli le descendre sur le dos : ses pieds étaient trop grands pour les marches étroites et glissantes. Ce n'était pas pour rien que Laura en avait une peur bleue. Une bonne partie de la caserne était d'ailleurs sujet d'inquiétude pour elle. À cause des enfants, elle refusait qu'ils y aillent. Leur maison de Belvedere était elle entièrement sécurisée, ce qui était impossible à faire dans la caserne, pour les enfants comme pour les adultes.

— Mis à part ça, tu te sens comment ? demanda-t-il, songeant au message un peu alarmant de sa sœur qui laissait penser que leur mère perdait ses capacités.

— Ça va. Ne t'inquiète pas pour moi. Comment vont Laura et les enfants ?

Même si Maddie préférait changer de sujet, elle était touchée que Ben ait appelé. Son coup de fil était motivé par l'amour filial et n'avait rien à voir avec celui de Deanna.

— Très bien. Tout le monde est très occupé, comme d'habitude. Je me suis juste inquiété quand j'ai reçu le texto de Dee.

— Elle monte l'affaire en épingle, et je le lui ai dit. Je reconnais que c'était idiot de ma part de grimper sur cette échelle, mais je ne vais pas non plus embaucher une garde-malade. Ça me rendrait folle. De toute façon, ta sœur a toujours détesté cet endroit. Elle ne comprend pas que je ne veuille pas vivre dans un appartement des beaux quartiers. Mais cette maison me convient mieux.

Ben savait combien c'était vrai : sa mère était quelqu'un de très indépendant, et la caserne le reflétait.

— Fais juste un peu attention, maman. N'emprunte pas tous les jours la perche de feu, dit-il pour la taquiner.

— Promis. Du moins tant que j'ai mes béquilles.

— Je te rappelle dans quelques jours pour prendre de tes nouvelles. Je dois filer, ma réunion a déjà commencé. Je t'aime.

— Moi aussi, mon cœur. Merci d'avoir appelé. Embrasse Laura et les enfants de ma part.

Ses coups de téléphone signifiaient beaucoup pour Maddie, plus qu'il ne le soupçonnait.

Elle passa le reste de la journée à préparer le shooting du lendemain avec une célèbre actrice. Cela faisait un moment que Maddie n'avait pas travaillé pour *Vogue*, et elle avait toujours voulu rencontrer cette comédienne. La séance promettait d'être sympathique et elle avait hâte d'y être, d'autant qu'elle savait comme personne magnifier la beauté des femmes mûres. Elle vérifia le studio avec un sourire. Tout était bien en place, préparé comme elle le souhaitait. Elle maîtrisait la situation, et c'était un soulagement après ce week-end terrible.

Elle venait juste de s'asseoir à son bureau et de poser ses béquilles contre le mur lorsque la sonnette retentit. Deux minutes plus tard, Deanna faisait son entrée sans s'annoncer, comme d'habitude. Elle n'appelait jamais avant pour savoir si elle pouvait passer. L'emploi du temps de sa mère n'entrait pas en ligne de compte pour elle.

— Tu as une mine terrible, dit-elle tout de go en s'asseyant.

— Merci. Toi, en revanche, tu es superbe.

Sous son trench, Deanna arborait une tenue décontractée chic de son cru, comme toujours parfaitement combinée. Avec ses hauts talons et ses cheveux noirs tirés dans un chignon, elle était l'incarnation même de la mode. De l'autre côté du bureau, sa mère portait un jean baggy et un vieux pull noir, ainsi qu'une seule basket – par la force des choses.

— Tu as l'air fatiguée, maman, insista Deanna en scrutant le visage de Maddie, comme si elle cherchait les signes avant-coureurs d'une maladie.

— Je n'ai pas passé le meilleur week-end de ma vie. Mais ça va nettement mieux aujourd'hui, dit Maddie, satisfaite de sa journée et d'avoir pu faire autant de choses malgré son plâtre.

Elle avait même choisi la musique qu'ils écouteraient durant le shooting du lendemain, un détail non négligeable qui influait sur l'état d'esprit du modèle et de l'équipe.

— Tu es venue voir comment j'allais ? ajouta-t-elle avec un sourire, laissant à sa fille le bénéfice du doute.

Ou alors elle était venue la harceler pour mettre en vente la caserne ou lui faire embaucher une aide à domicile. Deanna avait toujours un ordre du jour, c'était sa façon de fonctionner.

— En fait, je suis venue te parler de l'événement caritatif que nous voulons organiser ici. Aucun lieu ne conviendrait aussi bien.

Pour Deanna, l'urgence du moment était donc son cocktail caritatif, mais pas l'état de santé de sa mère. Si elle était passée la voir, c'était seulement pour la convaincre d'accepter de prêter sa maison. Elle faisait partie d'une dizaine de comités d'organisation divers et variés qui se mobilisaient régulièrement pour récolter des dons, et était donc rompue à l'exercice.

— Tout le monde a adoré l'endroit, la dernière fois, argumenta-t-elle.

— Mais moi, je n'ai pas adoré les avoir chez moi. Ils se sont montrés indiscrets, n'ont rien respecté. Et tu avais deux fois plus de convives que prévu.

— Nous avions vendu plus de billets, dit Deanna sans s'excuser. Cette fois, il y aura un quota.

— Je ne veux pas qu'on circule partout chez moi une assiette à la main. En fait, je ne veux tout simplement pas de cette invasion, Deanna. Ni de curieux qui fouinent dans ma chambre à coucher. Après ta dernière soirée, j'ai vu sur Instagram des photos de toutes les pièces censées être interdites d'accès. Ils n'ont pas respecté les règles, je ne peux donc pas te prêter de nouveau la maison. C'est tout.

Il lui fallait se montrer ferme si elle voulait éviter que son aînée ne passe en mode rouleau compresseur. Deanna procédait ainsi avec tout le monde, au travail comme à la maison, ce qui lui réussissait dans les affaires et donnait le résultat escompté auprès des couturières, des patronnières et des usines textiles. Mais Maddie préférait passer son tour. Elle n'aimait pas quand sa fille exerçait sur elle sa force de persuasion.

— Je pensais que tu serais d'accord. J'ai déjà dit à tout le monde qu'on pouvait compter sur la caserne, dit Deanna en plissant les yeux. Les invitations sont déjà chez l'imprimeur. Nous ne pouvons pas trouver un autre lieu en dernière minute.

— Pourtant, il faudra bien. Je t'avais dit que c'était la dernière fois. L'expérience n'a pas été concluante. Cet endroit est à la fois mon lieu de travail et ma maison, il est impensable qu'on le mette sens dessus dessous. Sans compter qu'il y a de l'équipement fragile, ici.

— Je ne pensais pas que tu parlais sérieusement, dit Deanna d'une voix plaintive.

Mais cette nouvelle tactique était elle aussi vouée à l'échec car malgré sa douceur, Maddie pouvait se montrer aussi ferme et têtue que sa fille.

— Eh bien si. Tu ferais mieux de te mettre à chercher tout de suite.

Deanna se leva, furieuse. L'heure n'était plus aux amabilités.

— Je trouve ça terriblement égoïste de ta part. Imagine si ça se sait dans la presse ? « La grande Madison Allen refuse de soutenir un refuge pour sans-abri. » Ça ferait mauvais genre.

Et qui donc laisserait fuiter ça ? Deanna ? Elle en était bien capable.

— C'est du chantage, répondit Maddie calmement. Si tu veux jouer à ça, libre à toi. Mais ça ne me fera pas changer d'avis. C'est ma maison, c'est normal que je la protège.

— Ça n'a rien à voir avec une maison. J'espère que tu songes sérieusement à t'en débarrasser après la cata de ce week-end.

— Cette « cata » n'a rien à voir avec le lieu. J'aurais aussi bien pu tomber d'une échelle sur Park Avenue.

— Un de ces jours, c'est dans l'escalier que tu tomberas. Et tu te casseras la jambe ou le col du fémur.

— Espérons que non. Je fais très attention.

— Alors installe au moins un ascenseur, si tu veux rester ici quelques années de plus.

— Et pourquoi pas une rampe pour les fauteuils roulants, tant que nous y sommes ? Je ne suis pas encore impotente, Deanna.

— Non, mais ça arrivera sans que tu t'en rendes compte. C'est comme ça que ça commence. D'abord un bête accident domestique, ensuite on tombe dans la rue et on se casse quelque chose. Tu n'es plus aussi jeune que tu le penses.

Maddie essaya de rester stoïque devant ce coup bas tandis que sa fille poursuivait :

— Tu devrais vendre cet endroit avant d'avoir un autre accident.

Cette suggestion rappela à Maddie le bracelet alarme dont sa fille avait parlé la veille. Pareille pensée lui donnait envie de pleurer.

— David est d'accord avec moi, continua Deanna. Lui aussi trouve que tu devrais déménager. Pourquoi pas dans l'une de ces résidences où tu peux bénéficier quand tu le souhaites d'une assistance médicale et de services à la personne ?

— Et tu crois que je pourrais y avoir un studio photo ? répliqua sèchement Maddie.

— Mais enfin, tu ne travailleras pas toute ta vie, mère.

Deanna était la seule de ses enfants à l'appeler « mère » et, dans sa bouche, le mot résonnait comme une insulte. Elle venait par ailleurs, en une minute, de suggérer que Maddie prenne sa retraite, vende sa maison, déménage dans une résidence pour personnes âgées et porte une alarme. Elle n'avait que 58 ans, et Deanna la catapultait déjà en gériatrie ! Certaines personnes demeuraient dynamiques, alertes et même actives professionnellement jusqu'à un âge très avancé. Maddie espérait bien être du nombre.

Elle n'avait aucunement l'intention d'abandonner, ni de près ni de loin, sa façon de vivre, surtout quand rien ne l'imposait. Il n'y avait que Deanna pour voir se profiler un tel scénario catastrophe. Maddie avait la désagréable sensation de contempler son pire cauchemar à travers une vitre : la vieillesse, l'infirmité, la dépendance, l'absence de créativité et l'attente de la mort. Ce qu'elle envisageait pour elle était bien différent. Elle se voyait travailler et exprimer son talent le plus longtemps possible, mener une vie encore bien remplie, chez elle et non dans une résidence pour personnes âgées – ces mouroirs de luxe contemporains. Le discours sinistre de sa fille donnait à Maddie l'impression que ses jours étaient comptés. Une absurdité, vu son âge. Mais peut-être pas tant que ça ?

Sa mission ayant failli, son aînée ne s'attarda guère. Elle n'en resterait cependant pas là, Maddie en aurait mis sa main à couper. Elle fit le tour du bureau en clopinant pour lui dire au revoir. Comme elle n'avait pas de temps à perdre dans une étreinte, Deanna embrassa l'air à la hauteur de la joue maternelle et fila. La porte d'entrée s'était à peine refermée sur elle que Penny arrivait.

— Que voulait la reine des neiges, aujourd'hui ?

— En premier lieu, la caserne pour son événement. Ensuite, me suggérer d'investir dans une résidence pour seniors avec aide à la personne.

— À votre âge ? Elle est folle ?

— Il faut prévoir. D'après elle, c'est frappé au coin du bon sens puisque j'en aurai besoin un jour. Mais ce n'est pas ainsi que j'envisage l'avenir, dit Maddie d'un air sombre.

C'était évident pour quiconque la connaissait un tant soit peu.

— C'est ridicule ! Vous avez l'air plus jeune que moi, et vous ne vivez pas du tout comme une personne âgée ! se récria Penny.

— Mais même si je parais jeune, je ne le suis plus, contrairement à vous. C'est ce qui fait toute la différence. Qui sait ? Peut-être Deanna a-t-cllc raison. Si ma santé se dégrade, tout partira à vau-l'eau : mon travail, la caserne, ma liberté. Personne ne peut prédire ce genre de choses.

— J'ai entendu parler d'une femme en Floride qui a 112 ans et se porte comme un charme, insista Penny, désireuse de contrer les idées noires instillées par Deanna.

Dieu que cette femme était toxique !

— J'en suis heureuse pour elle, mais je ne suis pas sûre de vouloir vivre centenaire. Pour ma part, je me contenterais bien de 90 ans et des poussières. Et surtout, je voudrais pouvoir rester photographe jusqu'au bout. Mais si on écoute Deanna, ma cheville serait le signe annonciateur d'un déclin imminent et accéléré.

— N'en croyez rien, dit Penny, qui à ce stade aurait bien étranglé la designer.

— J'essaie. Mais je crois que mon pire cauchemar serait que mes enfants se liguent pour me forcer à vivre d'une manière qui ne me ressemble pas. Vous imaginez, s'ils prenaient un jour le contrôle de ma vie ?

C'était l'une de ses plus grandes peurs. Elle n'y pensait pas souvent, mais en frémissait à chaque fois.

— Je ne les laisserai pas faire, affirma Penny d'un ton résolu.

— Si on en arrive là, vous ne pourrez pas les arrêter, et moi pas plus, dit Maddie avec tristesse. Je crois vraiment qu'il vaut mieux se faire renverser par un bus que de finir assis dans un fauteuil à regarder par la fenêtre en ressassant le passé, sans aucun avenir vers lequel se tourner. Oui, plutôt mourir.

— Ne dites pas ça, voyons !

Toute cette histoire donnait à Maddie l'envie de prendre ses jambes à son cou. Elle voulait pouvoir saisir à nouveau la vie à pleines mains plutôt que de rester assise là, impuissante, à attendre que l'inévitable se produise. Elle voulait croquer la vie à pleines dents, ce qu'elle n'avait pas fait depuis un moment.

Confortablement installée dans sa carrière, elle ne prenait pas le temps de s'arrêter, d'autant qu'elle n'avait personne avec qui partager ce temps libre. Elle ne faisait que travailler, jour et nuit, voyant ses enfants de loin en loin. Cela faisait six mois qu'elle n'avait pas revu Ben. Neuf mois pour Milagra, encore en pleine phase d'écriture. Et plus ou moins un trimestre pour ses petites-filles new-yorkaises. Tous les siens semblaient plus occupés que des chefs d'État, et elle-même avait un agenda de ministre.

Elle enchaînait les projets sans interruption depuis des mois et dans six semaines, elle devait se rendre à Shanghai pour un shooting. Entre-temps, elle avait deux séances importantes à New York, l'une le mardi et l'autre le lundi suivant. Et même si les cinq semaines avant la Chine s'annonçaient libres, elle savait que des séances de dernière minute ne manqueraient pas de s'ajouter à son programme. C'était un rythme habituel pour elle : les directeurs artistiques et les rédacteurs en chef la sollicitaient en permanence. Au niveau international, il n'y avait pour l'instant aucun événement particulier qu'elle avait envie de couvrir, mais cela pouvait changer du jour au lendemain. Même si maintenant, avec sa cheville, elle ne pourrait pas faire grand-chose. Il n'y avait qu'à voir son état après une journée avec plâtre et béquilles ! Jamais elle n'aurait cru être si fatiguée. Elle espérait que ce serait moins éreintant avec une botte de marche.

Penny aida Maddie à monter dans sa chambre – marche par marche, toujours sur le derrière – et lui porta sur un plateau son dîner livré par un restaurant voisin. Maddie avait installé son ordinateur portable sur le lit pour lire ses mails. Malgré sa cheville qui la lançait, elle n'avait pas pris de comprimé, voulant conserver toute sa capacité de concentration pour répondre aux messages.

Il lui fallut plus d'une heure pour achever cette tâche tout en picorant. C'est alors qu'elle repensa au carton de lettres. Sur un coup de tête, elle décida de suivre la recommandation de son assistante et de lancer une recherche sur Internet. Où était le mal ? Depuis qu'elle avait ouvert cette boîte de Pandore, elle était dévorée de curiosité.

Le premier nom qu'elle entra dans Google fut celui de Jacques Masson. Il était désormais propriétaire d'une série de restaurants à Chicago et dans les environs, à Palm Beach en Floride, et à Las Vegas. En tout, il en avait sept. Elle étudia attentivement son site ainsi que son CV, lequel s'était considérablement étoffé depuis la dernière fois qu'elle l'avait vu. Il n'était alors que simple chef, tout juste débarqué de France grâce à une carte verte obtenue par tirage au sort. Ils étaient sortis ensemble pendant six mois et avaient passé des moments formidables. Elle avait 38 ans et lui 35.

C'était le plus divertissant des hommes. Le charme français dans toute sa splendeur. Pendant une courte période, elle avait été folle de lui. Jusqu'à ce qu'elle découvre le pot aux roses : il était aussi coureur que Stéphane. Leur relation n'avait duré que quelques mois, et elle s'était souvent demandé si elle avait bien fait de le quitter. Que serait-il arrivé si elle lui avait laissé une chance ? Mais à quoi bon ? Toutes ses belles promesses n'y avaient rien changé, c'était plus fort que lui : il couchait avec tout le monde. Les sous-cheffes, les serveuses et même deux amies de Maddie – ce qui avait mis fin à ces amitiés. C'était intenable et la confiance avait été brisée à jamais, comme avec Stéphane. Sauf que Jacques avait une personnalité bien plus sympathique que son ex-mari. Il était vraiment sincère quand il lui jurait son amour. Il prétendait juste qu'il lui était impossible de résister à une inconnue croisée dans la rue. Jacques était amoureux des femmes, sans distinction de taille, de couleur, de type ni d'âge. Pour employer ses propres mots, il « collectionnait les belles femmes comme d'autres les œuvres d'art ou le vin ». C'était une passion, mais une passion qui rendait impossible toute relation sérieuse. Or, à l'époque, Maddie avait toujours dans l'idée de se remarier un jour. Elle avait donc mis fin à leur liaison sans amertume. D'autant qu'il songeait déjà à déménager à Chicago, où on lui proposait un bon poste. Un déracinement qu'elle n'envisageait pas une seconde pour ses enfants. Après son départ, ils avaient rapidement perdu contact.

Elle vit que ses six restaurants gastronomiques à Chicago et à Palm Beach s'appelaient Masson, et celui de Las Vegas Chez Jacques. Sur le site, il y avait une photo de lui avec une très jeune femme. Sa fille ? Cela faisait vingt ans. Il avait très bien pu se marier et fonder une famille. Toujours bel homme malgré un léger embonpoint, on le reconnaissait sans peine. C'étaient la même crinière et la même barbe, aujourd'hui striées de gris. À 55 ans, il portait bien le poids des ans et, à en croire les avis déposés sur son site, remportait un franc succès avec ses établissements. Il avait réussi.

Elle passa à Bob Holland et trouva des informations tout aussi facilement que pour Jacques. Le moteur de recherche indiquait qu'il était le fondateur de Holland, Hampstead & Ahern, une société de capital-risque installée à Boston et spécialisée dans les investissements high-tech. Quand ils étaient ensemble (elle avait 30 ans et lui un an de plus), il venait tout juste de décrocher son MBA à la Harvard Business School de Boston, d'où il était originaire, et débutait chez Lehman Brothers à New York. Elle-même travaillait presque exclusivement pour la mode, à un rythme de folie, tout en élevant ses enfants. Ces derniers étaient trop petits pour se souvenir de lui, même si cette relation avait duré deux ans. Leur histoire avait été sérieuse. Bob était quelqu'un de responsable et ambitieux. S'il n'était pas aussi drôle que Jacques, il était en revanche plus solide. Il voulait laisser son empreinte dans l'univers des nouvelles technologies. Lorsqu'il avait reçu une offre de la part d'une grande entreprise de la Silicon Valley, alors en plein boom, il lui avait demandé si elle voulait le suivre. Mais la Californie offrait peu d'opportunités pour la photo de mode, et sa carrière en aurait trop pâti. Avec trois enfants à charge, elle aurait fatalement fini par dépendre financièrement de lui, ce qui n'était pas une option pour elle.

Elle se rappela qu'il en voulait au monde entier de n'être pas né assez riche pour pouvoir lui-même investir. Il avait fréquenté des gens très influents pendant ses études, et il voulait faire partie de ce cercle privilégié. Elle ne se sentait jamais vraiment tout à fait à l'aise en sa compagnie. Elle était loin de faire partie du club des riches et célèbres, et il n'aimait pas l'univers artistique dans lequel elle évoluait.

Sur la photographie qu'elle vit sur son site, il faisait bien plus que ses 59 ans. En revanche, la liste des entreprises affiliées à sa société était impressionnante. Il avait clairement réussi à intégrer les plus hautes sphères et à atteindre son objectif. En vingt-six ans, il avait fait son chemin, était retourné à Boston et avait lancé sa propre société de capital-risque – à l'évidence, la côte Ouest avait été un bon tremplin. Il lui avait manqué, au début, mais elle n'éprouvait aucun regret. Malgré tout l'amour qu'elle avait eu pour lui, elle ne s'était finalement jamais projetée sur le long terme. Quelque chose lui soufflait que cet homme-là lui couperait les ailes. Abandonner New York et sa carrière, c'était trop demander. Elle n'avait pas pu.

Six ans plus tard, Jacques, radicalement différent, avait définitivement clos ce chapitre. Et si, à l'époque, le Français avait semblé moins sérieux et préoccupé par sa carrière que Bob, ça ne l'avait pas empêché de percer lui aussi. Sans côtoyer les mêmes sommets, posséder sept restaurants aux États-Unis, c'était un beau succès ! Surtout quand on était un petit chef français aux origines provinciales parti de rien. Chacun d'eux semblait avoir réalisé ses rêves, tout comme elle.

Rechercher Andy Wyatt lui prit un peu plus de temps. Il avait plusieurs homonymes, mais elle finit par le retrouver. Il était toujours dans le Wyoming, et apparaissait comme le fondateur et propriétaire du ranch Wyatt. C'était son fils, Sean, qui semblait à présent le gérer. Âgé d'un an de moins que Milagra, c'était un très gentil garçon. Sa mère était morte d'un cancer peu après sa naissance, et Andy était veuf quand elle l'avait rencontré. C'était un bon père et un homme bien. Ils étaient tombés raides dingues l'un de l'autre. L'entente parfaite, comme jamais elle n'aurait pu l'imaginer. Ils partageaient les mêmes valeurs. Dire qu'il lui avait fallu attendre ses 40 ans pour trouver l'amour de sa vie ! Elle ne se souvenait d'aucune dissonance quand ils étaient ensemble. Le problème, insoluble, était venu de la géographie. Elle menait une brillante carrière à New York, et ne souhaitait ni ne pouvait l'abandonner car elle avait deux enfants à l'université et une encore au lycée, qui bientôt commencerait aussi ses études supérieures. De son côté, Andy ne pouvait vivre ailleurs que dans un ranch. Il lui fallait être au plus près de ses racines, et dans l'univers qui lui était familier. Comment aurait-il pu, à 49 ans, s'adapter à une vie citadine dans la Grande Pomme, loin des chevaux, des montagnes et des grands espaces ?

Andy était venu la voir une fois à New York. Mais même la force de son amour n'avait pu masquer sa hâte de rentrer chez lui. Il voulait retrouver ses chevaux et ses montagnes. Il avait l'impression qu'on lui retirait l'air des poumons, lui avait-il avoué. Il était cow-boy jusqu'au tréfonds de son âme, comme certains sont marins et ne peuvent vivre sans la mer. Elle comprenait cela, mais s'était refusée à abandonner son identité pour lui. La photographie faisait partie intégrante d'elle. Si c'était à refaire aujourd'hui, prendrait-elle la même décision ?

Maddie y réfléchit un moment, et en conclut que oui. Ils s'étaient séparés d'un commun accord, en sachant qu'ils n'avaient pas vraiment le choix. Cette tension commençait à empoisonner leur couple, et c'était la dernière chose au monde qu'elle souhaitait. Ce choix avait été terrible, le pire qu'elle ait eu à faire.

Après leur rupture, ils s'étaient parlé plusieurs fois. Elle avait espéré qu'une amitié serait possible, mais ni l'un ni l'autre n'en avait été capable. Il y avait encore trop d'amour entre eux. Ils avaient donc préféré couper tout contact. Elle l'avait pleuré pendant deux ans et n'avait connu aucune relation sérieuse depuis. Cela faisait dix-sept ans, mais pour elle c'était comme hier. Au point de se demander si elle serait capable de le revoir. Ces photos et ces lettres ravivaient une foule de souvenirs, et elle sentait son cœur quelque peu ébranlé.

Maddie ressentit soudain l'envie de replonger dans son passé, de revoir ceux qui avaient compté. Elle n'en attendait rien, mais souhaitait se remémorer ce qu'ils avaient représenté à ses yeux, et d'une certaine façon se rassurer sur ses choix. Sa rupture avec Andy la troublait encore parfois. Les revoir une toute dernière fois lui permettrait de clore ce passé, et de se rappeler celle qu'elle avait été avec chacun d'eux. Aujourd'hui, elle était apaisée. Sa carrière l'épanouissait pleinement, ses enfants menaient une vie qui leur correspondait. C'était le bon moment.

Elle se demanda si une telle envie était un tour que lui jouait son âge, ou si c'était au contraire une sorte de rappel qu'elle était toujours bien vivante, et avait connu le grand amour. En tout cas, son intuition lui soufflait que ce retour en arrière était nécessaire. Elle en avait besoin pour avancer.

Elle ne souhaitait plus d'homme dans sa vie. Trop de complications en perspective. Mais ces trois-là avaient été plus que des passades, et elle était curieuse de voir où ils en étaient aujourd'hui. Ce serait comme un rite de passage, et une manière d'exorciser les sinistres propos de Deanna. Le seul qu'elle craignait de revoir, c'était Andy. Il avait tellement compté. Mais peut-être pourraient-ils, cette fois, devenir amis ? Leur histoire n'était plus douloureuse pour elle. Elle espérait que pour lui non plus. S'était-il remarié ? À l'époque, il voulait l'épouser. Elle aurait accepté, si le dilemme du lieu et du mode de vie ne les avait pas séparés. Aujourd'hui, tout ce qui lui importait, c'était de savoir qu'il allait bien, et de se rappeler combien ils s'étaient aimés. Cela pourrait peut-être lui permettre, à lui aussi, de cheminer vers la suite en paix.

Sans trop savoir encore quand ni comment, elle décida qu'elle allait entreprendre pour de bon cette sorte de pèlerinage intime. Sa fracture à la cheville, et la vulnérabilité et la fragilité qui en avaient découlé avaient ouvert une fenêtre sur son âme. Peut-être était-ce le destin qui l'avait menée à ce carton. Il était temps. Le simple fait d'y penser lui donnait des ailes.

4

En dépit des béquilles et de la mobilité réduite de Maddie, le shooting se déroula étonnamment bien. Ses assistants se montrèrent très efficaces, et la séance fut parfaite du début à la fin. Elle s'entendit par ailleurs très bien avec l'actrice qu'elle immortalisait. Celle-ci lui confia qu'elle ne s'était plus sentie aussi glamour et à son avantage depuis longtemps. Elle avait 69 ans, débordait de vitalité et avait la sensation de rajeunir sous l'objectif de Maddie. Bref, tout se passa admirablement. *Vogue* allait être comblé. Ce soir-là, au moment de se coucher, un sentiment d'intense satisfaction envahit Maddie. Malgré son malheureux accident, elle était toujours au sommet de son art.

Le lendemain, elle entra en possession de sa botte de marche. S'il lui fallut un moment pour oser porter son poids sur sa jambe gauche, elle prit bientôt de l'assurance et commença à se déplacer sans ses béquilles – qu'elle gardait cependant à portée de main. Le lundi suivant, elle assura sans problème son shooting, qui se passa tout aussi bien que le précédent. Mais à la fin de la journée, elle était songeuse.

Voilà des jours qu'elle y pensait. Et plus elle y pensait, plus sa certitude se renforçait : c'était le moment ou jamais. Elle n'avait aucun impératif professionnel pendant les cinq semaines à venir. Elle avait donc le temps, et l'envie. Tout l'y poussait.

C'était décidé, elle allait disparaître pendant quelque temps. Elle ne dirait rien à personne, hormis bien sûr à Penny, qui pourrait la joindre en cas d'urgence. Elle partait pour un voyage dans le passé, afin de tranquillement refermer cette porte et d'ouvrir des fenêtres sur l'avenir. L'idée était terriblement excitante.

Sans rien dire à personne, Maddie s'occupa de tous les préparatifs. Le mercredi soir, son assistante la trouva à son bureau, l'air apaisé mais avec une petite étincelle dans le regard qui lui mit aussitôt la puce à l'oreille.

— Vous, vous cachez quelque chose. Ne niez pas, je vous connais, dit Penny.

Maddie ne nia rien, elle se contenta de sourire avant d'avouer à moitié :

— Peut-être bien. Je ne veux pas que vous vous inquiétiez pour moi. Tout va bien, mais je vais m'absenter un petit moment.

— Petit comment ? Des mois ? Des années ? demanda Penny d'un ton où affleurait la panique.

— Aussi longtemps que nécessaire. Ne programmez rien pour les semaines à venir. Je serai de retour pour Shanghai.

— Comment, vous partez *un mois* ! hurla presque Penny.

Elle n'en revenait pas. C'était à peine si Maddie prenait un jour de congé ou arrêtait de travailler le week-end. En quatorze ans, elle ne se souvenait pas l'avoir vue s'absenter deux semaines d'affilée.

— Et vous partez seule ? s'enquit-elle, se demandant soudain s'il n'y avait pas un homme derrière tout ça.

Après tout, Maddie parlait peu de sa vie privée.

— Je vais rendre visite à de vieux amis. Je vous tiendrai informée quand je le pourrai et ne prendrai aucun appel, à moins d'une urgence concernant les enfants. J'ai besoin d'un peu de temps pour moi.

— C'est Deanna ? Elle vous menace encore ? Vous vous êtes disputées ?

— Non, non, ne vous inquiétez pas. Elle me harcèle toujours à propos de son cocktail de charité, et ma réponse n'a pas changé. Je vous passe le relais sur ce dossier. Je sais que vous gérerez ça très bien.

Sur ces mots, Maddie se leva et contourna le bureau pour étreindre affectueusement Penny.

— On se revoit vite. Merci de garder la boutique.

— Heureusement que vous me l'avez dit. J'aurais fait une crise cardiaque en trouvant la maison vide demain matin !

— Je sais bien. Merci de si bien veiller sur moi, Penny. Et s'il vous plaît, prenez soin de vous pendant mon absence ! dit Maddie en regardant son assistante avec affection.

C'était la première fois qu'elle s'octroyait vraiment du temps pour elle. Le carton de photos et de lettres avait été un déclencheur, et les propos de Deanna avaient précipité l'affaire. Il fallait qu'elle affronte le passé pour faire face à l'avenir, et c'était maintenant.

— Que dois-je dire aux clients ?

— Que je travaille sur un projet d'un mois et qu'après ça, je serai une semaine à Shanghai. Vous pouvez programmer ce que vous voulez pour la suite. Et si jamais la Chine me prend moins de cinq jours, ça nous laissera une petite marge de manœuvre dans le planning.

— Vos enfants sont au courant ?

— Non, aucun ne l'est. Et je n'ai pas prévu de leur dire. Ben et Milagra ne se rendront de toute façon compte de rien, et une fois que ses manœuvres d'intimidation auront échoué, Deanna risque de ne pas donner de nouvelles pendant quelque temps. S'ils ont vraiment besoin de moi, je pourrai toujours les rappeler.

Penny hocha la tête et serra Maddie contre elle en guise d'adieu. Après quoi, elle la laissa aller faire ses valises.

Maddie avait hâte de se mettre en route. Le SUV qu'elle avait loué était garé dehors. Elle avait choisi une voiture automatique, qu'elle pourrait conduire même avec le pied gauche dans le plâtre. Elle emportait toutefois ses béquilles, plus par précaution qu'autre chose car sa cheville ne lui faisait plus mal. Côté hébergement, elle avait prévu de dormir à l'hôtel à chaque étape. Mais c'était bien la seule chose qu'elle avait organisée. Elle voulait être parfaitement libre. Elle était ouverte à ce que le destin mettrait sur sa route.

En s'endormant ce soir-là, Maddie jeta un coup d'œil circulaire à sa chambre. Tout était prêt. Elle avait imprimé les informations qu'elle avait sur les trois hommes qu'elle comptait revoir, et savait où et comment les contacter une fois sur place. Elle ne les avait pas prévenus, préférant l'effet de surprise. Et si elle les manquait, alors c'est qu'il devait en être ainsi. Elle avait décidé de s'en remettre au destin pour lui indiquer ce qu'elle avait besoin de comprendre. Elle souhaitait remonter le temps, juste assez pour effleurer le passé et pouvoir avancer le cœur léger.

À 6 heures du matin, elle était déjà debout. Elle prit une douche, s'habilla, avala une tasse de thé et un toast et à 7 heures, elle était sur la route. Direction Boston. Maddie ne connaissait pas bien la ville, mais en gardait un bon souvenir. La redécouvrir serait une agréable façon de passer le temps si elle ne parvenait pas à joindre Bob. Peut-être même refuserait-il de lui parler, après toutes ces années.

Deanna appela le bureau quelques heures plus tard, et demanda à parler à sa mère.

— Elle est sortie, lui répondit Penny.

— Sortie ? À 9 heures du matin ? Où ça ? Elle shoote sur le terrain, aujourd'hui ?

— Je ne sais pas où elle est, dit Penny en souriant intérieurement.

Quel plaisir de déjouer les plans de Deanna ! Maddie avait bien fait de prendre la poudre d'escampette.

— C'est ridicule, vous mentez ! Je suis sûre que vous savez très bien où elle est. Elle ne bouge pas un petit doigt sans que vous le sachiez.

— Eh bien, pas cette fois. Elle n'était pas là quand je suis arrivée.

— Elle s'est à nouveau blessée ? demanda Deanna d'une voix laissant supposer, l'espace d'un instant, qu'elle s'inquiétait.

— Je ne crois pas. Elle m'a prévenue qu'elle sortait ce matin, mais elle n'a pas dit où.

— Tout ça est bien étrange. Dites-lui de m'appeler quand elle rentrera. Je dois régler la question de la soirée de charité.

— Il me semblait pourtant que c'était déjà réglé. Votre mère m'a dit que cela n'aurait pas lieu ici, dit Penny d'une voix neutre qui masquait sa jubilation.

— C'est encore en discussion, répliqua Deanna d'un ton sans appel.

— Pas pour elle, apparemment.

Deanna émit une sorte de grognement et raccrocha sans dire au revoir.

— Bonne journée à vous aussi, Princesse, dit Penny au combiné avant de retourner à son travail.

Elle avait de quoi faire pour au moins deux semaines. Avant de partir, Maddie avait tenu à boucler tous les dossiers en souffrance. Elle y avait passé le week-end, d'où la montagne de travail qu'elle lui avait confiée. Maddie faisait le ménage dans sa maison et dans sa tête.

Quand Maddie arriva à Boston, elle tourna pendant quelques minutes en essayant de se repérer toute seule, puis finit par s'en remettre au GPS de sa voiture. Elle se rendit au Four Seasons où elle avait pris une suite junior – assez grande pour avoir de l'espace, mais pas trop luxueuse. Une fois dans sa chambre, elle s'assit quelques minutes, le temps de réfléchir, puis décrocha son téléphone pour appeler Bob à son travail.

— Il est parti déjeuner, lui annonça sa secrétaire. Je peux prendre un message ?

Maddie laissa son nom et son numéro de téléphone et sortit se promener, s'arrêtant dans un petit restaurant pour manger une salade. Sans surprise, il y avait des jeunes partout : Boston était la ville estudiantine par excellence, celle où, à sa connaissance, il y avait le plus grand nombre d'universités au mètre carré. C'était un refuge pour les étudiants du monde entier.

De retour dans sa suite, elle s'allongea un moment. Bob allait-il la rappeler ? Il le fit à 16 heures.

— C'est bien toi ? demanda-t-il, sous le choc.

Il venait de rentrer d'un déjeuner d'affaires qui s'était prolongé plus que de coutume car il y avait un gros contrat à boucler et fêter.

— Oui, c'est bien moi, dit-elle avec un sourire dans la voix. Je n'étais pas sûre que tu rappelles. Ça fait un bail.

— Vingt-six ans, pour être exact, dit-il un peu sèchement.

Il était curieux de savoir pourquoi elle appelait.

— À voir le site internet de ta société, il semblerait que tu n'aies pas perdu ton temps. C'est très impressionnant !

— C'est toi la grande star, aujourd'hui. J'ai vu ton exposition au musée des Beaux-Arts, il y a cinq ans. J'ai voulu t'écrire, et puis le temps a filé et j'ai eu peur de passer pour un idiot. Je n'étais même pas sûr que tu aurais mon message. Comment vont tes enfants ?

Elle fut touchée qu'il demande. Quand ils sortaient ensemble, il avait été un peu dépassé : trois enfants, c'était beaucoup pour lui. Il était jeune alors, et eux aussi.

— Bien. Occupés. Adultes. Ben et Deanna sont tous les deux mariés et parents. Milagra écrit des romans gothiques à Mendocino, entourée d'une armada de chats et de chiens. Ben habite à San Francisco et Deanna à New York. Elle est styliste et lui en est à sa deuxième start-up. Je les vois peu, tous les trois. Mais ils sont heureux et, pour ma part, je travaille beaucoup.

— Tu as toujours été une bosseuse, dit-il d'une voix un peu plus chaleureuse.

— Et toi ? Tu es marié ? Tu as des enfants ?

— La réponse est un double oui. Mon fils est à Vassar et ma fille à Princeton. Les temps changent. Quand on pense que Vassar était réservé aux femmes, et Princeton aux hommes !

Tous les deux éclatèrent de rire.

— En tout cas, ce sont de bons gamins l'un comme l'autre, reprit-il. Lui est un artiste dans l'âme, elle se destine au droit. Mais que fais-tu à Boston ?

Maddie avait beaucoup réfléchi à la réponse qu'elle donnerait, et avait décidé d'opter pour la franchise. C'était plus simple.

— Ça va te paraître fou, mais je suis venue te voir.

— Hum. Je ne suis pas sûr d'avaler ça, dit-il d'une voix sceptique. Pourquoi n'as-tu pas appelé d'abord ?

— Je me suis décidée un peu au dernier moment. Mais tu as raison, j'aurais dû te prévenir, dit-elle, se sentant soudain un brin cavalière.

Bob avait toujours été traditionnel et assez à cheval sur les conventions. Ce n'était pas quelqu'un de spontané. Il aimait tout planifier. Un peu trop au goût de Maddie, d'ailleurs, surtout quand ses plans à elle changeaient en permanence à cause des enfants : une otite, la baby-sitter qui faisait faux bond… Sur bien des aspects, leurs vies étaient incompatibles. C'était peut-être la raison pour laquelle leur relation n'avait pas duré. Même si deux ans, ce n'était quand même pas rien.

— Il y a environ deux semaines, j'ai eu une sorte de révélation en rangeant un placard. Je suis tombée sur un carton de vieilles lettres et de photographies, dont certaines de toi. Dans la foulée, l'échelle a basculé, je me suis cassé la cheville, et c'est là que m'est venue cette idée de te revoir. Je me suis dit que ce serait sympa de savoir ce que tu devenais. Alors j'ai fait une recherche sur Google, j'ai loué une voiture, j'ai roulé jusqu'à Boston, et me voilà. C'est un peu incongru.

— Pas incongru, finit-il par dire après un long silence. C'est juste que ça fait un choc. Je n'avais jamais pensé te revoir, Maddie. Mais j'aimerais beaucoup.

Sa voix débordait soudain d'émotion, révélant derrière un abord guindé son cœur en guimauve.

— On se voit quand tu veux, dit Maddie.

— Tu es libre ce soir, pour dîner ?

— Absolument. Veux-tu proposer à ta femme de se joindre à nous ?

Elle souhaitait rester ouverte à tout. C'était l'idée même de ce voyage : retrouver ses ex là où ils vivaient désormais et découvrir leur personnalité d'aujourd'hui.

— Non. Je t'expliquerai tout quand on se verra, répondit-il. On a pas mal de choses à rattraper.

— Surtout de ton côté. Ma vie n'a pas beaucoup changé : jc travaille encore plus qu'avant, et mes enfants sont plus grands. En dehors de ça, rien de très nouveau.

— Je ne vois pas comment tu peux travailler plus qu'avant : tu étais déjà le plus grand bourreau de travail de tous les temps ! Une superwoman, mère de famille en prime, dit-il avec admiration.

— Merci pour le compliment.

À l'évidence, lui-même n'avait pas compté ses heures. Ils avaient cela en commun.

— Où es-tu descendue ?

— Au Four Seasons.

— Entendu. Je passerai te prendre à 20 heures. J'ai une Ferrari noire, au cas où tu ne me reconnaîtrais pas.

— Et moi j'aurai une jambe dans le plâtre et je ferai de grands signes pour que tu me repères.

— Alors tu t'es vraiment cassé la cheville ? Ce n'était pas une figure de style ?

— Non, c'est tout ce qu'il y a de plus vrai. Heureusement, il s'agit du pied gauche et je peux encore conduire. Sinon, je n'aurais pas pu entreprendre ce voyage. Pas avant un petit moment, du moins.

Une fois le combiné reposé, Bob resta à contempler son bureau pendant plusieurs minutes sans parvenir à décider si la réapparition de Maddie était providentielle, ou juste un pied de nez du destin. Son refus de le suivre en Californie avait signé la fin de leur relation. Ils ne s'étaient pas séparés en raison d'incompatibilités majeures mais parce qu'ils s'étaient retrouvés, à un moment donné, à la croisée des chemins. Les leurs s'étaient séparés, tout simplement. Hormis cela, il avait tout aimé d'elle. Et il se souvenait très bien de ses sentiments d'alors. Mais depuis, vingt-six ans étaient passés.

Lorsque Bob se présenta à 20 heures exactement, Maddie l'attendait dehors en pantalon noir et blouse de soie blanche. Dès qu'elle vit la Ferrari noire, elle agita sa jambe plâtrée pour se signaler.

— Je t'aurais reconnue même sans, tu sais. Tu n'as pas changé du tout, dit-il d'une voix amusée et chaleureuse tandis qu'elle prenait place à côté de lui.

— Allons donc, à quand remonte ta dernière visite chez l'ophtalmo ? dit-elle avec un sourire tandis qu'il la buvait des yeux.

Il la contempla ainsi pendant un long moment avant de l'embrasser sur la joue et de redémarrer. Lui-même avait très peu changé, si l'on exceptait ses cheveux gris. À 59 ans, il était svelte et paraissait en forme, comme avant.

Bob les emmena à L'Espalier, l'un des meilleurs restaurants de Boston. Le maître d'hôtel le connaissait, et il les installa à une table tranquille. Une fois assise, Maddie ne manqua pas de remarquer la grande élégance de son cavalier : costume sur mesure, cravate bleu marine estampillée Hermès, coupe de cheveux et rasage impeccables, montre en or Patek Philippe. Bob avait tous les attributs de l'homme qui a réussi. Pourtant une touche de tristesse voilait son regard.

— Alors, par quoi commençons-nous ? dit-il après avoir commandé un martini pour lui et une coupe de champagne pour elle.

— Par ce que tu veux.

— Tu t'es remariée ?

Elle secoua la tête.

— Pourquoi pas ?

— Peut-être parce que je suis trop tête de mule ?

Cette réponse le fit rire. Ils trinquèrent « au bon vieux temps » et il but une gorgée avant de la corriger :

— Plutôt trop occupée, je dirais.

— Ça aussi. Que veux-tu… On trime, on remet toujours les choses au lendemain, et puis un beau jour on se réveille et on réalise qu'il est peut-être trop tard. Il y a quinze ans, j'ai acheté une merveille de vieille caserne de pompiers dans West Village, que j'ai réaménagée. Je suis heureuse, mais mes enfants me manquent.

— Moi aussi, maintenant qu'ils sont à l'université.

— Quand t'es-tu marié ? demanda-t-elle, curieuse de savoir si c'était en Californie ou à Boston.

— Environ deux ans après notre rupture. J'étais à Palo Alto depuis à peu près un an et demi quand on m'a fait une meilleure offre ici. J'ai rencontré ma femme la semaine de mon retour à Boston. Elle faisait son droit. Elle est aujourd'hui avocate, spécialisée dans l'environnement, et elle adore ce qu'elle fait. Nous avons eu deux enfants, un garçon et une fille. Autant te dire que nous avons tout fait selon les règles. Mon beau-père était dans le capital-risque en lien avec les biotechnologies, c'est lui qui dirigeait la société qui m'a embauché. J'ai en quelque sorte épousé la fille du patron, et je suis monté très vite dans l'organigramme.

Dix ans plus tard, j'ai lancé ma propre boîte. Ça a plutôt bien marché, conclut-il modestement.

Il n'avait jamais été du genre à se vanter, mais sa réussite ne pouvait échapper à personne.

— Et… ? l'encouragea-t-elle.

Il y avait un loup quelque part, elle pouvait l'entendre dans sa voix et le voir dans son regard. Même après toutes ces années, elle lisait toujours aussi facilement en lui. Il n'avait pas l'air d'un homme heureux.

— Tu me connais trop bien. Les cinq premières années ont été idylliques, une vraie lune de miel. Ça a commencé à se dégrader après la naissance du second, jusqu'à atteindre un point de rupture. Le cœur du problème, c'est que ni l'un ni l'autre n'était sûr de la véritable raison pour laquelle je l'avais épousée. Était-ce pour elle, ou pour son père ? C'est vrai que j'étais prêt à tout pour me tailler une place dans le monde du capital-risque. Elle le savait et doutait de mon amour pour elle. En toute franchise, moi aussi. On songeait à se séparer quand son père m'a convoqué. Ils sont issus d'une vieille famille de Boston. Personne n'a jamais divorcé, chez eux. Il m'a dit qu'aussi longtemps que je resterais avec Elizabeth, tout irait bien. Mais que si je la quittais, il veillerait personnellement à réduire ma carrière en cendres. Il était sérieux. Si Elizabeth et moi ignorons pourquoi je l'ai épousée, nous savons en revanche très bien pourquoi je suis resté. Cela a signé la mort de notre mariage. Depuis, nous menons chacun notre vie de notre côté, ce qui est plus facile depuis que les enfants ont quitté la maison. Elle est toujours agréable, nous sommes extrêmement polis et prévenants l'un envers l'autre. Mais il n'y a pas d'amour, et peut-être qu'il n'y en a jamais eu. Ce qui existait entre nous au début a depuis longtemps disparu. Pendant un moment, j'ai fréquenté quelqu'un en toute discrétion, mais c'était compliqué. Il s'agissait de la femme de mon associé, qui était l'un de mes meilleurs amis.

Outre le coup bas final, ce récit tout entier arracha une grimace à Maddie. Que de mauvais choix dans cette existence ! Tout cela parce qu'il avait vendu son âme au diable. Bob en payait le prix fort. Il menait une vie sans amour, au côté d'une femme épousée pour de mauvaises raisons, avec qui il était resté pour protéger sa carrière, et qu'il avait en prime trompée avec l'épouse de son meilleur ami et associé. Que restait-il d'authentique dans cette vie ? Son malheur. Qui transparaissait d'ailleurs dans la tristesse de son regard. Bob avait perdu le plus important : son intégrité, et son cœur.

— Je suis vraiment désolée d'entendre tout ça, dit-elle avec sincérité. Tu mérites mieux.

— J'ai fait il y a longtemps le choix de frayer avec les puissants, et je ne le regrette pas. Certes, je n'aurais pas dû épouser Elizabeth. Mais si je ne l'avais pas fait, je n'en serais pas là où j'en suis aujourd'hui.

— Mais cela en valait-il la peine ? demanda-t-elle, triste pour lui.

— Parfois. Je grappille un peu de bonheur par-ci par-là, et ça va.

Traduction : il trompait sa femme à tour de bras. Maddie regrettait la direction qu'avait prise la vie de Bob, autant pour lui que pour sa femme, qui avait elle aussi payé le prix fort. Il ne pouvait y avoir beaucoup de joie dans tout ça. Pour solitaire qu'elle soit, sa vie à elle était bien plus simple. En tout cas, elle était honnête et vraie. Bob évoluait dans un monde d'artifices, de mensonges, de duperie et d'argent. Il avait sacrifié son bonheur pour une grande carrière. Certes, il possédait une Ferrari, une montre de luxe, certainement une demeure splendide, il avait mentionné un bateau ainsi qu'un jet, mais ses enfants avaient grandi dans un foyer sans amour. Y avait-il une parcelle encore intacte dans le cœur de Bob ? Maddie se félicitait de ne pas l'avoir suivi en Californie. Qui sait ce que serait devenue leur relation quand il se serait retrouvé face à ce qu'il aurait considéré comme « de meilleures opportunités » telles que Boston et Elizabeth ? Il l'aurait peut-être quittée sans un regard en arrière. Certainement, même. Tout était possible, avec quelqu'un d'aussi ambitieux. Il s'était vendu d'une manière magistrale et il ne restait rien en lui. C'était une coquille vide.

Ils abordèrent ensuite des sujets plus légers qui les occupèrent jusqu'à la fin du dîner. Après quoi, Bob la reconduisit. Devant son hôtel, il la dévisagea longuement.

— Quand repars-tu, Maddie ?

— Demain matin.

Elle avait pris sa décision pendant le repas. Elle ne regrettait pas une seconde d'être venue, mais ne souhaitait pas s'attarder à Boston. Le revoir risquait d'amener des complications, ce qui aurait été dommage. Les vieux souvenirs lui suffisaient.

— Tu pourrais prolonger un peu ?

Il était facile de deviner ce qu'il avait à l'esprit : un peu de réconfort en souvenir du bon vieux temps.

— Je crois que ce serait une erreur, pour tous les deux, dit-elle avec douceur. Ni toi ni moi n'avons besoin de compliquer nos vies, et nous avons déjà eu notre chance il y a longtemps. Tu n'aurais jamais été heureux sans la carrière que tu as aujourd'hui. Et je n'aurais pas pu t'apporter ça.

— Mais je ne suis pas heureux aujourd'hui, lui fit-il remarquer.

Elle le crut volontiers.

— C'est difficile si on vit dans le mensonge. Peut-être devrais-tu prendre le taureau par les cornes et divorcer.

— Et ensuite quoi ? Tout recommencer depuis le début avec quelqu'un d'autre ? Abandonner plus de la moitié de ce que j'ai gagné ? Sans compter que mon beau-père va me détruire. C'est un homme puissant. Et puis, nous menons une vie très confortable, nous avons une maison incroyable, un yacht, un jet. On ne tourne pas le dos à tout ça en un claquement de doigts.

— J'imagine.

Maddie se sentait désolée pour lui. Elle n'aurait pas voulu de sa vie pour tout l'or du monde. Il vivait dans une prison dorée qu'il s'était lui-même forgée. Et elle se sentait encore plus désolée pour sa femme.

C'est alors que Bob essaya de l'embrasser. Elle détourna le visage, si bien que ses lèvres se posèrent sur sa joue.

— Prends soin de toi. Je suis heureuse de t'avoir revu. Merci pour le dîner.

Elle sourit et sortit de la voiture sous son regard attentif.

— Maddie, je t'aime aussi fort qu'il y a vingt-six ans, quand nous nous sommes quittés. Ça ne s'est jamais arrêté.

Tout cela, c'est à ta femme que tu devrais le dire, songea-t-elle, mais il était bien trop tard pour ça. Quand il s'éloigna, elle lui fit un signe de la main en guise d'au revoir. Elle n'avait rien répondu à sa déclaration. Qu'aurait-elle pu lui dire ? Le pauvre ignorait la signification du mot « amour ».

5

Quand elle se réveilla le lendemain matin, Maddie avait un texto de Bob lui demandant de rester plus longtemps à Boston. Comme elle ne voulait pas l'encourager, elle lui répondit simplement.

J'ai des engagements à Chicago. Je dois partir. Merci beaucoup pour le dîner. Prends soin de toi.

La vie de Bob avait tellement mal tourné… Et tout ça par sa seule faute, pour des joujoux coûteux et une carrière prestigieuse. Ce gâchis emplissait Maddie de tristesse, mais elle se félicitait d'y avoir été confrontée. Ce constat lui confirmait la justesse de la décision prise vingt-six ans plus tôt. Elle avait bien pressenti qu'ils attendaient des choses différentes de la vie. Elle aimait les gens et les relations sincères quand lui aspirait à l'argent et au pouvoir, en véritable ambitieux et matérialiste qu'il était.

Maddie quitta très tôt son hôtel et, juste pour le plaisir, décida de passer par l'université de Harvard, située de l'autre côté du fleuve, à Cambridge. Il ne lui fallut que quelques minutes pour arriver sur les lieux, qui l'impressionnaient et l'émouvaient toujours quand elle pensait à tous les grands esprits qui y avaient été formés. Profitant de la lumière douce et rasante d'un début de journée qui s'annonçait radieux, elle sortit son portable et prit des photos qu'elle posta sur Instagram. Puis elle se promena le nez au vent sur le campus, songeant à la chance qu'avaient tous ces jeunes d'étudier dans une institution aussi extraordinaire. Une fois sa flânerie terminée, elle remonta en voiture et entra les coordonnées de Chicago dans son GPS. Un long trajet l'attendait.

Une fois sur l'autoroute, elle appela Penny, qui commençait tout juste sa journée.

— Comment ça se passe à la maison ?

Maddie avait la sensation d'être partie depuis bien plus longtemps que vingt-quatre heures.

— Rien à signaler, sauf un appel de Deanna. Elle n'a pas voulu me croire quand je lui ai dit que j'ignorais où vous étiez.

— Que voulait-elle ? Toujours la même chose ?

Maddie avait bien vu les appels en absence de sa fille sur son téléphone, et elle n'avait aucune intention de la rappeler.

— Bien sûr, vous imposer sa soirée de charité.

— Elle s'en lassera. Rien d'autre ?

— Non. Et vous ? Comment allez-vous ? Je viens de voir une photo de Harvard sur votre Instagram. Combien de temps restez-vous à Boston ?

— J'en suis déjà partie ! J'ai revu la personne que je souhaitais. Maintenant, je roule vers l'ouest.

— Le Grand Ouest ?

— Peut-être bien ! Je verrai. Rien n'est encore décidé.

— Merci d'avoir appelé, en tout cas. Je m'inquiétais un peu.

— Il ne faut pas, Penny, tout va bien. Et je vous rappellerai d'ici quelques jours.

Elle papota encore quelques minutes puis raccrocha et profita de la conduite. C'était une activité qui la détendait, et le long trajet ne la gênait pas. Elle avait de toute manière besoin de temps pour réfléchir et s'habituer à l'étrangeté de ce voyage. L'idée n'était pas de reprendre quoi que ce soit avec l'un des hommes qui avaient compté dans sa vie, juste de passer un peu de temps avec chacun pour découvrir ce qu'il était devenu.

Pour Bob, un dîner avait suffi : elle avait indubitablement pris une sage décision en refusant de le suivre en Californie, bien des années plus tôt. Elle avait un peu la sensation de faire de la chute libre. Comme si elle venait de sauter d'un avion et flottait, portée par le vent, sans aucune idée de l'endroit où elle allait atterrir. Tout ce qu'elle savait, c'est que c'était un passage nécessaire. Et qu'elle avait hâte d'arriver à Chicago.

Il était midi à New York et 9 heures du matin en Californie quand Deanna appela son frère. Elle avait passé la matinée avec des mannequins cabine pour la nouvelle collection et profitait d'une pause. De son côté, malgré un emploi du temps toujours très chargé,

Ben décrocha immédiatement, craignant que quelque chose ne soit arrivé à leur mère. Le dernier texto de Deanna l'avait tout de même alarmé.

— Tu as vu le post de maman sur Instagram ce matin ? attaqua d'emblée sa sœur.

— Non. J'étais au sport et là, je suis au boulot. Qu'est-ce qu'elle a publié ?

Ben était abonné au compte Instagram de Maddie, mais ne le suivait pas régulièrement. Contrairement à sa femme, qui suivait assidûment les stars de cinéma et autres célébrités. Lui allait rarement sur les réseaux sociaux.

— J'essaie de la joindre en vain depuis hier, et Penny entretient le suspense : elle affirme ne pas savoir où se trouve notre mère !

— C'est peut-être vrai. Peut-être qu'elle est partie photographier quelqu'un d'important. Un politicien, par exemple ?

— Foutaises ! Penny est toujours au courant de ses moindres faits et gestes ! Maman refuse de prendre mes appels.

— Vous vous êtes disputées ? demanda-t-il aussitôt.

Ben connaissait bien sa sœur, et il savait qu'elle avait l'art de jouer les innocentes tout en omettant une information de première importance, ce qui biaisait le jugement de son interlocuteur.

— Bien sûr que non, dit-elle sur un ton vexé. J'avais juste besoin d'un service, et elle n'était pas d'humeur. On dirait qu'elle est dans une université.

— On dirait bien, en effet, dit-il en regardant les clichés sur le compte Instagram de leur mère. C'est Harvard.

— Qu'est-ce qu'elle fiche là-bas ? Surtout si tôt le matin. Et pourquoi en faire tout un mystère ?

— Peut-être qu'elle doit photographier le président de l'université ou bien un prix Nobel ? Ça lui arrive. Mais pourquoi es-tu tout à coup si inquiète pour maman ? Tu sais bien que toi comme moi, nous aurions pu nous fracturer la cheville.

— Mais certainement pas à 3 heures du matin en tombant d'une échelle.

— Ça, c'est seulement parce que nous sommes mariés et parents de jeunes enfants. Elle a probablement plus de nuits solitaires à remplir que nous.

Il avait toujours été bien plus psychologue et tolérant que sa sœur aînée.

— Entre nous, je crois qu'elle commence à perdre la boule, lança celle-ci. Tout ça est vraiment bizarre. Pourquoi ne m'a-t-elle pas dit qu'elle partait ?

— Aucune idée. Peut-être que ce reportage doit rester secret, ou alors qu'elle couvre un scoop, comme la nomination d'un nouveau doyen ou bien la découverte d'un remède à une maladie incurable. Ses photos font souvent la une. Et franchement, depuis quand est-ce que maman te tient au courant de tout ce qu'elle fait ? dit-il, assez exaspéré.

Pourquoi sa sœur se focalisait-elle ainsi sur leur mère, tout à coup ?

— Tu as raison, reconnut Deanna.

Elle échangeait aussi peu avec Maddie qu'avec son frère, à qui elle envoyait juste un texto de temps à autre.

— Mais là, reprit-elle, je suis sûre qu'il y a anguille sous roche. C'est la première fois qu'elle fait une chute. C'est le début de la fin. Je lui ai dit, d'ailleurs.

— Bon sang, Deanna, mais qu'est-ce qui t'a pris ? Et tu te demandes pourquoi elle ne décroche pas quand tu l'appelles ?!

— Mais c'est vrai ! Elle n'est plus toute jeune. Cette fracture prouve bien qu'il est temps pour elle de vendre la caserne. Un de ces jours, elle va se tuer dans l'escalier. La prochaine étape, c'est le col du fémur.

Elle dit cela d'un ton tellement catégorique que Ben dut fermer les yeux en respirant profondément pour garder son calme.

— Et tu lui as sorti ça, aussi ?

— Évidemment ! Il fallait bien que quelqu'un lui dise. On ne peut pas la ménager en permanence.

Ça, on pouvait compter sur Deanna pour ne pas prendre de pincettes avec qui que ce soit…

— Elle vieillit, continuait Deanna, qui était lancée. Ce qu'il lui faudrait, c'est quelqu'un la nuit, une sorte d'aide à domicile. Elle a toute la place nécessaire. C'est ça, ou bien elle va devoir vendre cet endroit aussi bohème que dangereux. Rien que l'escalier est mortel. Et il n'y a pas d'ascenseur, bien sûr. Imagine qu'elle se blesse plus sérieusement. Je lui ai dit qu'elle ferait mieux d'envisager dès maintenant l'une de ces résidences avec aide à la personne. Certains de mes amis achètent des appartements pour leurs parents, et elle peut se le permettre.

— Mais enfin, elle n'a pas besoin d'aide à la personne à 58 ans !

— Pas encore, mais ça viendra. Ce n'est que le début.

— Bon sang, Dee ! Si jamais je me cassais la cheville en jouant au tennis, tu m'enverrais aussitôt en résidence médicalisée ?

— Bien sûr que non, tu as 35 ans. Mais notre mère en a presque 60, c'est une senior. Dans quelques années, la caserne sera vraiment dangereuse pour elle. Elle l'est déjà. Je lui ai conseillé de se procurer l'un de ces bracelets alarme, au cas où elle chuterait encore.

— Mon Dieu... Laisse-moi te dresser le tableau de ce que tu as fait, au cas où tu n'en aurais pas tout à fait conscience : tu as dit à notre mère – une femme dans la fleur de l'âge qui chérit son indépendance, mène une carrière épanouie et qui est respectée dans le monde entier pour son talent – que parce qu'elle a eu le malheur de tomber d'une échelle et de se casser la cheville, elle devrait porter une alarme pour senior. Et comme si ça ne suffisait pas, tu as ajouté qu'elle commençait à perdre la tête et avait besoin d'une aide à domicile, sinon elle allait devoir vendre la maison qu'elle adore pour envisager une résidence pour personnes âgées. Si tu m'avais balancé le quart de tout ça, je serais profondément déprimé – ce qu'elle est probablement, à cette heure ! Ton discours est non seulement déplacé, mais il est aussi totalement absurde envers une personne de son âge, surtout aussi dynamique qu'elle. Elle a 58 ans, pas 90 ! Et encore, elle donne l'impression d'en avoir 50 les mauvais jours, et 45 les bons. Bon sang, mais c'est quoi ton problème ?

— Elle n'agit pas de façon normale, c'est tout, répliqua Deanna, qui semblait froissée. Ça pourrait très bien être un Alzheimer précoce. Ça arrive à des gens de son âge, voire plus jeunes.

— Oui, et il arrive aussi que des gens se fassent foudroyer en pleine ville. Laisse-moi te dire une chose : s'il y a bien une maladie que maman n'a pas, c'est Alzheimer. Elle est plus vive d'esprit que nous deux réunis, et je n'ai rien remarqué d'étrange chez elle ces derniers temps.

— Peut-être, mais elle se comporte bizarrement.

— Parce qu'elle est allée à Harvard sans ta permission ? Elle y est probablement pour un rendez-vous avec le président d'université. Un rendez-vous que ni toi ni moi ne décrocherions jamais.

Deanna avait des problèmes à régler vis-à-vis de leur mère, et elle se montrait parfois déraisonnablement jalouse. Mais là, ça frisait le ridicule le plus total.

— Tu ne t'es jamais demandé à quoi sa vie pouvait ressembler ? Combien elle pouvait être solitaire ? De ses trois enfants, deux habitent à l'autre bout du pays.

Et encore, l'une vit pratiquement en recluse et ne parle jamais à personne, y compris à sa propre mère.

Ben se disait parfois que l'excentricité de Milagra pouvait être due à un syndrome d'Asperger.

— Mais toi tu vis à New York aussi, reprit-il. À quelle fréquence la vois-tu ?

— David et moi sommes très pris, se défendit Deanna. Nous avons tous les deux une vie professionnelle particulièrement stressante.

— Elle aussi, répliqua-t-il. Est-ce que tu lui proposes parfois un dîner toutes les deux ? Est-ce que vous faites des sorties ensemble le week-end ?

Il y eut un silence à l'autre bout du fil.

— Nous partons tous les week-ends, finit-elle par répondre. Mais je ne peux pas non plus rester en ville pour maman. Je dois aussi penser à ma famille.

— C'est là où je veux en venir. Avec nos vies très remplies, on a tendance à oublier qu'elle *est* notre famille. Milagra et moi habitons loin et toi, tu es trop occupée pour passer du temps avec elle. Et voilà que tu débarques un beau jour en lui sortant qu'il lui faut une baby-sitter, qu'elle devrait vendre la maison, envisager une vie assistée et porter une alarme pour senior. Comment crois-tu qu'elle se sent après ça ?

— Mais peut-être que c'est sa réalité, maintenant. En tout cas, ça le sera un jour, contra Deanna d'une voix dure.

— Pas forcément. Il y a plein d'octogénaires et de nonagénaires en pleine forme et en pleine possession de leurs moyens. Certains continuent même à travailler. Toi, tu veux la traiter comme si elle avait 100 ans alors qu'elle est toujours active, belle comme le jour et au sommet de sa carrière. Tu m'étonnes qu'elle ne décroche pas ! Moi, je ne le ferais pas non plus à sa place. Et qui sait pourquoi elle est à Harvard ? Ça peut être pour le boulot, ou alors parce qu'elle sort avec un des professeurs. En tout cas, elle doit se sentir terriblement seule. Et je ne crois pas qu'elle « perde la boule » ni qu'il faille parler de début de sénilité pour une pauvre cheville cassée.

— Espérons que tu as raison, dit Deanna avec un brin d'amertume.

Elle n'aimait pas se faire réprimander. Dans son monde, c'est elle qui distribuait les blâmes.

— Espérons surtout qu'elle passe un bon moment, elle le mérite, dit-il, attristé pour sa mère. Ce n'est pas d'une aide à domicile qu'elle a besoin, c'est d'un petit ami.

— Ne sois pas ridicule. À son âge ?

— Allons donc, tu ne connais aucun sexagénaire en couple ? Moi, je connais même des octogénaires qui viennent de se marier !

— Je persiste à dire qu'elle devrait se débarrasser de la caserne, c'est un endroit dangereux et ça l'a toujours été, s'entêta Deanna.

— Elle adore cet endroit. Que dirais-tu si quelqu'un t'obligeait à abandonner ta maison des Berkshires ?

Ben y avait été, et c'était magnifique. Deanna était folle de cet endroit.

— Ou encore ton appartement à New York ? insista-t-il.

— Ce n'est pas la même chose ! dit-elle avec colère.

— Si, c'est exactement la même chose.

— Non, aucun ne présente un quelconque danger. On parle d'un appartement et d'une ferme du XVIIIe siècle.

— Eh bien, pour elle, il s'agit d'une caserne de pompiers du XXe siècle ! J'ai fini par apprécier cet endroit, et je trouve qu'il lui correspond. C'est charmant et ça lui ressemble.

— Tâche de t'en souvenir quand elle se sera cassé le col du fémur ou bien tuée dans son maudit escalier. J'arrive à peine à le descendre sans glisser.

— Je crois que tu devrais montrer un peu plus de bienveillance envers elle, Deanna. Beaucoup plus, même. Elle ne nous demande rien, elle est toujours disponible pour nous, et elle ne se plaint jamais du peu de fois où elle nous voit ou du peu que l'on fait pour elle. Je ne l'appelle que très rarement, et pourtant elle ne m'en fait jamais le reproche. On ne peut vraiment pas dire que c'est une mère compliquée ou intrusive. Peut-être que tu devrais apprécier ça au lieu d'essayer de la pousser vers une vie assistée pour te débarrasser d'elle. Réfléchis un peu à ce qu'elle peut ressentir. On dirait bien qu'elle a pris la poudre d'escampette, et ce n'est pas moi qui lui jetterai la pierre.

— Je l'inviterai au restaurant quand elle reviendra, si elle compte me rappeler un jour.

— À mon avis, ça va prendre un peu de temps. Pourquoi aurait-elle envie de le faire après ce que tu lui as balancé ? Bon, je dois te laisser, je suis en retard pour une réunion, dit-il en jetant un coup d'œil à sa montre.

Une fois le téléphone raccroché, Ben passa en revue tous les propos insultants de Deanna. Comme leur mère avait dû en être blessée et attristée ! Y songer lui brisait le cœur. Était-il donc le seul à se soucier d'elle ? Ses sœurs ne faisaient aucun effort, et lui pas beaucoup plus. Cette conversation lui donnait envie de l'inviter au plus vite à San Francisco, et au diable les agendas trop remplis et les mille excuses de Laura. Leur mère méritait infiniment plus que ce qu'ils lui donnaient.

À New York, sitôt la discussion terminée, Deanna balaya d'un revers de main tout ce que son frère avait dit. En ce qui la concernait, il s'agissait à l'évidence d'un complexe d'Œdipe mal résolu.

Tandis que ses enfants se disputaient à son propos, Maddie, le cœur léger, faisait route vers Chicago avec Beyoncé en boucle.

En raison d'une pause déjeuner et de la circulation ralentie par les départs en week-end, elle n'arriva à destination qu'à 1 heure du matin. Elle se rendit directement au Four Seasons situé sur Michigan Avenue, l'artère la plus chic de la ville. Elle avait prévenu l'hôtel de son arrivée et avait demandé une suite junior, comme à Boston. Celle-ci, au trente-neuvième étage, était splendide et offrait une vue sur le lac. Depuis sa fenêtre, elle voyait les bateaux.

Maddie prit une douche avant de se laisser tomber sur son lit : elle avait conduit plus de quinze heures ! Elle appellerait Jacques dès le lendemain. Était-il en ville ? Souhaiterait-il la voir ? C'était là toute l'inconnue et la beauté de ce voyage : s'en remettre au destin, sans rien forcer. Elle avait tout son temps. Maddie eut le temps de sourire à cette pensée et, avant même d'avoir pu éteindre la lampe de chevet, elle s'endormit profondément. La route avait été longue et elle en avait savouré chaque seconde.

6

Lorsque Maddie s'éveilla le lendemain matin, le soleil brillait sur une belle journée. À sa grande surprise, il était plus de 10 heures. Elle s'étira et alla ouvrir les rideaux. La vue était spectaculaire. Elle sortit aussitôt son téléphone, prit une photo qu'elle posta sur Instagram, puis commanda un petit déjeuner composé de café et de croissants.

Au moment de sortir, elle essaya de joindre Jacques. Quand on lui indiqua qu'il serait là dans l'après-midi, elle laissa un message et quitta l'hôtel pour une petite promenade.

À plus de 1 000 kilomètres de là, Deanna envoya sur-le-champ un texto à son frère.

Va voir son compte Instagram !
Où est-elle maintenant ?

Ben répondit aussitôt.

Chicago !

Il connaissait bien la ville, où il se rendait souvent.

Mais qu'est-ce qu'elle fait là-bas ?

Ce ne sont pas nos affaires.
Elle est grande, non ?

Et il ajouta quelques minutes plus tard :

Et parfaitement saine d'esprit.

Toujours sceptique, Deanna ne releva pas, mais elle retenta d'appeler leur mère et tomba directement sur sa messagerie. Elle lui envoya alors un texto lui demandant où elle se trouvait. Pas de réponse. Sa mère ne voulait à l'évidence pas communiquer avec elle. Maddie semblait avoir décrété que c'était sa parenthèse à elle. Pour la toute première fois de sa vie, elle s'autorisait à ne pas leur répondre.

En revanche, elle décrocha sans hésiter quand son téléphone sonna dans l'après-midi. Un accent marqué familier retentit à son oreille et elle sourit.

— Maddie ! Que fais-tu à Chicago ? Ça fait plaisir de t'entendre !

Jacques détachait bien les syllabes de son prénom et traînait sur la dernière. Il le prononçait à la française, comme il l'avait toujours fait.

Depuis le temps, son anglais s'était à peine amélioré. Il faut dire que la plupart de ses employés étaient français. En cuisine, il accordait plus de crédit à ses compatriotes qu'aux Américains.

— Je m'offre un petit voyage, lui répondit Maddie, prudente dans le choix de ses mots.

Ses retrouvailles avec Bob lui avaient appris une chose : il valait mieux ne pas annoncer pour quelle raison elle était là. C'était source de malentendu et un peu trop solennel. Surtout que Jacques avait toujours eu beaucoup de succès avec les femmes, et elle ne voulait pas qu'il se fasse des idées.

— Tu es libre ce soir ? fit-il aussitôt.

— Libre comme l'air. Je suis arrivée dans la nuit et je n'ai aucun plan.

— Eh bien, maintenant, tu en as un : j'ai ouvert un nouveau restaurant il y a deux semaines. Il faut que tu voies ça ! On dit 21 heures ?

De toute évidence, il dînait toujours aussi tard, se dit-elle tandis qu'il ajoutait avec une touche d'espoir dans la voix :

— Dis-moi que tu es venue sans mari.

— Je n'en ai pas, confirma-t-elle dans un rire.

— Magnifique !

Cela faisait vingt ans qu'ils ne s'étaient pas revus, mais l'accueil de Jacques laissait penser qu'ils s'étaient quittés la veille. C'était tout lui : ouvert, chaleureux et jovial, des qualités qui le servaient bien dans son métier. Tout le monde l'adorait, en particulier les femmes. Mais il savait aussi apprécier les activités entre hommes.

Comme le nouveau restaurant promettait d'être au diapason de la ville, c'est-à-dire pour le moins sophistiqué, elle décida de s'arrêter chez Neiman Marcus pour se trouver une tenue plus habillée que ce qu'elle avait dans ses bagages. Elle jeta son dévolu sur une robe de soie noire, simple mais parfaite pour l'occasion, qui tombait impeccablement et dévoilait ses belles jambes. Pour compléter, elle s'acheta une paire de ballerines Manolo Blahnik en daim noir, dont le talon peu élevé faisait le pendant parfait avec sa botte de marche. La veste noire qu'elle avait déjà compléterait sa tenue.

Lorsque Jacques passa la prendre au Four Seasons peu avant 21 heures, Maddie était fin prête. Elle avait choisi de laisser ses longs cheveux libres. Sa blondeur naturelle, parfois rehaussée d'une couleur, ne trahissait encore aucun éclair de gris. En apercevant le cabriolet Bentley bleu marine que conduisait le Français, elle eut un sourire qui s'élargit quand il jaillit du véhicule pour la serrer contre lui et l'embrasser. Il s'était un peu alourdi, mais n'avait pas changé.

— Maddie, quel plaisir de te voir ! dit-il d'un ton sincère.

Il la fit monter dans sa voiture et prit la direction de son restaurant, qui n'était qu'à quelques minutes. L'existence de la Bentley et cette nouvelle adresse témoignaient du succès de ses affaires et de sa prospérité. Un succès que, contrairement à Bob Holland, il n'avait pas obtenu par un mariage intéressé, mais gagné à la sueur de son front. Et Jacques donnait l'impression d'apprécier pleinement sa réussite.

Quand ils arrivèrent à destination, le voiturier prit immédiatement les clés des mains de Jacques et gara le cabriolet devant le restaurant. Le personnel l'accueillit chaleureusement. Ils avaient bien sûr l'une des meilleures tables. Jacques et elle venaient à peine de s'asseoir que le sommelier apparut avec une bouteille de champagne Cristal bien frais.

— Je suis tellement content que tu m'aies appelé ! dit-il, tout joyeux. Comment vont tes enfants ?

— Bien. Ils sont très pris, mais heureux, résuma-t-elle avec un sourire.

Elle retrouvait chez lui cet art de tout rendre festif. Chaque moment passé ensemble avait toujours été une petite fête en soi.

Elle jeta un coup d'œil à la salle, magnifique, dont les murs étaient ornés d'œuvres d'art contemporaines. Il y avait même un Damien Hirst juste au-dessus de leur table, qu'elle avait tout de suite remarqué.

— J'ai eu une fille, annonça Jacques en se rengorgeant.

— Il me semble l'avoir vue en photo sur ton site internet !

— Ah non, elle, c'était juste une amie. Très belle fille. Vénézuélienne, corrigea-t-il, l'œil malicieux. Ma fille n'a que 11 ans. Je n'ai pas épousé sa mère, mais nous sommes restés bons amis et je vois ma fille quand je veux. Elles habitent l'appartement en dessous du mien, si bien qu'elle peut passer de l'un à l'autre à sa guise.

— Tu ne t'es jamais marié ? demanda Maddie pendant qu'ils savouraient le champagne.

— Je ne crois pas être fait pour ça, répondit-il avec un sourire entendu.

Maddie était parvenue à la même conclusion quand ils sortaient ensemble. La monogamie n'était vraiment pas son fort, du moins à l'époque.

— Tu continues à collectionner les conquêtes féminines ? le taquina-t-elle.

Il répondit par un rire avant de confesser :

— C'est ma drogue de prédilection... Mais toi, Maddie ? Tu t'es remariée ?

— Je ne suis pas sûre que cela me conviendrait encore aujourd'hui, dit-elle en secouant la tête. Cela fait trop longtemps. Et je voyage beaucoup pour mon travail. Partir souvent, ça devient compliqué quand on est marié.

Il hocha la tête en guise d'assentiment au moment où le maître d'hôtel leur tendait les menus. Celui de Maddie n'affichait aucun tarif, signe que Masson était une adresse très haut de gamme. Dans ce type d'établissement, seuls les hommes connaissaient le prix des plats. Maddie était sûre que la cuisine serait délicieuse. Il s'agissait ici, sans nul doute, d'un temple de la haute gastronomie française. Après avoir passé commande, Jacques lui montra des photos de sa fille, Paloma. C'était une très belle jeune fille.

— Heureusement, elle ressemble plus à sa mère qu'à moi. On passe beaucoup de temps ensemble, je l'emmène en voyage. Sa mère était mannequin mais désormais, elle reste à la maison pour s'occuper de notre fille.

Visiblement, Jacques leur offrait à toutes les deux une vie agréable. Avoir connu la pauvreté à son arrivée en Amérique, quand il n'avait que sa carte verte en poche, n'avait pas entamé sa générosité naturelle.

— Mais toi, Maddie, es-tu heureuse ? lui demanda-t-il.

Voilà une question que Bob Holland ne lui avait pas posée. Il était sans doute tellement malheureux lui-même qu'il en avait oublié que ce n'était pas le cas de tout le monde. À l'inverse, Jacques répandait autour de lui la joie et le plaisir comme des cadeaux.

— Parfois, répondit Maddie, après un instant de réflexion. Certains jours, l'époque où les enfants étaient encore petits et à la maison me manque. Aujourd'hui, je les vois à peine. Ben et Milagra sont en Californie et on se croise une ou deux fois par an. En revanche, mon travail est très gratifiant. J'adore toujours ce que je fais. Plus que jamais.

— Il faut dire que tu as du talent à revendre, dit-il avec un sourire admiratif.

— Je te retourne le compliment. Ton restaurant est magnifique. Non seulement tu es un grand chef, mais tu sais aussi créer une atmosphère merveilleuse autour de toi.

— Tous les soirs, je passe dans chacun de mes établissements de Chicago. Je pense que c'est ça qui fait la différence. Je vais aussi pas mal à Vegas. Si tu as un peu de temps, je t'emmène là-bas, le resto est sympa. C'est joli également à Palm Beach. J'y ai une maison, mais c'est un peu trop tranquille pour moi. Et je projette d'ouvrir un restaurant cubain à Miami l'année prochaine, une adresse avec une piste de danse et un orchestre de salsa ! Au moins, à Miami, ça bouge bien !

De toute évidence, il travaillait dur, mais il prenait aussi le temps de sortir et de s'amuser. Parfois un peu trop peut-être. Maddie devinait sans peine qu'il devait être entouré de femmes à Palm Beach et Las Vegas comme à Chicago.

— J'ai obtenu la citoyenneté américaine l'année dernière, lui annonça-t-il avec fierté. Ça fait vingt ans que je vis aux États-Unis. Et tu as été la première de ce côté-ci de l'Atlantique.

— Je me souviens. Tu parlais à peine deux mots d'anglais quand on s'est rencontrés, dit-elle doucement.

Jacques avait conservé un fort accent et sa syntaxe laissait à désirer, mais il avait enrichi son vocabulaire de manière incroyable. Dans l'intervalle, il s'était par ailleurs révélé excellent homme d'affaires et avait extrêmement bien réussi dans sa partie, tout en respectant ses valeurs. Jacques agissait en accord avec lui-même.

— Dis-moi, où va te mener ton petit voyage ? demanda-t-il, curieux.

— Je compte m'arrêter dans le Wyoming pour revoir une vieille connaissance, et ensuite peut-être pousser jusqu'en Californie rendre visite à mes enfants. Je n'ai pas encore décidé. Seule certitude : dans quatre semaines, je dois être à Shanghai. Jusque-là, je suis relativement libre.

— Reste un peu à Chicago alors, c'est une ville sympa.

Tout en disant cela, il avait pris sa main et elle sentit monter en elle la même vague de chaleur que vingt ans plus tôt. Il était toujours aussi sémillant et séduisant. Alors qu'ils se perdaient dans les yeux l'un de l'autre, une splendide jeune femme habillée d'une robe très courte s'approcha de leur table et sourit à Jacques. Elle s'adressa à lui en espagnol et il lui répondit très vite. Maddie saisit qu'il était question de se retrouver chez lui plus tard. Elle éclata d'un rire un peu désabusé tandis que la belle créature s'éloignait.

— J'ai interféré avec tes plans de ce soir ? demanda-t-elle.

Lui qui avait été si prompt à l'inviter… Elle était redescendue sur Terre à la vitesse de l'éclair.

— Absolument pas, dit Jacques d'une voix douce. Mais je ne suis pas rentré dans les ordres depuis la dernière fois que nous nous sommes vus.

— Une telle idée ne m'aurait pas effleuré l'esprit. Elle est très jolie.

Et elle ne semblait pas avoir plus de 25 ans, peut-être même moins. Décidément, il savait choisir les plus belles parmi toutes celles qui gravitaient toujours autour de lui. Celle-ci avait bien trente ans de moins que lui.

— C'est une gentille fille. On se voit depuis quelques mois, mais rien de sérieux. Son petit ami travaille au Costa Rica et elle aime bien s'amuser un peu quand il n'est pas là, précisa-t-il.

Maddie ne put s'empêcher de rire d'elle-même en l'écoutant. Dire qu'elle avait failli retomber dans ses filets ! Il avait suffi qu'il lui prenne la main pour qu'elle se sente attirée comme par un aimant, à nouveau femme. Si Bob Holland avait perdu son âme et n'était plus l'homme qu'elle avait connu, Jacques était bien resté le même ! D'un côté, c'était réconfortant, et de l'autre cela mettait en lumière ce qui les avait séparés vingt ans plus tôt. Qu'elle retombe amoureuse de lui, et rien ne changerait : il passerait son temps à la tromper. Il ne pouvait s'en empêcher, il était ainsi et le resterait jusqu'au bout.

Mais elle n'avait pas entrepris ce voyage pour raviver la flamme. Elle était juste curieuse de savoir si des braises couvaient encore. Avec Jacques, le feu pouvait indéniablement repartir, en tout cas physiquement. Mais quelle grossière erreur ce serait ! Ils ne partageaient pas les mêmes valeurs. Et n'avaient pas les mêmes besoins. Elle-même savait que si elle retombait un jour amoureuse, ce serait pour être avec un seul homme. Elle avait toujours été comme ça. Or il fallait à Jacques un changement permanent, de la variété. Il n'avait pas mis la pédale douce, et les filles qui l'attiraient étaient aujourd'hui beaucoup plus jeunes que lui, comme si elles pouvaient lui transmettre un peu de cette jeunesse qui s'éloignait.

Jacques se sentait toujours aussi attiré par Maddie. Il l'avait toujours trouvée très séduisante, et elle l'était restée. Il appréciait son élégance, son style, sa franchise, sa chaleur humaine et son ouverture d'esprit. Jamais elle n'avait joué avec lui. Avec elle, on savait toujours à quoi s'en tenir.

Elle l'avait aimé, mais leur amour n'aurait pas été possible dans la durée. Peut-être n'y avait-il pas assez qui les réunissait. Tous deux le ressentaient d'ailleurs à nouveau. Il aurait été facile et extrêmement tentant de finir au lit avec lui, mais elle l'aurait regretté.

Côté culinaire, le dîner tint toutes ses promesses. Après ça, Maddie se laissa convaincre de sortir en boîte de nuit. Même si elle ne pouvait pas vraiment danser avec son plâtre, ils s'amusèrent comme des fous et elle eut l'impression de renouer avec sa jeunesse. Jacques lui rappelait une partie de sa vie qu'elle pensait avoir mise au placard pour toujours. Cela faisait des années qu'elle n'avait pas autant ri !

— N'oublie pas à quel point tu es excitante, Maddie, lui dit-il plus tard dans la voiture, tandis qu'il se garait en douceur devant son hôtel. Il te faut un homme, même si tu penses le contraire. La vie ne se résume pas au travail et au devoir. Ni à ton talent ou à ta carrière. Il faut s'amuser aussi. À l'époque, tout tournait autour de tes enfants, et voilà que ton travail a pris le relais. Maintenant, il faut penser un peu à toi. Tu le mérites. Promets-moi que tu ne l'oublieras pas.

Ses mots furent comme un cadeau pour Maddie, qui accueillit son baiser avec plaisir.

Elle réintégra sa suite heureuse de l'avoir laissé l'embrasser, et contente de ne pas avoir été plus loin. Embrasser Bob à Boston aurait été une erreur : il vivait dans le mensonge. Jacques, lui, ne trompait personne. C'était juste un homme qui aimait passionnément les femmes. Elle aurait d'ailleurs mis sa main à couper qu'il était allé retrouver l'autre fille. Mais peu importait. Il lui avait offert un souvenir tendre et léger à emporter, ainsi qu'un message plein de sagesse. Leurs chemins se séparaient là. Le lendemain, il partait pour Vegas. Et elle se dirigerait vers le Wyoming.

Elle savait que revoir Andy serait plus difficile, après tout ce qu'ils avaient partagé. Mais jusqu'ici, chacun de ses anciens amants l'avait gratifiée d'un cadeau : Bob l'avait libérée de tout regret ou doute. Et grâce à Jacques, elle s'était de nouveau sentie femme. Elle ignorait ce qui l'attendait dans l'Ouest mais elle devait y aller, ne serait-ce que pour revoir Andy une dernière fois avant de retourner à sa vie new-yorkaise. Libérée définitivement du passé, ou toujours amoureuse ?

7

Maddie ne s'attarda pas à Chicago. Elle aimait bien cette ville, mais n'avait plus rien à y faire maintenant qu'elle avait revu Jacques. Prolonger son séjour n'aurait rien apporté de bon sinon le risque de retomber dans cette relation – une folie, une impasse. Il l'avait certes invitée à l'accompagner à Las Vegas, mais intégrer son harem aurait été du dernier des ridicules. Sans compter que Jacques ne cachait plus ses écarts. Si certaines se leurraient et pensaient pouvoir le retenir, Maddie ne se faisait aucune illusion : Jacques n'était pas homme à se fixer. Il avait toujours une maîtresse dans le placard, et c'était aussi décevant qu'épuisant. En ce qui la concernait, elle vivait très bien sans homme. Alors si elle en reprenait un dans sa vie, c'était pour l'avoir tout à elle !

Jacques lui avait cependant offert un cadeau précieux. Elle avait conscience que ces quinze dernières années, son travail avait pris toute la place. Elle avait tout donné, enchaînant les contrats sans jamais s'arrêter. Il lui était arrivé de prendre un vol de nuit pour commencer une nouvelle mission sitôt l'avion atterri. Finalement, ne passait-elle pas sa vie à prouver de quoi elle était capable ? Relever chaque défi, tenir sur la durée résumait assez bien son existence. Elle était endurante, mais parfois l'épuisement affleurait. Et chemin faisant, la femme en elle s'était effacée. Au début, ç'avait été intentionnel, pour survivre après la rupture avec Andy. Il lui avait fallu des années pour ne plus se lever chaque matin le cœur lourd. Mais entre-temps, elle s'était trop profondément plongée dans le travail pour pouvoir ressortir facilement la tête de l'eau. Un contact tendre ? Elle n'en ressentait ni le besoin ni l'envie. Elle ne voyait plus le monde qu'à travers l'objectif de son appareil, et ces œillères-là lui convenaient très bien.

Les mots de Jacques lors de leurs adieux avaient ouvert une brèche. Comme si la lumière entrait soudain à flots dans une pièce trop longtemps fermée. Elle avait oublié combien le ciel pouvait être beau, combien le monde était excitant ! Ses photos parlaient d'agonie et de deuil, de mères, d'enfants, d'amants aux visages marqués par une douleur déchirante. Où étaient la joie, le rire, la légèreté ? Cela faisait trop longtemps qu'elle baignait dans cette gravité qu'elle s'était imposée pour supporter l'absence d'Andy, quand elle s'était juré de plus jamais aimer comme ça. Et voilà qu'elle conduisait en souriant d'une oreille à l'autre. Merci, Jacques !

Au final, lui le charmeur, le jouisseur un peu tête en l'air s'était révélé le plus fin. En bon vivant qui sait apprécier les belles choses, il lui avait rappelé qu'il faut profiter, et qu'elle ne pouvait pas rester éternellement dans cet état d'engourdissement. Aujourd'hui, elle aspirait à retrouver cette légèreté qu'elle avait quand ils sortaient ensemble, alors même qu'elle se focalisait à l'époque sur ses enfants – trop, d'ailleurs, au goût de Jacques. Le monde lui paraissait plus vaste, ses émotions plus prégnantes. Et tout à coup, sa solitude lui parut évidente. Mais au lieu de s'arc-bouter les dents serrées pour tenir le coup, elle choisit de l'accueillir avec sérénité.

Chicago était maintenant loin derrière et le paysage déployait à l'infini des champs de blé ondulant sous la brise comme la mer sous le vent. Le spectacle enchantait tellement Maddie qu'en début d'après-midi, elle s'arrêta pour l'immortaliser. Elle utilisa d'abord l'appareil qu'elle avait emporté, puis son portable afin de poster quelques clichés sur Instagram.

Ce panorama l'emplissait de paix. Il s'en dégageait une impression de douce solitude qui, pour une fois, n'était pas douloureuse. Maddie prit le temps de l'admirer tranquillement avant de remonter en voiture. Elle monta le son de la radio et reprit sa route. Deanna lui avait laissé un message qu'elle n'avait pas écouté – sans doute au sujet de sa soirée de charité. Sa fille aurait eu bien besoin d'apprendre à lâcher un peu de lest, elle aussi. La ressemblance entre elles s'arrêtait là, car Deanna forçait la main aux gens, un défaut qui la rendait antipathique.

Loin de là, en Californie, Ben profita d'une pause dans sa matinée pour découvrir les magnifiques photos que sa mère venait de prendre. Il nota tout de suite qu'elles différaient de son style habituel. Il n'y avait aucun être humain, aucune souffrance, comme si elle ressentait une grande paix. Où se trouvait-elle en ce moment ? Visiblement dans le Midwest agricole, mais en route vers quelle destination, il n'aurait su le dire. Peut-être essayait-elle de se prouver quelque chose ? Qu'elle n'était pas l'âme esseulée, la vieille femme en pleine décrépitude dépeinte par sa fille ? En tout cas, elle semblait être en quête de quelque chose. Quand il retourna sur Instagram plus tard dans la journée, il découvrit cette fois un champ de fleurs sauvages, véritable symphonie de bleu et de jaune. Ces clichés débordaient d'une joie débridée. C'était une explosion de couleur sous le bleu éclatant du ciel. Rien qu'à les contempler, Ben se sentait heureux et, apparemment, sa mère aussi. Il espérait de tout cœur qu'elle trouverait ce qu'elle cherchait – quelqu'un, ou la paix intérieure. Il ne tenta pas de l'appeler et la laissa poursuivre son périple sans interférer. Si seulement Deanna pouvait faire de même… Leur mère avait tant pris soin des autres, il était temps qu'elle prenne du temps pour elle.

Après dix heures de conduite, Maddie décida de s'arrêter dans un petit motel. Elle se sentait fatiguée mais détendue. Elle prit possession de sa chambre, simple mais propre, et s'allongea sur le lit. Puis elle regarda autour d'elle. Durant ses voyages, elle avait dormi dans quantité d'endroits : sous la tente, dans des cabanes, à l'arrière d'un camion de ravitaillement en zone de guerre, dans des cahutes et même dans des étables avec les bêtes, en Inde et au Pakistan, au Tibet et au Népal, en Somalie et au Soudan. Elle s'était rendue dans les pays les plus pauvres du globe, mais aussi dans des palais. Par sa petitesse et sa nudité, la pièce lui rappelait un monastère où elle avait séjourné en Espagne et qui accueillait des pèlerins. Les commodités se limitaient au strict nécessaire, mais elle n'avait pas besoin de plus : des toilettes, une douche, un lit, des draps propres. Ici elle avait même le luxe d'un téléviseur, aussi antique soit-il. Elle l'alluma, pour apprendre qu'une fusillade avait eu lieu dans une université du Mississippi. Maddie éteignit aussitôt le poste, consciente de son impuissance et soucieuse de se préserver. Elle ne voulait pas voir le visage baigné de larmes des étudiants sous le choc qui pleuraient leurs amis, celui des parents au cœur brisé, ni l'image des corps qu'on emportait. Ce temps qu'elle s'accordait était pour elle. Et tout ce qu'elle voulait dans l'immédiat, c'était la paix, et guérir sa propre âme blessée.

En lui prédisant une véritable descente aux enfers, Deanna lui avait dérobé sa foi en l'avenir, sa certitude jusque-là inébranlable que tout irait bien. Perdre sa santé et son intelligence, sa raison d'être et sa liberté ? Maddie ne pouvait rien imaginer de pire, excepté la mort de ses enfants. La vision de cette ruine intérieure l'avait effrayée au point qu'elle avait éprouvé le besoin irrésistible de s'échapper, d'aller dans un endroit où Deanna et ses funestes prédictions ne pourraient plus l'atteindre. C'était peut-être une fuite, mais dans cette chambre de motel anonyme, en plein cœur de l'Amérique, après avoir avalé les kilomètres et revu les hommes qu'elle avait autrefois aimés et n'aimait plus, elle commençait à se retrouver. Sa cheville cassée importait peu, et ne lui faisait presque plus mal. L'ébranlement et la peur ressentis à New York, le besoin de protection qui en avait découlé s'estompaient. Dans cet environnement calme et apaisé lui revenait la conscience de sa propre force : elle n'avait besoin de personne, et elle comptait bien ne plus l'oublier.

Plus tard, Maddie se rendit à pied dans un relais routier proche de son motel. Elle en rapporta un sandwich qu'elle savoura dans un profond silence à peine troublé par le bourdonnement lointain des camions sur l'autoroute. Ce bruit de fond, associé aux bienfaits d'une bonne douche, acheva de la faire sombrer dans un sommeil réparateur.

Quand elle se réveilla le lendemain matin, le soleil jouait déjà à travers les stores. Elle s'habilla et, comme elle semblait être la première debout, laissa la clé sur le comptoir de l'accueil. Une fois son petit déjeuner avalé au relais, elle remonta en voiture. La journée s'annonçait magnifique. Elle prit le temps d'ouvrir, avec une petite appréhension, un texto de Ben. Voulait-il savoir où elle était ? Elle avait besoin de temps pour elle et ne souhaitait pas dire à ses enfants dans quelle folle équipée elle s'était engagée.

Tes photos sont splendides, maman. Je t'aime.

Aucune question. Quel soulagement ! Elle n'aurait pas aimé lui mentir.

Merci. Moi aussi, je t'aime.

Elle reprit la route le cœur léger. Son objectif était d'atteindre le Wyoming avant la nuit, ce qui représentait à nouveau dix heures de conduite, en roulant à bonne allure. Selon son GPS, le ranch d'Andy se trouvait à une soixantaine de kilomètres de Jackson, la commune la plus importante du secteur. Autant dire qu'il vivait loin de tous les touristes citadins qui venaient dans le Wyoming pour se targuer d'être allés dans un ranch et d'avoir admiré la chaîne Teton dans toute sa splendeur. Voilà des années de ça, elle-même s'était rendue dans cette vallée avec Andy, et il l'avait emmenée à un rodéo. Elle avait adoré l'authenticité de ce moment. Tout y était : les clowns, les rois du lasso, les cavaliers qui montaient à cru les broncos dans l'espoir de remporter le jackpot, les adolescents qui exhibaient leurs montures, la reine du rodéo trop maquillée paradant avec sérieux dans ses plus beaux atours. Cela avait donné de magnifiques photos. Elle avait même lâché une larme quand ils avaient entonné l'hymne national. Là-bas, ça voulait vraiment dire quelque chose. Mais peu importait son attachement à ces traditions, elle demeurait une touriste, même en compagnie d'Andy, et cette vie n'était pas pour elle. Pas plus que les rues de New York pour lui. Il y aurait perdu sa force vitale. Comment exiger cela de quelqu'un ? On ne peut s'épanouir loin des lieux auxquels on appartient intimement. Le Wyoming n'était pas pour elle, malgré toute sa beauté sauvage ou son amour pour Andy – et réciproquement.

Au fil des kilomètres et des heures, le paysage devint progressivement plus âpre, et l'air se rafraîchit. Maddie prenait régulièrement des photos. Plus tôt dans la journée, elle s'était même assise pendant un moment à l'ombre d'un arbre pour contempler le paysage vallonné, parsemé de versants ocre et de promontoires argileux au milieu desquels on imaginait sans peine les silhouettes d'Indiens. Partout, ce n'était que paix et beauté.

Des sentiments que Ben percevait dans chacun des clichés qu'elle publiait sur Instagram. Il ne lui avait pas réécrit. En revanche, il avait reçu un message plutôt irrité et bien typique de sa sœur qui se demandait ce que faisait leur mère. Il n'avait pas répondu. Elle n'aurait de toute façon pas compris. Malgré toute son intelligence et son talent, sa sœur était bornée. Et beaucoup trop autocentrée pour être capable de se questionner sur ce que quelqu'un d'autre ressentait, en particulier leur mère.

À voir le relief devenir plus rocailleux et sauvage sur les photos, il avait une petite idée de sa destination. Quand apparurent les montagnes dans tout l'éclat pourpre d'un coucher de soleil, il comprit qu'il avait vu juste. Il se souvenait si bien de ces sommets ! Il avait eu un coup de cœur quand il les avait vus pour la première fois, et l'idée d'avoir des attaches là-bas un jour l'avait enthousiasmé. Mais cela ne s'était jamais fait. Il avait regretté Andy, sans trop s'appesantir dessus non plus car ses études à Berkeley l'accaparaient. Mais sa mère ? Pendant combien de temps l'absence d'Andy lui avait-elle pesé ? Peut-être bien tout au long de ces dix-sept dernières années ! Tout en espérant le contraire, Ben se rendit soudain compte qu'il avait été bien aveugle. Sa mère était à l'évidence en train d'accomplir un cheminement essentiel pour elle. D'où la dimension quasi sacrée de ses dernières photos. Il s'en dégageait une aura profondément spirituelle, une atmosphère qui lui paraissait très intimiste – peut-être parce qu'il la connaissait si bien. Les autres n'y verraient sans doute que de beaux clichés. Quant à sa sœur… Pour Deanna, elles demeureraient totalement opaques.

Maddie arriva à Jackson à 21 heures. Elle passa devant les magasins, les restaurants et les boutiques de souvenirs, ignora la douzaine de ranchs touristiques des environs et poursuivit sa route sur une vingtaine de kilomètres encore, vers Moose, où elle trouva une petite chambre d'hôte. Une fois ses affaires installées, elle sortit se promener et contempler les montagnes dont la masse impressionnante se détachait dans la nuit étoilée. Elles étaient aussi majestueuses que dans son souvenir ! Depuis le tronc où elle s'était assise, Maddie observa les crêtes et le firmament que venait parfois troubler le passage d'une étoile filante. Elle en compta deux. La Grande Ourse se détachait aussi nettement que si un enfant l'avait dessinée, tout comme la Voie lactée. Elle repéra les constellations moins connues qu'Andy lui avait montrées autrefois. Cela faisait des années qu'elle n'y avait plus repensé. Mais elle se trouvait désormais chez lui, et c'était comme si les étoiles étaient siennes aussi. Ces astres faisaient partie de lui et de la magie qu'il lui avait apportée. Tout dans la vie de cet homme lui avait plu. Mais il devait rester là, et elle ne pouvait pas. Cela avait été leur seul point de divergence, le reste avait fonctionné à merveille pendant plus d'un an. Puis elle s'était détournée. Une décision qu'elle regrettait à présent. Mais pourquoi ? Pourquoi, sachant qu'il n'y avait pas d'autre option à l'époque ? Et pas plus aujourd'hui.

Comment aurait-elle su que cette décision entraînerait dix-sept ans de solitude ? Se réveiller presque chaque jour avec la moitié du lit vide, n'avoir personne à qui raconter sa journée, personne pour la faire rire de petites choses sans importance ou rendre l'avenir moins effrayant, personne pour chercher à savoir quels étaient ses rêves. Elle ne s'était pas ouverte à une autre relation sérieuse et vieillissait seule, sans quiconque avec qui partager sa vie et rendre les années restantes aussi importantes que les premières. Cela signifiait mourir seule un jour et, en attendant, tomber seule dans son escalier – comme se plaisait à lui répéter Deanna –, et puis finir, toujours seule, dans une résidence médicalisée.

À l'époque, elle avait cru que quitter Andy signifiait seulement vivre selon ses propres règles, suivre son chemin sans avoir à tenir compte de quelqu'un d'autre, et rester dans la ville où elle avait ses habitudes. Mais cela avait impliqué tellement plus. Elle avait dû rester forte en permanence, sans personne avec qui partager ses peines ou ses joies. Elle n'avait pas mesuré pleinement le sens du mot « seule » ni ce qu'il signifiait au quotidien, pendant de longues années. Et maintenant, ce pourrait être son lot pour le restant de ses jours, si elle n'était pas assez courageuse pour essayer de partager sa vie de nouveau. En aimant cet homme, elle avait pris le risque d'avoir mal, mais le perdre avait été bien pire que tout ce qu'elle avait pu imaginer. Pourtant, elle avait fait ce choix et il l'avait respecté. Jamais il n'avait cherché à la revoir, et elle non plus. Une fois engagée sur son chemin de solitude, elle y était restée, par entêtement ou par fierté. Or voilà qu'elle désirait à nouveau se trouver face à lui.

Elle n'était même pas certaine de ce qu'elle lui dirait ni de ce qui la poussait à revenir. Une force qui la dépassait l'avait précipitée vers lui, à travers le pays et les années. Comment réagirait-il ? Et comment avait-il vécu pendant tout ce temps ? Cela faisait bien longtemps qu'ils ne s'étaient plus donné de nouvelles. Même si elle n'en avait pas conscience à l'époque, elle était encore jeune au moment de leur histoire. Aujourd'hui, après sa chute, elle ressentait son âge. Deanna lui affirmait qu'elle était vieille. Jacques soutenait le contraire. Elle ne savait plus où était la vérité.

Maddie rentra à la chambre d'hôte, non sans admirer encore une fois les montagnes si proches. On pouvait presque les entendre respirer, elles étaient vivantes. Andy avait raison : elles possédaient une âme. Elle s'allongea encore habillée sur son lit, et tomba aussitôt dans un profond sommeil.

Il lui fallut tout son courage pour se résoudre à se lever le lendemain matin. Plus moyen de reculer, elle devait affronter ce qu'elle avait fui : ses sentiments pour Andy, et le besoin de lui qu'elle avait refoulé toutes ces années. Dieu qu'elle avait craint cela : devenir dépendante et se perdre dans son ombre ! Car c'était un homme qui en imposait. Il l'avait respectée au point de la laisser partir quand elle l'avait demandé, quel qu'en fût le prix pour lui.

Elle resta sous la douche un long moment pour tenter de mettre de l'ordre dans ses idées et, comme elle était trop nerveuse pour petit-déjeuner, elle se concentra ensuite sur sa tenue, qu'elle choisit avec soin. Elle avait emporté la paire de bottes de cow-boy qu'elle portait au moment de leur rencontre.

À l'époque, elles étaient neuves, ce qui lui donnait l'allure d'une New-Yorkaise qui essaie d'avoir l'air cool dans un ranch. Il l'avait d'ailleurs taquinée à ce propos la première fois qu'ils s'étaient vus. Le cuir s'était gentiment patiné au fil de ses nombreux séjours pour venir le voir. Peu avant leur rupture, elle avait même emmené les enfants avec elle. Ç'avait été leur deuxième – et dernière – fois dans le Wyoming. Des trois, c'est Ben qui avait été le plus triste quand elle avait annoncé la fin de leur histoire.

Cinquante kilomètres séparaient le ranch d'Andy de Moose. Son domaine se trouvait isolé dans les contreforts du Grand Teton, un coin magnifique. Maddie venait à peine de prendre la route quand elle décida de s'arrêter un instant, histoire de retarder encore le moment fatidique et se calmer un peu. Elle sortit son appareil. Un daim se tenait dans une clairière et un autre dans les herbes hautes. Ils se figèrent en la voyant et le temps resta suspendu l'espace d'une seconde. Suffisamment pour que lui revienne en mémoire cette capacité qu'avait Andy à la comprendre mieux qu'elle-même. Il lisait en elle comme dans un livre. Sa crainte de ne pouvoir formuler clairement ce qui l'amenait s'évanouit aussitôt. Il sentirait les choses sans avoir besoin de mots. Retournait-elle à lui ? Pas vraiment. En revanche, elle sentait qu'elle avait besoin de lui. C'était devenu viscéral.

L'entrée du ranch était simple mais impressionnante, avec son nom sculpté dans une arche de bois. D'après Internet, c'était l'un des plus grands du Wyoming. Elle était curieuse de savoir comment Andy était parvenu à accomplir son rêve. En tout cas, elle était fière de lui.

L'ensemble était impeccable. Partout dans les prés, des chevaux galopaient. Il y avait une grande écurie, plusieurs corrals et trois maisons de pierre dont l'une semblait réservée aux bureaux. Le cœur battant, Maddie se gara puis en gravit les marches. Le lieu fourmillait d'activité : certains employés menaient des chevaux à la longe jusqu'à l'écurie pendant que d'autres en faisaient monter dans des camions. Elle avait lu sur le site que le ranch organisait une vente de chevaux sur place une fois par mois. À voir la taille du parking, ces événements attiraient beaucoup de monde.

Quand Maddie franchit le seuil, une réceptionniste leva les yeux et lui sourit.

— Je viens voir M. Wyatt. C'est une visite impromptue. Je suis une vieille amie, expliqua Maddie, nerveuse.

— Bien sûr. Je vais le prévenir de ce pas, dit la femme qui se leva et sortit avant même que Maddie puisse lui donner son nom.

Elle prit place dans l'un des énormes fauteuils de l'accueil et regarda autour d'elle. Il n'y avait rien de tape-à-l'œil dans la pièce, qui respirait la simplicité et le professionnalisme. Plusieurs personnes passèrent devant elle. Comme l'attente se prolongeait et qu'elle ressentait désagréablement chacun de ses battements de cœur, elle finit par sortir prendre l'air et admirer les chevaux. Apparemment, il y avait des pur-sang arabes. Elle les identifia facilement.

Après quelques minutes, elle remarqua une silhouette familière qui avançait à grandes enjambées, d'une façon reconnaissable entre mille. Son chapeau usé aux larges bords était bien enfoncé sur sa tête, tel qu'il le portait toujours. Cette vision la fit sourire : le voir ainsi, c'était comme de revenir à la maison. Quand il ne fut plus qu'à quelques pas, il tourna la tête et son regard croisa le sien. Quel choc ! Ce n'était pas lui. On aurait dit une version plus jeune d'Andy. Elle finit par comprendre qu'il s'agissait de Sean, son fils. Comme ce dernier avait l'air tout aussi surpris qu'elle, Maddie se rappela soudain qu'elle n'avait pas spécifié quel monsieur Wyatt elle souhaitait voir, et que la jeune femme n'avait pas pris son nom. On avait donc prévenu le plus jeune des deux. Sean avait un an de moins que Milagra, soit 32 ans. La dernière fois qu'elle l'avait vu, il en avait 15.

— Sean ! Tu as bien grandi, l'aborda-t-elle avec un sourire tandis que le regard du jeune homme s'éclairait d'une lueur chaleureuse en la reconnaissant.

— Maddie ? Que faites-vous ici ? demanda-t-il, toujours ébahi.

Il la savait célèbre, son père lui avait montré les photos qu'elle prenait au fil des ans. Maddie hésita avant de répondre.

— Je suis venue voir ton père. Ça fait un bout de temps.

Il hocha la tête et ne dit rien pendant un instant. Puis il lui fit signe de l'accompagner jusqu'à une grande véranda où ils prirent place dans deux grands fauteuils en osier. Quand il la regarda à nouveau en face, il avait les yeux noyés de larmes.

— Ça l'aurait vraiment touché, mais je pense qu'il aurait préféré ne pas vous voir à la fin. Il est mort il y a deux mois. C'est allé très vite, il s'affaiblissait à vue d'œil. Vous avez su qu'il était malade ?

Maddie eut l'impression de recevoir un coup de massue sur la tête : elle arrivait trop tard, le destin s'était interposé.

— Non, dit-elle après un moment de sidération. Je voulais juste le revoir. Je sais que cela faisait bien longtemps. Trop longtemps. Je suis tellement désolée. Si seulement j'étais venue plus tôt. Ce ranch est magnifique, il devait en être si fier.

— Oh oui. Il avait économisé jusqu'au dernier centime pour l'acheter et comme le domaine était sous saisie, il l'a eu pour un bon prix. Grâce à ses économies et ce que nous avons réussi à réunir, on a pu se lancer. Ça fait douze ans maintenant, et nous nous en sortons plutôt bien, acheva-t-il sur une note de fierté.

— Je vois ça.

Maddie était toujours sous le choc. Elle l'avait manqué de si peu. Il était donc écrit que leurs retrouvailles n'auraient pas lieu.

— Il n'a jamais cessé de vous aimer, vous savez, dit Sean avec douceur. Il parlait beaucoup de vous. Il est sorti un moment avec quelqu'un qui tient un restaurant en ville, mais ça n'avait rien à voir. Il n'était pas amoureux. C'est vous qu'il a toujours aimée. Il disait que vous aviez pris la bonne décision, que jamais il n'aurait pu avoir ce ranch s'il avait emménagé à New York, où en plus il aurait détesté vivre. Vous auriez dû voir nos premières années ici ! Nous avons dû vivre dans une sorte de baraquement sans chauffage ni eau courante pendant deux ans, jusqu'à ce qu'on ait de quoi faire installer l'électricité et la plomberie dans cette maison. Deux ans plus tard, nous avons construit ma maison et, il y a cinq ans, les bureaux. C'est un peu un éternel chantier. Mais nous avons le meilleur élevage de tout le Wyoming. C'est le principal ! Mon père s'y connaissait vraiment en canassons. Mais il n'aurait jamais pu imaginer l'ampleur que ça prendrait, ni que nos ventes attireraient des acheteurs d'une demi-douzaine d'États. C'est du lourd.

Il avait soudain l'air d'un enfant en disant ces mots.

— Je ne sais pas comment je vais gérer tout ça sans lui, avoua-t-il.

— Je suis certaine que tu vas t'en sortir comme un chef. Il avait toute confiance en toi, même quand tu étais encore adolescent, dit-elle gentiment.

— Je sais.

Sean rougit et repoussa son chapeau sur son crâne, exactement comme le faisait Andy.

— J'espère être aussi bon que lui. Je suis marié et j'ai deux enfants maintenant, quatre sous peu : on attend des jumelles d'ici un mois. Si elles veulent bien attendre jusque-là.

Il sourit à Maddie et elle sentit les larmes affleurer. Son choix avait assombri les vies de ces deux hommes. Mais peut-être pas, après tout ? Sean n'avait-il pas dit qu'Andy jugeait qu'elle avait pris la bonne décision ? Il avait pu avoir le ranch dont il avait toujours rêvé, son fils travaillait avec lui, et il avait des petits-enfants. Que serait-elle venue faire dans ce tableau ? Malgré son amour pour lui, elle n'appartenait pas à cet endroit, et il le savait aussi bien qu'elle.

— Pour l'instant, c'est ma femme qui s'occupe de l'administration, mais bientôt elle ne va plus pouvoir. Sa mère nous aide déjà beaucoup avec les garçons. Mais avec quatre petits, ce sera une autre paire de manches, pour elle comme pour nous, dit Sean avec un sourire nerveux.

Il semblait encore tout étonné de se trouver bientôt à la tête d'une famille nombreuse.

— Ben a trois enfants, il habite à San Francisco. Quant à Deanna, elle a deux filles.

— Et Milagra ?

Sean avait eu le béguin pour elle, un sacré béguin même, ce dont Andy et Maddie plaisantaient gentiment entre eux. Milagra avait joué à la femme fatale avec lui, même si elle aurait préféré mourir plutôt que d'admettre qu'elle aussi l'aimait bien – Sean avait un an de moins qu'elle...

— Elle habite à Mendocino et écrit de la littérature gothique. Elle n'est pas mariée, répondit Maddie avec un sourire.

Elle doutait un peu que pareil événement arrive jamais. Milagra était trop immergée dans son univers et centrée sur elle-même et sa ménagerie. Avec la meilleure volonté du monde, Maddie ne parvenait pas à l'imaginer mère de quatre enfants, ni même d'un seul, et encore moins de jumeaux. Peut-être avaient-ils finalement tous fait les meilleurs choix possibles ?

Dieu sait qu'elle avait souhaité le meilleur pour Andy. Par respect pour lui et par honnêteté envers elle-même, elle était partie, lui permettant sans le savoir d'accomplir son rêve. Elle-même avait accompli les siens, dont il ne pouvait malheureusement faire partie. Leur destinée n'avait pas été de vivre ensemble mais de s'aimer, ce qui n'était pas rien : leur amour avait finalement duré dix-huit ans. C'était bien plus que ce à quoi la plupart des gens avaient droit. S'ils avaient essayé de rester ensemble, sans doute auraient-ils fini par se déchirer. Cette évidence s'imposa à elle avec clarté tandis qu'elle était assise là, sur la véranda de ce ranch qu'Andy avait presque bâti de ses mains. C'était le fruit de sa persévérance, de ses sacrifices et de son ingéniosité. Le fruit de son amour.

— Je peux vous faire visiter ? lui proposa Sean timidement.

Elle hocha la tête et ils quittèrent la véranda. Il la pilota à travers l'écurie et les enclos à reproduction qui prenaient de l'ampleur. Ils passèrent par tous les bâtiments puis ils montèrent dans son pick-up et il la conduisit jusqu'au bout du domaine. Les montagnes restèrent en permanence à portée de vue, comme une bénédiction mystique sur tout le ranch.

— Ton père adorait ces sommets, dit Maddie sans perdre une miette de la visite.

Elle pouvait sentir la présence d'Andy partout.

— Oui. La veille de sa mort, il a fait une sortie à cheval par ici. Je me dis qu'il est venu leur dire au revoir. Et j'ai toujours la sensation qu'il est là, quelque part, dit Sean d'une voix rauque d'émotion.

— Il est avec toi, Sean, et le sera toujours, affirma Maddie.

Son père avait insufflé la vie à ce ranch.

— Et avec vous aussi, Maddie. Il l'a toujours été. Je suis désolé que vous n'ayez pas pu être ensemble, mais il était fait pour être ici. Ça l'aurait tué de vivre à New York.

— J'en avais bien conscience. Nous avons joué de malchance, nos vies étaient si différentes…

— Cette différence n'est peut-être pas si malheureuse. Vous vous apportiez quelque chose de spécial. Il disait toujours qu'il était plus fort grâce à vous.

Cela la fit sourire.

— Et moi aussi, j'ai été plus forte grâce à lui : je me devais de réaliser les rêves pour lesquels je l'avais laissé.

Il hocha la tête.

— Ma femme Becky et moi nous sommes connus au lycée. Parfois, ça facilite les choses. Elle est allée à Cheyenne pour son diplôme de comptabilité, et c'est elle qui se charge des comptes du ranch. Ses frères aussi travaillent ici. Une affaire familiale, c'est ce qui marche le mieux dans le coin. Avec des gens en qui on peut avoir confiance. Élever des chevaux n'est pas sans risque.

— Tout comme la vie, dit Maddie.

Elle était toujours secouée par l'idée d'avoir manqué Andy à deux mois près. Cet homme, qu'elle avait tant aimé, était mort. Il fallait encaisser le choc. Et le poids des ans qui allait de pair. Même si Andy avait huit ans de plus qu'elle, 66 ans, c'était trop jeune pour mourir !

Après ce tour du propriétaire, Sean arrêta son pick-up devant l'une des deux bâtisses de pierre.

— Nous avons retapé ces deux maisons de nos mains. Au printemps prochain, je vais devoir ajouter une extension à celle-ci, parce qu'on transforme celle de papa en bureaux. On en a besoin pour les ventes. Ça fait beaucoup de choses à gérer d'un coup, ajouta-t-il, l'air un peu dépassé.

Cela ne faisait que deux mois qu'il dirigeait l'endroit seul, et il était encore jeune. Maddie suivit Sean qui la fit entrer et la guida jusque dans la cuisine, où Becky était en train de faire déjeuner les garçons. L'aîné avait 5 ans et venait de rentrer de l'école. Son petit frère avait 2 ans. Becky était debout, rieuse et très enceinte. Quand Sean lui expliqua qui était Maddie, son sourire s'effaça et elle dit avec beaucoup de gentillesse :

— Je suis désolée, Maddie. J'ai tellement entendu parler de vous. Le père de Sean vous évoquait très souvent.

Maddie hocha la tête tout en luttant contre les larmes qui menaçaient de nouveau.

— Voulez-vous déjeuner avec nous ? proposa Becky.

— Je m'en occupe ! dit tout de suite Sean, qui glissa à l'intention de Maddie : Elle est censée se reposer, mais elle ne s'arrête jamais. Cela dit, si les jumelles arrivent maintenant, ça ne posera plus trop de problèmes, même si le docteur préférerait qu'elles attendent encore deux semaines.

— Les garçons pesaient 4,5 kilos à la naissance et on nous a annoncé 3,6 kilos pour les filles, donc tout va bien, dit Becky, optimiste.

C'était une belle femme. Elle avait un agréable visage illuminé par de grands yeux bleus, une longue natte de cheveux blonds qui lui tombait dans le dos et une jolie silhouette malgré les sept kilos de bébés qu'elle portait. Maddie en grimaçait pour elle.

— J'accepte volontiers l'invitation, dit-elle pendant que Sean posait deux sandwichs à la dinde et un bol de chips sur la table.

Elle le remercia et se servit. Tous les quatre formaient une adorable famille et elle imaginait sans peine combien Andy avait dû apprécier leur présence et se réjouir de voir son fils heureux. Cela avait dû être fantastique de construire le ranch ensemble. Son rêve était devenu réalité.

Le déjeuner fut émaillé de conversations chaleureuses. Sean lui fit ensuite visiter leur petite maison : la chambre que les garçons partageaient, celle des jumelles – chacun des enfants aurait sa chambre une fois la maison agrandie, dans un an ou deux, quand il aurait le temps. Dans le salon, Maddie s'arrêta net devant une photo. On y voyait Andy appuyé à un corral, rayonnant, avec sur la tête son chapeau préféré et aux pieds ses bottes de cow-boy fatiguées. Il semblait sur le point de sortir du cadre, et elle aurait dit qu'il lui souriait.

— C'était l'année dernière, juste avant qu'il ne tombe malade. On venait de faire notre meilleure vente, pour le prix le plus élevé jamais enregistré dans la région. Je crois que ç'a été l'un des plus beaux jours de sa vie, lui expliqua Sean avant de lui tendre le cadre. Tenez, c'est pour vous. C'est ce qu'il aurait voulu. J'en ai d'autres.

Instinctivement, Maddie serra la photo contre elle comme elle aurait serré Andy. Puis elle embrassa Sean sur la joue.

— Merci, dit-elle dans un souffle.

Sur ces entrefaites, Becky alla coucher les garçons pour leur sieste. Ils étaient adorables et bien élevés, et rappelaient à Maddie ceux de Ben. L'aîné de Sean s'appelait Andrew, comme son grand-père, et le plus petit Johnny. Pour les jumelles, Becky avait expliqué qu'ils attendaient de les voir pour décider de leurs prénoms.

Maddie la remercia et sortit avec Sean, qui devait retourner travailler. Ils avaient passé trois heures ensemble et elle était très reconnaissante de cet accueil chaleureux. Ça ne s'était pas passé comme elle l'avait espéré, mais c'était sans doute comme ça que c'était écrit. Maddie serrait encore la photo d'Andy contre elle lorsqu'ils se dirent au revoir.

— Merci pour tout, et pour tout ce que tu m'as dit.

— Vous représentiez tellement pour papa, Maddie. Il vous aimait autant que sa famille, et que ce ranch. Il n'a jamais cessé de vous aimer.

Tout comme elle n'avait jamais cessé de l'aimer. Si seulement elle avait pu le revoir ! Elle repartait au moins en sachant qu'il était mort heureux, son rêve devenu réalité. Mais tous les rêves n'étaient pas faits pour se réaliser…

L'accolade de Maddie et Sean fut pleine d'émotion. Puis elle monta dans son véhicule et posa délicatement le cadre au pied du siège passager afin qu'il ne risque pas de se casser pendant le trajet.

— On reste en contact. Revenez quand vous voulez ! lui dit Sean.

— Absolument. Prévenez-moi quand les jumelles seront arrivées, surtout ! Becky a mon numéro.

— Je trouve que Madison Wyatt sonne bien, répondit-il avec un sourire. Pas vous ?

Cela aurait été son nom si elle avait épousé Andy. Peut-être y aurait-il quand même une Madison Wyatt ?

Sean agita la main tandis qu'elle s'éloignait. Quand la voiture franchit le portail du ranch, Maddie s'arrêta et se retourna, le cœur serré, pour jeter un dernier regard à tout ce qu'Andy avait construit et tant aimé. Il avait eu la vie qu'il voulait. Elle sortit de voiture et photographia le domaine avant de reprendre la route.

Après cette étape capitale de son pèlerinage, elle repartait en sachant qu'Andy avait été heureux, même s'ils n'avaient pas fait leur vie ensemble. Peut-être était-ce tout simplement cela qu'elle était venue chercher : la certitude qu'elle n'avait pas brisé son existence en le quittant. Dans la vie, chacun a son propre chemin à suivre, sa propre destinée à accomplir, et c'est ce qu'ils s'étaient offert la liberté de faire.

8

Après avoir quitté le ranch, Maddie retourna à la chambre d'hôte pour faire ses valises. S'attarder ne rimait à rien : elle avait les réponses aux questions qu'elle s'était posées pendant si longtemps. Le fait d'avoir manqué Andy à quelques semaines près lui laissait un arrière-goût amer, mais au moins avait-elle pu voir les siens ainsi que son ranch, l'œuvre de sa vie. Elle avait appris ce qu'elle avait besoin de savoir. Elle était en paix. Épuisée, elle posa la photo d'Andy sur la table de chevet et s'allongea sur le lit avec la sensation qu'il veillait sur elle. L'après-midi touchait à sa fin quand elle émergea de sa sieste.

Ne voulant pas prolonger son séjour et encore moins s'imposer à Sean et Becky, qui avaient bien assez à gérer entre le ranch et leur petite famille, elle réfléchit à sa prochaine destination. Elle se retrouvait avec beaucoup de temps libre sur les bras. Celui qu'elle avait prévu de passer avec Andy. Jamais elle ne se serait attendue à ce qu'il parte si tôt. La mort était vraiment imprévisible… Dire qu'un an plus tôt, il était plein de vie, actif et en bonne santé. D'après Sean, le cancer du pancréas s'était déclaré presque du jour au lendemain, et l'avait emporté en quelques mois. Cela rendait le moindre moment encore plus précieux ! Elle comprenait la réticence qu'aurait pu avoir Andy à ce qu'elle le revoie dans cet état, après si longtemps. Finalement, ce n'était peut-être pas si mal d'être arrivée trop tard. Il aurait fallu qu'elle vienne bien des années plus tôt, quand cela aurait encore pu faire une différence. Mais quelle différence ? Leur amour était impossible. Et pour finir, le temps avait passé.

Heureusement, les souvenirs restaient. Ils étaient un jour allés ensemble à Big Sur, sur la côte californienne, et elle avait adoré ce voyage. Elle décida donc d'y retourner, en mémoire d'Andy. Son GPS indiquait 1 700 kilomètres, soit dix-sept ou dix-huit heures de route. C'était faisable en une journée, sans faire de pause et en passant par Sacramento. Mais pourquoi se presser ? Elle avait tout son temps. Puis elle pourrait remonter la côte plus au nord, jusqu'à San Francisco, pour rendre visite à Ben et sa famille, s'ils avaient le temps. Elle ne serait qu'à quelques heures de route.

Cette idée la séduisait vraiment, elle qui adorait le surf et le littoral grandiose de Big Sur. C'était l'endroit parfait pour honorer Andy et se ressaisir. À l'époque, ils étaient descendus au Post Ranch Inn, un endroit magnifique et isolé d'où ils avaient fait de longues balades en discutant de leur avenir commun, qui ne s'était jamais concrétisé. Quelle meilleure façon de boucler la boucle ? Cela mettrait à son voyage un point final qui sonnait juste, et lui donnerait une sensation d'achèvement.

Dire que tout avait commencé avec ce carton de vieilles photos et de lettres… Et sa chute. Elle se sentait plus apaisée qu'au début de son périple, à nouveau solide et sûre d'elle. Les propos de Deanna ne l'affectaient plus – même si elle ne comptait pas la rappeler de sitôt. Elle était maîtresse de sa destinée et de la façon dont elle souhaitait passer le restant de ses jours.

Jacques lui avait conseillé de ne pas oublier combien elle était femme et séduisante. Il lui avait rappelé qu'elle avait besoin de plus que ce qu'elle s'était autorisé pendant tant d'années. Reprendre le fil de son histoire avec Andy aurait été tentant, et cette idée l'avait accompagnée pendant tout son voyage, elle se l'avouait enfin. Mais elle savait également qu'aussi chaleureuse et gratifiante que puisse être la vie de famille au ranch, cela aurait été vain, aujourd'hui comme hier. L'un d'eux aurait fini par dépérir. Et voilà qu'après dix-sept ans, elle se retrouvait libre, comme jamais depuis tant d'années. Plus forte aussi, et paradoxalement moins seule. Avant de partir, elle posta les photos du ranch sur Instagram et reçut rapidement un texto de Ben.

Comment va Andy ?

Il ne demanda rien de plus. Il ne voulait pas se montrer indiscret, même s'il brûlait de curiosité car il souhaitait que sa mère vive une belle histoire. Il ne voulait pas que sa solitude se prolonge davantage.

Maddie ignorait dans quelle mesure la triste nouvelle l'affecterait.

Il est mort il y a deux mois.
Le ranch est merveilleux.
Sean t'envoie toutes ses amitiés.
Il a deux petits garçons
et attend des jumelles d'un jour à l'autre.
Son épouse est adorable.

Il fallut à Ben quelques minutes pour digérer la nouvelle. Il n'osait imaginer ce qu'elle devait ressentir, surtout si cette odyssée avait eu pour unique but de le revoir !

Je suis vraiment désolé, maman.
Tu vas bien ?

Je suis désolée de l'avoir manqué et très triste,
mais ça s'est passé comme ça devait.
Le ranch était son rêve.

Toi aussi tu faisais partie de son rêve.
Tu restes un peu ?

Non. Direction Big Sur.
Ça te plairait que je vous fasse une petite visite
d'ici une semaine ? Pas de pression.
Je comprends si tu es trop pris.

Pas du tout, et ça me ferait très plaisir.
Tu me diras quand. Hâte de te voir !

Ben avait l'impression d'avoir appris à mieux connaître sa mère grâce aux photos qu'elle avait postées sur Instagram. Il avait soudain une conscience plus aiguë de sa solitude, de sa personnalité et de ce contre quoi elle luttait tous les jours.

Quand il rentra ce soir-là du bureau et annonça à sa femme la visite prochaine de Maddie, elle prit tout de suite un air gêné.

— Je crains que ça ne soit pas possible. Nous sommes pris presque tous les soirs pour les deux semaines à venir, et je fais partie du comité d'organisation de deux événements caritatifs qui se tiennent à quelques jours d'intervalle. Sans compter que les enfants terminent bientôt l'école, et que nous partons le jour même pour Hawaï.

— Pourquoi est-ce que tu ne veux pas que ma mère vienne ? lui demanda Ben sans détour.

— Je n'ai pas dit ça. J'adore les visites de ta mère, et les enfants aussi. C'est juste que les prochaines semaines, nous sommes pris au-delà du raisonnable. Peut-être une autre fois.

Tout en l'écoutant, Ben prit conscience que Laura le persuadait systématiquement de repousser les visites de sa mère, au point qu'elles n'avaient jamais lieu. Mais cette fois, il allait tenir bon.

— Tu sais, ces dernières semaines n'ont vraiment pas été faciles pour elle. Alors ne compte pas sur moi pour repousser encore une fois. Et tu peux très bien aller à ces soirées caritatives avec quelqu'un d'autre. Ma mère a besoin de nous voir un peu plus qu'une ou deux fois par an. Toi, tu vois tes parents tout le temps.

C'était la première fois qu'il mentionnait ce déséquilibre flagrant entre leurs deux familles, et ça ne plut pas à Laura. Pas plus que d'entendre qu'il ne l'accompagnerait sans doute pas, afin de pouvoir passer plus de temps avec sa mère.

— J'essaierai de m'organiser, alors, dit-elle, visiblement ennuyée.

Mais Ben secoua la tête tout en la regardant avec une détermination qu'elle ne lui avait jamais vue.

— Non, Laura. Cette fois, ce serait bien que tu ne te contentes pas d'essayer. Fais en sorte que ça marche, s'il te plaît.

Sur ces mots, il tourna les talons et sortit de la pièce. Dans la soirée, il appela Deanna pour lui donner des nouvelles de leur mère.

— Maman est dans le Wyoming. Elle voulait voir Andy Wyatt, et a appris en arrivant qu'il était mort depuis deux mois, dit-il d'une voix sombre.

— Alors c'était ça, tous ces mystères ? Elle allait juste revoir un vieil amoureux ? Elle doit vraiment être désespérée ! Ce type n'était clairement pas fait pour elle.

— Ils se sont beaucoup aimés.

— C'est dire combien elle perd la boule ! Pourquoi aller voir un ex qui remonte à vingt ans ? Qu'est-ce que ça lui aurait apporté ? Heureusement qu'elle ne l'a pas épousé, à l'époque. Elle se serait enterrée vivante dans le Wyoming ! Ce n'était pas son style.

Comme toujours, Deanna se montrait dure et dépourvue de toute compassion. Décidément, elle l'agaçait, comme Laura un peu plus tôt. Il avait l'impression d'être l'unique allié de sa mère !

— C'était un type bien.

— Elle aurait été malheureuse comme les pierres là-bas. Et elle le savait. Pourquoi crois-tu qu'elle l'a quitté ?

— Peut-être qu'elle n'est pas désespérée mais simplement qu'elle se sent seule, Dee. Je crois que c'est pour ça qu'elle est allée le voir.

— Pour exhumer le passé ?

— Juste pour le toucher du doigt encore une fois, avant que tu ne lui attaches une alarme pour senior au poignet et que tu ne l'éjectes de la maison qu'elle adore.

— Ne me fais pas porter le chapeau, je te prie. Elle vieillit, c'est tout.

— Elle n'est pas vieille. Et peut-être qu'elle veut un homme dans sa vie.

— Un infirmier, tu veux dire ?

— Je pensais plutôt à un petit ami. Ne te fais pas plus dure que tu n'es.

— À un moment ou à un autre, il faudra bien qu'elle regarde la réalité en face.

— Mais cette réalité n'est pas d'actualité. En attendant, il faut y mettre du nôtre. Moi, je la vois à peine. Toi pas plus, ou du moins pas assez, alors que tu habites dans la même ville. Et ne parlons même pas de Milagra... Pourtant, maman ne se plaint jamais. Dis-moi à quoi ça sert d'avoir trois enfants si on ne les voit jamais ?

Ben ressentait une intense culpabilité. La solitude de sa mère sautait aux yeux.

— On est très pris, et elle aussi.

— Mais nous avons une famille, des conjoints. Elle, tout ce qu'elle a désormais, c'est son travail. Ce n'est pas suffisant.

— En tout cas, je suis ravie qu'elle ne se soit pas remise avec le cow-boy.

— Qu'est-ce que ça aurait changé pour toi ? Pour ma part, je préférerais la savoir heureuse, et peu importe avec qui. C'est elle que ça regarde. Pas nous.

— Quel romantique tu fais ! À son âge, elle n'a pas besoin d'un petit ami.

— Qu'est-ce que tu en sais ? Peut-être que si. Tout ce que j'espère, c'est qu'elle trouve ce qu'elle est partie chercher.

— Je persiste à croire que ce voyage est une lubie, comme un signe avant-coureur de sénilité.

— Elle en est très loin.

Ben raccrocha quelques minutes plus tard, plus énervé que jamais contre sa sœur. Deanna refusait de voir leur mère comme un être humain confronté à un moment difficile de son existence. Qu'il soit le seul à s'en rendre compte et à se soucier de ce qu'elle ressentait le choquait et l'attristait.

Pour l'heure, Maddie ne songeait pas à sa famille, mais à Andy, Sean et ses enfants. Elle était heureuse de leur avoir rendu visite. Bien qu'une longue route l'attende jusqu'à Big Sur, elle avait hâte. Avant de rejoindre l'autoroute, elle prit encore quelques photos des cimes et de la lumière. Le soleil se couchait et cela donna quelques clichés magnifiques. Ils semblaient symboliser la fin de leur histoire. Qui sait ? Ce voyage vers le ranch d'Andy et ses montagnes chéries lui avait peut-être permis de tourner enfin la page.

Tandis qu'elle roulait vers le sud, elle se sentit emplie de calme et de sérénité. Elle n'avait pas mis de musique pour pouvoir penser à lui en conduisant. Elle avait glissé le cadre dans sa valise, enveloppé dans un pull pour protéger le verre. Sean n'aurait pas pu lui faire plus beau cadeau.

Quand elle s'arrêta à près de 3 heures du matin dans un petit motel du Nevada qui ne payait pas de mine, elle avait déjà parcouru 600 kilomètres. Cinq heures plus tard, elle repartait déjà : un long trajet l'attendait, une dizaine d'heures de voiture cette fois. Elle prit néanmoins le temps pour un café avant d'enchaîner pour la journée entière, sans autres haltes que celles qui s'imposaient.

En approchant de Big Sur, elle emprunta la route du littoral qui s'ouvrait à l'infini sur l'horizon. En contrebas, les vagues éclataient en gerbes sur les rochers tandis qu'une sorte de brume flottait sur le Pacifique, nimbé des derniers rayons du soleil couchant. Maddie s'arrêta et resta assise au volant un long moment, à contempler le spectacle. Il faisait doux et le bruit de l'océan la berçait. Elle avait bien fait de venir. Dans son esprit affluaient les souvenirs d'Andy, leur séjour ici, tous les endroits où ils s'étaient rendus ensemble, sa visite à New York, leurs confidences mutuelles, les promesses qu'ils avaient échangées. Tout cela la recouvrait en vagues successives qui se retiraient ensuite comme la marée.

Elle se sentait purifiée et de nouveau entière. Ce qui l'attendait ne l'effrayait plus. Peu importaient Deanna et ses mauvais augures, dont les menaces semblaient désormais bien vaines. Le courage lui était revenu. La solitude ? Elle y était habituée. Sa vie ne serait pas différente de ce qu'elle avait été ces dix-sept dernières années sans Andy. Ce qui avait changé, c'est qu'elle ne se raccrocherait plus inconsciemment à l'idée qu'elle pourrait toujours le retrouver un jour. Il était parti pour de bon. Mais elle était prête à affronter cette réalité. Quoi que lui réserve l'avenir elle y ferait face, seule, comme elle l'avait presque toujours fait. Elle avait ses enfants, sa carrière, et ce que la vie déciderait de placer sur son chemin. Elle était forte.

Après avoir remis le contact, elle prit la direction de l'hôtel, aussi beau et paisible que dans son souvenir.

On la conduisit jusqu'à une chambre avec vue sur le Pacifique. L'hôtel disposait d'un grand parc, et il y avait de nombreux sentiers de randonnée dans les environs. Si les terrains accidentés lui étaient inaccessibles, elle pourrait cependant aller contempler l'océan pendant des heures. Cette perspective lui convenait très bien.

Elle posa la photo d'Andy sur la table de nuit et commanda à dîner dans sa chambre. Les soirs suivants, elle avait bien l'intention de prendre ses repas à la salle à manger, même si elle risquait d'être la seule célibataire tant cette adresse romantique à souhait était recherchée par les couples. Peu lui importait, elle avait l'habitude. Cela n'allait certainement pas gâcher son séjour.

Elle avait retenu la chambre pour cinq nuits. Elle irait ensuite à San Francisco voir Ben et sa famille, puis pousserait peut-être jusqu'à Mendocino pour embrasser Milagra. Mais d'abord, elle voulait s'immerger dans la tranquillité infinie de cet hôtel, qui proposait des soins de spa et des massages. Elle était là pour prendre du temps pour elle.

Le cheminement avait été long depuis New York : Bob à Boston, Jacques à Chicago, et elle avait enterré le souvenir d'Andy dans le Wyoming. Maintenant elle était à Big Sur, seule et en paix, prête pour la suite, quelle qu'elle soit.

9

Maddie comptait bien profiter au maximum de tout ce que le Post Ranch Inn proposait : les sentiers praticables avec sa cheville cassée, les panoramas sur l'océan et, pour commencer, un massage. Elle allait se faire gâter et dorloter et se sentait déjà reposée et détendue, en dépit d'un petit fond de tristesse persistant. Tristesse pour Andy, et pour elle. Mais elle ne se laissait pas abattre pour autant. Le premier après-midi, elle se rendit en voiture dans la ville la plus proche.

Elle s'arrêta dans un café pour savourer un cappuccino en terrasse, et choisit une petite table au soleil. Une fois assise, elle observa les alentours. La beauté de la côte attirait des visiteurs du monde entier. La preuve, cet homme à quelques chaises de la sienne, en train de lire un journal anglais. Très vite, son regard se porta cependant sur le Pacifique, sillonné de petites crêtes blanches poussées par une douce brise. Elle repensa à son récent voyage : une sacrée odyssée, qui avait finalement dépassé toutes ses attentes. Ses vieux fantômes reposaient désormais en paix. Elle en ressortait plus libre que jamais – une sensation oubliée depuis longtemps.

Son cappuccino fini, elle se leva pour partir et passa à côté de l'homme au journal, qui leva les yeux à ce moment-là et lui sourit. Elle sourit en retour et le salua de la tête, puis alla prendre quelques photos supplémentaires avant de retourner à l'hôtel. Cette fois, elle dîna au restaurant de l'établissement puis lut un peu dans sa chambre avant d'éteindre.

Le lendemain, ayant repéré sur la route un site particulièrement photogénique, elle s'y rendit en voiture. Une fois sur place, elle remarqua une sente qui descendait à la plage. Elle l'emprunta et marcha un moment au bord de l'eau, malgré l'effort que cela représentait avec sa grosse botte de marche. Sur ce rivage sans fin, elle fut surprise d'apercevoir quelqu'un avancer dans sa direction. Quelqu'un qui ne lui était pas inconnu. Lorsqu'ils se croisèrent, l'homme lui sourit : c'était l'Anglais du café. Elle lui rendit son sourire, le visage fouetté par ses cheveux agités par le vent. Lui-même avait relevé son col pour se protéger des bourrasques. Elle fit bientôt demi-tour pour retourner à son hôtel. Le problème allait maintenant être de rejoindre la route. Descendre avait été plutôt facile. Remonter s'annonçait beaucoup moins drôle. Elle commençait à désespérer quand une voix à l'accent anglais se fit entendre derrière elle :

— Je peux vous aider ? Ce n'est guère pratique avec cet attirail, lui dit l'homme de la plage qui avait observé, indécis, sa pénible ascension avant de finir par passer outre ses scrupules britanniques.

Comme il avait l'air aimable et qu'elle était réellement en difficulté, Maddie ne tergiversa pas longtemps avant d'accepter d'un hochement de tête. Il lui offrit alors un bras solide auquel elle s'agrippa pour gravir le raidillon. Moitié tractée, moitié poussant avec maladresse sur sa jambe droite, elle parvint à dire, aussi amusée qu'embarrassée :

— Dire que la descente s'est faite toute seule ! On me retire cette chose d'ici quelques semaines. En attendant, ça reste plus facile sur du plat.

— J'imagine. Vu la saison, j'en déduis qu'il ne s'agit pas d'un accident de ski.

L'homme, dans la cinquantaine, était grand et svelte, d'allure athlétique, avec des cheveux poivre et sel. Des ridules entouraient ses yeux d'un bleu profond.

— En effet. On parlera plutôt d'un accident domestique, bête comme toujours : je suis tombée d'une échelle.

Bête, peut-être, mais finalement assez providentiel.

— Vous êtes descendue de San Francisco ?

À ce stade de la conversation, ils étaient péniblement parvenus à mi-hauteur de la pente, mais la main qui la soutenait conservait toute sa poigne. Maddie, bien que se sentant idiote, était reconnaissante. Sans lui, elle serait restée coincée sur la plage.

— Non, je viens de New York, dit-elle d'une voix hachée par l'effort.

— Vous avez atterri à San Francisco ou Los Angeles ? demanda-t-il, faisant gentiment la conversation afin de masquer la gêne.

— Ni l'un ni l'autre. J'arrive du Wyoming après avoir conduit depuis New York.

— Voilà qui n'est pas banal, dit-il, impressionné.

— Je me suis arrêtée chez des amis en cours de route.

— Ça n'en reste pas moins une sacrée trotte. Vous allez faire le même chemin en sens inverse ?

— Non. J'ai un fils à San Francisco et je pense que je prendrai un vol de là. Et vous ? Vous êtes venu de Londres ?

— Non, dit-il avec un sourire tout en l'étudiant discrètement – elle était particulièrement belle. Je vis ici. Dans un petit cottage. J'écris. Et Big Sur est l'endroit rêvé pour ça.

Maddie pensa immédiatement à Milagra à Mendocino, tout aussi brumeux et venteux que Big Sur, avec une côte pareillement accidentée. Les écrivains semblaient avoir une prédilection pour les endroits à l'atmosphère changeante…

— Qu'écrivez-vous ?

— Je suis historien. J'écris principalement des biographies. C'est très anglais, dit-il avec un petit sourire ironique. Rien de très amusant.

— J'ai une fille qui écrit. Des romans gothiques.

Il hocha la tête tandis qu'ils arrivaient en haut de la montée. Une ultime poussée-traction et ils atteignirent enfin le sentier d'où Maddie était partie.

— Merci ! parvint-elle à dire, le souffle court. Sans vous, ça aurait sans doute fini par un hélitreuillage.

Cette image la fit rire toute seule.

— Accepteriez-vous un verre de vin à votre convenance avant votre départ ? demanda-t-il très poliment.

Ce n'était pas son genre de faire ça, mais il y avait chez elle quelque chose qui l'attirait beaucoup. Et elle était d'un abord facile, chaleureux, sans compter son sens de l'humour.

— Ce serait très sympathique, dit Maddie, qui ne voulait pas rembarrer quelqu'un qui s'était montré aussi secourable.

Sans compter qu'il avait l'air charmant et intéressant.

— Un verre de vin ou bien un cappuccino ?

— Oh, du vin ira très bien.

— On dit demain ?

Il lui indiqua une petite adresse en ville tout en la raccompagnant jusqu'à sa voiture. En temps ordinaire et dans pareilles circonstances, sur une route isolée, Maddie n'aurait sans doute jamais parlé à un étranger. Mais celui-ci paraissait tout à fait respectable.

— 17 heures ? suggéra-t-il tandis qu'elle ouvrait sa portière.

— Parfait, dit-elle en lui souriant de nouveau. À demain, donc. Et encore merci d'avoir sauvé la demoiselle en détresse !

— À votre service.

Il la regarda monter en voiture et s'éloigner, réalisant seulement à cet instant qu'il ne s'était pas présenté.

De son côté, Maddie se jura de n'emprunter à l'avenir que des sentiers plats. Le lendemain, elle appela Penny pour prendre quelques nouvelles. Il ne s'était rien passé de très excitant, et Deanna avait arrêté d'appeler. C'était la première fois que Maddie était à ce point et aussi longtemps indisponible pour ses enfants. Cela dit, elle n'avait pas totalement disparu des radars non plus, puisqu'elle avait écrit à Ben. En revanche, Deanna attendrait encore – son comportement avait été extrêmement blessant, presque toxique. Quant à Milagra, elle n'avait pas donné signe de vie depuis des semaines, mais il n'y avait rien d'inhabituel à cela. Maddie prévoyait de lui envoyer un mail avant de quitter Big Sur, pour savoir si elle passait la voir après Ben ou non. La réponse de sa fille dépendrait sans doute de l'état d'avancement de son nouveau livre.

Ponctuelle, Maddie arriva au bar à vin à l'heure dite. Son sauveur l'attendait déjà.

— Je suis désolé, j'ai oublié de me présenter hier. Vous m'avez tellement ébloui que j'en ai oublié mon propre nom. Je m'appelle William Smith.

— Et moi Madison Allen, coupable du même oubli.

Ils échangèrent une poignée de main et prirent place en terrasse, à une table stratégiquement placée près d'un brasero.

— Cela dit, reprit-elle, je doute que cette ascension ahanante, alors que vous me portiez à moitié, ait eu quoi que ce soit d'éblouissant.

— Détrompez-vous, vous faisiez une demoiselle en détresse très crédible. J'étais impressionné.

Tout comme elle l'avait été par lui. Cet homme lui était particulièrement sympathique.

— Alors dites-moi, qu'est-ce qui vous a motivée à traverser tout le pays en voiture depuis New York ?

Maddie décida de satisfaire sa curiosité. Il n'y avait aucune raison de ne pas le faire, et elle ne le reverrait sans doute jamais une fois quitté Big Sur. Après tout, elle n'était venue là que deux fois en dix-huit ans.

— Des fantômes, répondit-elle simplement.

— Ah oui ? C'est pour un projet de recherche ? Un livre ? Je ne savais pas qu'il y avait des fantômes dans le Wyoming.

— J'ai rendu quelques visites. Il s'agissait de trois amis que je n'avais pas vus depuis longtemps, dans différents États.

Il comprit l'idée générale et en fut intrigué.

— Ah. Des hommes, j'imagine, commenta-t-il sobrement.

Comme elle hochait la tête, il se dit que cette femme était décidément très intéressante. Courageuse aussi, et indépendante, pour traverser ainsi toute seule les États-Unis en voiture.

— Étaient-ce de gentils ou de méchants fantômes ?

La question sembla amuser Maddie.

— À l'origine gentils, du moins c'était ce que je pensais. Nous ne nous étions pas revus depuis vingt ans. L'un d'eux a cédé au côté obscur, si bien qu'il est devenu plutôt méchant. Le deuxième est un peu un vilain garçon, mais pas méchant. Le troisième était très gentil, mais je ne l'ai pas vu. Il est mort deux mois avant que j'arrive.

Cela le toucha.

— Oh, quelle tristesse ! Cela a dû vous faire un vilain choc.

— J'ai eu l'occasion de voir son fils.

— Et si je peux me permettre, qu'est-ce qui vous a donné envie de reprendre contact après si longtemps ?

L'historien pointait son nez... Rien qu'à ses questions, Maddie pouvait dire qu'il était écrivain. La dernière était très personnelle, mais elle y répondit avec franchise.

— Je ne saurais trop dire moi-même. J'ai trouvé un carton plein de vieilles lettres et je me suis dit qu'il était temps de laisser reposer en paix les vieux fantômes, et de répondre à certaines questions que je me posais.

— Vous avez eu vos réponses ?

— Oui.

— Vous sentez-vous mieux ?

— Oui. Triste pour cet ami du Wyoming, mais les choses se déroulent telles qu'elles le doivent.

Elle avait dit la même chose à Ben et le croyait sincèrement.

— Je partage cette conviction, moi aussi, dit-il en hochant la tête. Même si, parfois, c'est difficile quand ça ne se passe pas comme on le voudrait.

— Notre relation était sans issue. Heureusement, la vie lui a offert de belles opportunités, ce dont je me réjouis. Il a réalisé son rêve, bâtir un ranch, et a laissé à son fils un magnifique élevage de chevaux.

— Vous-même avez donc deux enfants, une fille écrivain et un fils qui habite à San Francisco ? dit-il en changeant subtilement de sujet.

— En fait, j'en ai trois. Mon autre fille est à New York. Et vous ?

— J'ai un fils de 10 ans. Je m'y suis pris un peu tard, dirons-nous. Il est en pension en Angleterre et me rend visite régulièrement. Trois semaines en été, et une semaine à Noël. Ce n'est pas beaucoup, mais c'est difficile de faire plus avec l'école. Je le vois aussi lorsque je me rends au Royaume-Uni, c'est-à-dire guère plus d'une ou deux fois par an. C'est un bon garçon. Quand il vient, généralement, nous voyageons. Big Sur n'offre pas vraiment de distractions pour un garçon de son âge, et la météo ne change pas beaucoup de l'Angleterre. Il a assez de pluie à la maison.

Ce commentaire fit sourire Maddie.

— Que font vos deux autres enfants ? demanda-t-il.

— Mon fils est chef d'entreprise. Il est très investi dans le développement de sa nouvelle start-up. Quant à ma fille new-yorkaise, elle est designer dans la mode.

— Des profils plutôt variés, alors. Vous les voyez souvent ? Ils doivent être très pris.

— En effet. Je ne les vois pas assez, mais j'ai l'habitude.

— Et vous, Madison ? Que faites-vous lorsque vous ne faites pas la demoiselle en détresse sur une plage, ou que vous ne rendez pas visite à vos fantômes ?

— Je suis photographe, dit-elle, amusée par ce portrait.

L'espace d'un instant, il fronça les sourcils avant de lui adresser un sourire éclatant :

— Mais bien sûr ! Désolé, je n'avais pas fait le lien. Qui ne connaît pas votre travail ?

— Merci. Je voyage beaucoup. Ça m'occupe.

— Et donc vous traversez les États-Unis en voiture. Très impressionnant. Ça vous a plu ?

— Énormément. C'était très relaxant. J'aime conduire. Comme généralement je n'ai pas le temps pour ça, j'ai vraiment aimé cette expérience.

Ils parlèrent ensuite de son travail à lui, et de leurs voyages à tous les deux. Lui-même avait vécu à Hong Kong et à Bombay, où son père faisait des affaires. Il évoqua combien l'Angleterre lui avait paru bizarre, après l'Inde. Il s'était senti comme un étranger et on l'avait envoyé immédiatement en pension, une expérience qu'il avait détestée. Mais il aurait été impensable qu'il n'y aille pas. Vu ses propres souvenirs, il s'étonnait toujours que son fils, Theo, apprécie.

— J'ai étudié à Oxford et habité à Londres pendant mon mariage. Une association malheureuse, qui n'a pas duré très longtemps et m'a un peu vacciné. Un petit héritage reçu d'un généreux parent m'a permis de quitter l'Angleterre où j'étouffais sous le poids des traditions et de venir aux États-Unis pour écrire. Je me sens beaucoup plus libre ici, même si mon fils me manque beaucoup. Je me suis d'abord installé à Los Angeles, où j'ai travaillé comme scénariste, puis je suis venu à Big Sur. C'est l'environnement idéal si on veut avancer sur un projet, mais plutôt ennuyeux sur le long terme. Il n'y a que le panorama à admirer. Je me rends à Los Angeles ou à San Francisco quand il y a des événements culturels, sinon je passe le plus clair de mon temps sur mes manuscrits.

— Moi aussi, je suis une sorte d'accro au travail. On peut ajouter à ça le fait que je passe ma vie dans des avions pour rallier des endroits coupés de toute civilisation, mais j'adore ça. Je ne pouvais pas le faire quand mes enfants étaient petits. Cela aurait été irresponsable.

— Vous m'apparaissez comme quelqu'un de très indépendant et audacieux. Et probablement assez intrépide.

— Détrompez-vous, je connais bien la peur, confessa-t-elle alors même qu'elle s'était retrouvée dans des situations très risquées qui en auraient terrifié plus d'un. En revanche, indépendante et audacieuse, sans doute. Ma fille aînée s'en plaint et estime que je devrais lever le pied.

— Eh bien, pas moi. Je crois qu'on reste éternellement jeune à condition de continuer à faire ce qu'on aime. Il sera toujours temps de freiner plus tard, bien plus tard, quand il n'y aura plus d'autre choix. Mais jusqu'à ce que les bras vous tombent ou que les jambes faillissent, il n'y a aucune raison valable de ralentir.

En entendant ces mots, Maddie s'illumina.

— C'est exactement ce que je pense. Ma chute a été l'excuse qu'elle cherchait pour m'imposer cette idée saugrenue de vendre ma maison adorée.

— C'est ridicule ! Au contraire, continuez à foncer droit devant, à pleine vitesse, tentez plus que jamais de gravir une colline avec un plâtre, sur un chemin étroit et caillouteux ! Voilà la bonne attitude à avoir dans la vie !

Son enthousiasme amusa Maddie. Elle appréciait son ouverture d'esprit, son humour et sa conversation. Ils avaient également en commun d'être enfants uniques ainsi que leur âge – William avait 59 ans.

— Je lui ferai part de votre opinion, répondit-elle.

— N'hésitez pas. Et je pourrai même lui écrire, si vous préférez. Songez à toutes les personnes célèbres qui ont vécu jusqu'à 80 ou 90 ans sans lever le pied. Il vous reste des décennies avant de penser à ralentir. Gardez donc cette maison !

— C'est aussi ma théorie, dit Maddie, ragaillardie.

— Tenez-vous-y, et tout se passera bien. Au fait, voudriez-vous dîner avec moi ce soir ? Il y a une adresse très sympathique pas loin d'ici, si vous n'avez rien d'autre de prévu bien sûr.

L'idée plut à Maddie et ils se rendirent dans un petit restaurant français où ils se régalèrent tout en devisant avec animation. Il l'escorta ensuite jusqu'à son hôtel pour s'assurer qu'elle rentrait bien.

— Que diriez-vous d'une petite promenade demain matin ? proposa-t-il au moment de se séparer.

— Volontiers, fit-elle, jugeant plus amusant d'être avec lui plutôt que toute seule sur les sentiers de randonnée.

Le lendemain, il passa la prendre à 11 heures et ils marchèrent jusqu'à l'heure du déjeuner, qu'ils prirent à l'hôtel de Maddie. La conversation ne connut aucun blanc mais de nombreux éclats de rire. Ils abordèrent tous les sujets, depuis la littérature jusqu'à l'histoire en passant par l'art.

Maddie partait le lendemain pour San Francisco. Elle accepta néanmoins de déjeuner avec lui avant son départ. Il l'emmena dans un endroit amusant, un peu hippie, qui avait connu son heure de gloire dans les années 1960 et était désormais fréquenté par des surfers vieillissants en chemise bariolée.

— Ça me désole que vous partiez déjà. J'espère que nous nous reverrons, parce que j'ai vraiment beaucoup aimé passer du temps avec vous, Maddie. C'était vivifiant pour moi qui n'ai ici que mon travail.

— Il vous arrive de passer par New York ? demanda-t-elle avec espoir.

C'était peu probable qu'ils se revoient mais grâce à lui, son séjour à Big Sur avait été infiniment plus plaisant et moins endeuillé.

— Il y a une maison d'édition là-bas qui s'occupe de certains de mes livres, mais mon agent et mon éditeur principal se trouvent à Londres. Cela dit, j'espère que nos chemins se croiseront à nouveau un jour, où que ce soit.

Maddie lui avait dit se rendre bientôt à Shanghai. Elle avait aussi un shooting prévu à Madrid et peut-être un autre à Londres. Elle était venue à ce déjeuner avec ses bagages déjà chargés dans la voiture, car elle prévoyait de partir tout de suite après : ce soir-là, elle dînait avec Ben. Laura se rendait à un événement caritatif avec une amie et avait accepté de laisser son mari en tête à tête avec sa mère. Elle semblait tout de même contrariée de ne pas apparaître à son bras à cette soirée mondaine très chic – les journalistes ne lui prêtaient aucune attention quand elle était seule, ce qu'elle n'avait bien sûr pas précisé à Ben.

Maddie avait aussi envoyé un mail à Milagra pour l'avertir qu'elle allait passer trois ou quatre jours chez Ben et lui demander si elle pouvait ensuite lui rendre une petite visite. Sa fille ne lui avait pas encore répondu, et ne le ferait pas si elle était en pleine phase d'écriture. Dans ces moments-là, elle ne relevait même pas sa boîte mail. Sans réponse de sa part, Maddie passerait donc à quelques heures de chez elle sans pouvoir la voir. Mais au moins, elle aurait essayé.

— Vous allez à l'hôtel, à San Francisco ? demanda William tout en la raccompagnant à sa voiture.

— Oui, au Fairmont. C'est grand et assez amusant dans son genre. J'ai vraiment apprécié ces moments avec vous, William, dit-elle avec un sourire.

Il eut l'air de vouloir l'embrasser, mais n'osa pas. Ce qui était aussi bien, puisqu'ils ne se reverraient sans doute jamais. Cela avait été un interlude très plaisant. William était intéressant et intelligent, d'une compagnie agréable, avec un solide sens de l'humour et beaucoup d'autodérision. Très anglais aussi, malgré le fait qu'il adorait vivre aux États-Unis.

— Moi aussi, j'ai vraiment apprécié. On ne rencontre pas souvent de femmes comme vous. En fait, jamais. Surtout ici.

Elle comprenait. Rester trop longtemps là l'aurait déprimée aussi, entre la météo et l'isolement.

— Eh bien, si jamais vous venez à New York, appelez-moi, dit-elle gaiement.

Après ces quatre jours avec lui, elle repartait de bonne humeur. Elle lui avait donné son numéro de téléphone fixe à New York, ainsi que son portable et son adresse mail. Il avait tout ce qu'il lui fallait pour la contacter, mais elle ne se faisait pas trop d'illusions. L'éloignement géographique ne leur était guère favorable. Tous deux le savaient et avaient trop d'expérience pour se leurrer à ce sujet.

— Prenez soin de vous, Maddie.

Il l'embrassa sur la joue et elle monta dans sa voiture. Tout en s'éloignant, elle agita la main par la fenêtre et aperçut dans son rétroviseur qu'il lui rendait son salut.

En route vers San Francisco, Maddie se réjouissait de revoir Ben. Une soirée entière rien que pour eux, quel luxe ! Elle avait hâte. Quand elle arriva au Fairmont, un message de son fils l'attendait à la réception : « Je passe te prendre à 20 heures. »

Elle n'était dans sa suite que depuis quelques minutes lorsque la sonnette retentit et qu'un groom parut, chancelant sous le poids d'un énorme vase contenant trois douzaines de roses pastel. Elle lui donna un pourboire et ouvrit le mot qui accompagnait le bouquet.

À ma demoiselle en détresse préférée.

Méfiez-vous des sentiers escarpés tant que vous avez encore le plâtre. Appelez-moi si vous avez besoin d'aide. Et ne ralentissez jamais !

William

Elle sourit. Cela faisait des années que personne ne lui avait envoyé pareille brassée de fleurs. Le cœur en fête, elle alla se faire couler un bain et se préparer pour son dîner avec Ben tout en repensant à Big Sur. William Smith ne manquait pas d'élégance. Les quatre jours passés en sa compagnie avaient été très amusants, et les roses étaient magnifiques. C'était vraiment agréable d'avoir un homme qui vous emmène dîner et vous envoie des fleurs. Jacques avait raison ! Tout ça la rajeunissait.

10

Maddie attendait sur le perron du Fairmont lorsque Ben apparut au volant de la Range Rover familiale de Laura. Sa femme lui avait emprunté sa Mercedes pour se rendre à la soirée de charité et était partie en boudant, signe qu'elle n'appréciait pas de passer après sa belle-mère. C'était pourtant la première fois. Mais Maddie qui abandonnait le navire pendant plusieurs semaines et traversait le pays toute seule en coupant toute communication avec ses enfants, c'était une première aussi. Ben avait la ferme intention de consacrer plus de temps et d'attention à sa mère désormais, surtout après ce que lui avait fait subir Deanna. Il fallait reprendre les choses en main. Il voulait que Maddie sache que ses enfants se souciaient d'elle.

Ce soir-là, Maddie portait un tailleur-pantalon noir, très chic. Mais elle n'avait qu'une seule chaussure, son autre pied arborant encore la botte de marche sur le fameux plâtre. Ses cheveux étaient coiffés en arrière et elle s'était légèrement maquillée. Son visage hâlé s'éclaira à l'instant où elle l'aperçut et Ben fut frappé par sa jeunesse et sa beauté. À sa grande honte, en consultant rapidement son agenda, il s'était rendu compte que cela faisait sept mois qu'il ne l'avait pas vue.

— Tu es magnifique, maman, lui dit-il après l'avoir serrée contre lui.

Sa mère avait une étincelle dans le regard et semblait en bien meilleure forme qu'il ne l'aurait cru après la triste nouvelle de la mort d'Andy. La perspective de leur petite soirée ensemble n'y était sans doute pas étrangère. Pour la première fois depuis huit ans – depuis son mariage avec Laura –, ils allaient passer une soirée rien que tous les deux. Maddie était très touchée.

Ben la conduisit au bas de la colline de San Francisco, dans un excellent restaurant italien où il avait réservé une table au calme, pour bavarder en toute tranquillité. Lui qui s'était attendu à la voir fatiguée par le voyage la retrouvait débordante d'énergie ! Il demanda à ce qu'on leur apporte du champagne avant même qu'ils ne décident de leur menu.

— Dis-moi, c'est une véritable aventure que tu as vécue ces dernières semaines, dit-il d'une voix posée.

Il savait qu'elle n'avait toujours pas appelé Deanna ni même envoyé de texto depuis son départ de New York.

— J'avais besoin de faire une pause. Après ma chute, les choses sont parties en vrille. J'ai eu quelques prises de bec avec ta sœur et j'avais besoin de temps pour réfléchir.

Ben ne dit pas qu'il était au courant ni qu'il comprenait parfaitement pourquoi elle avait tout lâché pour prendre un moment pour elle. À sa place, il aurait fait la même chose. Ben était quelqu'un de calme et réfléchi, et il évaluait l'état de sa mère tout en discutant avec elle.

— Qu'est-ce qui t'a décidée à reprendre contact avec Andy après tout ce temps ?

— Un carton de photos et de vieilles lettres trouvé dans le placard que je rangeais le soir où je suis tombée de mon échelle. Toutes n'étaient pas de lui. Certaines venaient d'un homme dont tu ne te souviens sans doute pas, car tu avais environ 7 ans à l'époque où je suis sortie avec lui. Il s'appelait Bob Holland.

— Je m'en souviens vaguement, dit Ben tandis que le serveur leur apportait les menus.

— Nous sommes restés ensemble deux ans, c'était assez sérieux. Puis il a déménagé en Californie pour travailler dans une société de capital-risque de la Silicon Valley, et après ça nous avons perdu contact. Je l'ai cherché sur Internet pour voir ce qu'il devenait, et j'ai découvert qu'il possédait désormais sa propre boîte à Boston. J'ai voulu rattraper le temps perdu et le revoir.

— Et ?

— Je m'étais toujours demandé si je n'avais pas fait une erreur en le quittant. Mais non. Il se trouve qu'il s'est totalement dévoyé. Il a fait un mariage intéressé avec une femme issue d'une famille patricienne de Boston, et quand il a pris conscience de son erreur, il est resté avec elle parce que son beau-père possédait la société où il travaillait. Il a vendu son âme au diable pour avoir une carrière exceptionnelle et tout ce qui va avec. Il multiplie les aventures, et ça ne l'aurait pas gêné d'en avoir une avec moi. Ce n'est pas un type très sympathique. Je l'ai échappé belle ! dit-elle avec un sourire.

— On dirait bien. Encore que la réussite sociale ou matérielle n'ait rien de condamnable en soi…

— Pas si cela implique de se marier sans amour. Il mène une vie triste et a perdu son âme. Après ça, je me suis rendue à Chicago pour dîner avec Jacques Masson, un nom qui ne te dira probablement rien non plus.

— Détrompe-toi ! dit Ben, qui affichait un large sourire. J'étais déjà au lycée quand vous êtes sortis ensemble. On s'amusait bien avec lui.

— C'est toujours le cas. Et il n'a pas changé d'un iota, sauf qu'il possède désormais sept restaurants, conduit une Bentley, et que les filles qui lui tournent autour sont encore plus jeunes qu'autrefois. Il ne s'ennuie pas. Il a une fille de 11 ans qu'il adore, et dont il n'a pas épousé la mère. Il restera toute sa vie un coureur de jupons impénitent. J'avais vu juste sur ce point. Maintenant que tu as grandi, je peux te le dire : à l'époque, il me trompait constamment. Je m'en suis lassée et j'ai mis fin à notre histoire. Ça n'en demeure pas moins quelqu'un de très gentil. Il m'a dit de t'embrasser de sa part.

— Mais tu pensais te remettre avec l'un d'eux, maman ?

Sa mère cherchait-elle à se remarier ? Peut-être les propos cruels et alarmistes de Deanna l'avaient-ils poussée à cette extrémité. Mais Maddie secoua la tête.

— Non, je suis très attachée à mon indépendance. Mais tu sais, j'ai été amenée à prendre des décisions radicales dans ma vie, en particulier après Andy. Je ne suis plus jamais retombée amoureuse après notre rupture. Quand j'ai lu ces lettres, je me suis demandé si j'avais fait les bons choix. Je souhaitais voir par moi-même où en étaient les hommes de ma vie vingt ou trente ans plus tard. Pour Andy, j'ai toujours su que ma décision était la bonne : je ne voulais pas vivre dans le Wyoming, et je ne crois pas qu'il aurait survécu à New York. Ça l'aurait tué.

D'après les souvenirs qu'il avait du bonhomme, Ben se dit que sa mère n'avait pas tort. Ils arrêtèrent un instant de discuter pour choisir leurs plats.

— Après la séparation, nous avons continué à nous parler de temps à autre, reprit Maddie après avoir passé commande. Mais ce type de situation ne peut pas durer, à un moment il faut que ça s'arrête. On peut alors se contenter de quelque chose de bancal et en tirer son parti, ou au contraire se crisper et devenir aigri face à la tournure des événements. Ou bien la troisième voie : on peut décider de focaliser toute son énergie dans une autre direction. C'est ce que j'ai fait. J'ai placé toute mon énergie dans mes trois enfants, et ce qu'il en restait dans ma carrière. Et quand vous avez tous quitté le nid l'un après l'autre et que vous avez eu moins de temps pour moi, ce qui est tout à fait naturel, je me suis concentrée sur mon travail, au point que c'est devenu le cœur de ma vie. Sans ça, jamais je ne serais parvenue à vous laisser partir. Ces quinze dernières années, je me suis dédiée corps et âme à la photographie. D'autant qu'après Andy, je n'ai plus eu envie d'une relation. Comment aimer à ce point un autre homme ? Et me consacrer à ma carrière – pour laquelle je l'ai quitté – me paraissait en quelque sorte plus juste. C'était peut-être ma façon de redonner un peu de sens à tout ça. Bref, je me suis toujours dit que j'allais travailler jusqu'à la fin de mes jours. Ça m'a plutôt bien réussi, ça a rempli le vide de votre départ, et de toute manière vous n'avez plus vraiment besoin de moi maintenant que vous avez vos conjoints, vos enfants… Milagra aussi mène une existence qui semble lui convenir. Donc il n'y avait aucune raison de remettre en question mon mode de vie. Sauf que ma vilaine chute a tout mis sens dessus dessous. En me disant de vendre ma maison pour acheter un appartement dans une résidence médicalisée ou de porter une de ces alarmes pour seniors, Deanna m'a ouvert une perspective aussi claire que terrifiante sur la façon dont les choses pouvaient tourner. La prise de conscience a été brutale. Tout à coup, j'ai réalisé que tout ce qui importait pour moi, le socle de ma vie, finalement, pouvait m'être retiré en un clin d'œil. Ma carrière, ma maison, mon indépendance, et même ma liberté ! Moi qui n'avais jamais pensé avoir un jour besoin de qui que ce soit, voilà que soudain j'ai eu un affreux aperçu de là où tous mes choix de vie risquaient de me mener. J'allais finir assistée, désœuvrée, avec un bracelet alarme. Évidemment, tout ça est prématuré, mais Deanna semblait penser que j'en étais déjà à ce stade-là. Ça m'a poussée à questionner mes décisions au fil des ans, et j'ai éprouvé le besoin étrange de vérifier que j'avais pris les bonnes. Comme une façon de reprendre le contrôle de ma vie. J'ai eu besoin d'un moment à moi pour faire le point et décider par moi-même de ce qu'il en est réellement, et de ce que moi j'ai envie de faire.

— Et maintenant, où en es-tu ? demanda Ben, dont le cœur se serrait en écoutant sa mère.

Ce que Deanna avait fait le rendait malade. Leur mère s'était seulement cassé la cheville ! Elle n'était pas mourante et certainement pas sénile ni diminuée. Pourtant, sa sœur était parvenue à la faire douter d'elle-même et à lui faire redouter l'avenir. C'était presque de l'abus ! Deanna était pire qu'un éléphant dans un magasin de porcelaine.

— Conduire m'a apaisée et je me suis rappelé que j'étais parfaitement capable de résister à Deanna et ses idées tyranniques. Elle ne pourra pas me faire faire ce dont je n'ai pas envie. Je suis encore parfaitement saine de corps et d'esprit. J'ai 58 ans et non le double, et je compte bien faire partie de tous ces photographes qui ont travaillé jusqu'à plus de 90 ans. J'adore ma maison et je n'en bougerai pas. Si un jour j'ai besoin d'une assistance à domicile, alors on avisera. Mais j'espère bien que cela n'arrivera pas. Par ailleurs, je connais une foule de personnes âgées qui vivent toujours chez elles, quel que soit leur état. Ce n'est pas parce que je me suis cassé la cheville que je me délite ! Ta sœur a réussi à me plonger dans un état ridicule. Mais je n'ai plus peur. Oui, un jour, je serai vieille. Mais pas encore. Et je ne crains pas la solitude. Revoir les hommes qui ont compté m'a montré que j'avais vu juste à chaque fois. Je n'ai pas besoin de quelqu'un sans âme ni intégrité, prêt à se vendre pour un jet privé, ni d'un homme incapable de résister à la tentation. Concernant Andy, quelle qu'ait été la force de notre amour, nous n'aurions pas pu vivre ensemble. Même s'il était encore de ce monde, il n'aurait pas plus sa place à New York que moi dans le Wyoming, aujourd'hui comme hier. Alors si je vieillis seule, ça me va. Je suis parfaitement au clair concernant les choix que j'ai faits, et pour l'instant la vie que je mène me convient. Il est hors de question que j'emménage dans une résidence médicalisée sous prétexte que je ne suis pas mariée, pas plus que je ne me séparerai de ma maison parce que Deanna n'aime pas mon escalier dans lequel ses hauts talons se coincent. C'est ma vie, ma maison, c'est moi qui décide. Je ne vais pas abandonner ma carrière et rester assise sagement à attendre la mort sous prétexte qu'un jour je serai vieille. On verra quand ça arrivera. Et je ne vais pas non plus passer la bague au doigt au premier venu afin de ne pas finir ma vie toute seule. Disons juste qu'il m'a fallu un petit temps pour remettre tout ça d'équerre.

Maddie avait décrit une boucle pour revenir à son point de départ, et elle en ressortait renforcée.

— Je n'ai pas parlé à Deanna depuis que j'ai quitté New York et je t'avoue que je n'en ai même pas envie. Ses paroles irréfléchies m'ont fragilisée. Par ailleurs, rien de tout ce qu'elle m'a dit ne la concerne. Ces choix m'appartiennent jusqu'au jour où, vraiment, je ne serai plus en capacité de décider de manière autonome. Quand je pense que ta sœur a même sous-entendu que j'avais Alzheimer ! Pour le tact, elle repassera.

Maddie avait l'air encore assez remontée contre sa fille aînée, et Ben ne pouvait pas le lui reprocher. Son cheminement et les conclusions auxquelles elle était parvenue étaient très sensés. C'est Deanna qui perdait la boule ! Il ne manquerait pas de lui en reparler, à présent qu'il avait eu la version exhaustive de leur mère. En tout cas, ce voyage lui avait fait le plus grand bien et il s'en réjouissait pour elle.

— Je suis désolé que tu aies dû subir tout ça, maman. Deanna mériterait une bonne correction.

— Il est bon, de temps en temps, de faire le point sur nos vies pour s'assurer qu'on est sur la voie qui nous correspond. Et puis, ç'a été plutôt amusant de revoir Bob et Jacques, ajouta Maddie avec un petit gloussement. Tu n'imagines pas combien je suis contente de ne pas être restée avec eux ! Ç'aurait été une erreur monumentale. J'ai eu raison à l'époque, et avec Andy aussi. J'aurais adoré le revoir, mais seulement en souvenir du bon vieux temps. Même si les sentiments seraient sans doute remontés à la surface. Je l'ai vraiment aimé, et sa mort m'attriste beaucoup. Il n'empêche que j'avais les idées on ne peut plus claires lorsque j'ai décidé de le quitter. Je l'ai fait pour les bonnes raisons. Les personnes que l'on aime ne sont pas toujours celles qui nous conviennent le mieux. Andy n'était pas pour moi. Bien sûr, je me sens parfois un peu seule, mais ne suis-je pas mieux seule à profiter de ma vie, de mon travail et de vous tous – quand vous avez le temps – plutôt que mariée à la mauvaise personne ? Je n'ai pas besoin d'un homme pour me protéger ou me donner l'illusion que je suis encore jeune.

— Maman, je tiens vraiment à te voir plus souvent. J'ai été négligent et c'est impardonnable, mais je te promets de faire mieux à l'avenir. C'est ma faute.

Ou plutôt celle de Laura, se retint de corriger Maddie.

— Je sais combien tu es pris. Vous l'êtes tous, dit-elle avec douceur en lui touchant la main. Et c'est comme ça que ça doit être. Il ne tient qu'à moi d'occuper mes journées.

— Mais tu ne devrais pas avoir à remplir chaque minute de ta vie avec le travail. Tu as une famille.

Il comptait aussi reparler de ça avec Deanna. Et avec Milagra. Au diable sa bizarrerie, elle pouvait quand même faire un effort, elle aussi ! Parce qu'un jour, leur mère ne serait plus là. Au lieu de la pousser vers une vie assistée avec alarme pour senior, Deanna ferait mieux d'aller déjeuner avec elle, de l'inviter à dîner ou à passer le week-end avec eux.

— D'une certaine façon, cette fracture a peut-être été un mal pour un bien. Elle a généré un tel tsunami que cela m'a obligée à passer en revue toute ma vie. Ce n'est jamais inutile.

— Mais ce n'était pas non plus nécessaire, dit-il, l'air sombre.

— Sans cet incident, jamais je n'aurais revu les hommes de ma vie. Ça aussi, c'était utile. Et quand je serai de retour à New York, tu n'imagines pas comme je vais être contente de retrouver mon chez-moi, à moi toute seule, et de faire tout ce qui me plaît ! Et si Deanna déboule à nouveau sans y avoir été invitée, je lui claquerai la porte au nez. Elle sera la bienvenue quand je l'aurai décidé. Pour l'instant, elle ne l'est pas, conclut Maddie avec un large sourire.

— Je ne te jette pas la pierre, maman. Avec elle, on en prend tous pour notre grade. Mais à l'avenir, il va falloir qu'elle tourne sept fois la langue dans sa bouche. Je me ferai un plaisir de le lui dire. Elle ne peut pas t'en faire voir de toutes les couleurs comme ça ! Il faut qu'elle te respecte, toi, le mode de vie et le lieu que tu t'es choisis. Tu es parfaitement capable de décider par toi-même.

Il songea que cet incident familial suffisait à faire comprendre pourquoi Milagra communiquait si peu avec eux. Deanna avait toujours été dure avec elle, et leur sœur ne voulait plus avoir à subir ça. Elle avait donc préféré fermer la porte à tout le monde et, suivant sa tendance naturelle, s'était transformée en ermite. Ce n'était peut-être pas un si mauvais choix de vie. De fait, les choses marchaient bien pour elle.

— J'ai adoré traverser ainsi le pays, dit Maddie, apaisée, tandis qu'on leur apportait leurs assiettes.

— Tu as pris de magnifiques photos, maman, la complimenta Ben.

Il était encore touché par la solitude qu'il avait perçue dans certaines, et était bien résolu à ne plus laisser passer sept mois sans la voir. Elle méritait mieux de leur part.

— Merci, mon chéri. Au fait, je vais monter à Mendocino. J'ai prévenu Milagra de ma présence en Californie et elle me laisse venir la voir quelques jours.

Le terme « laisser » fit tiquer Ben. D'une certaine façon, ils avaient tous écarté Maddie de leur vie pour des raisons de convenance personnelle, purement égoïstes.

— Je suis désolé qu'on parte si vite pour Hawaï. C'est programmé depuis des mois, sinon j'aurais changé les dates.

— Ne change rien pour moi. Je pourrai toujours revenir, si Laura n'y voit pas d'inconvénient.

— Aucun. Elle sera ravie de te voir, affirma-t-il d'un ton sans appel.

Il ne laisserait plus à Laura le soin de gérer les visites de sa belle-mère. Il voulait que Maddie passe plus de temps avec ses petits-enfants et qu'ils aient la possibilité de mieux se connaître malgré la distance. Leur mère ne voyait pas davantage ses petites-filles new-yorkaises parce que Deanna ne faisait aucun effort. Leur négligence à tous était coupable.

Ils passèrent le reste du dîner, succulent, à parler de leurs carrières respectives et des enfants. Maddie faillit évoquer sa rencontre avec William Smith, mais se sentit idiote. Il lui avait fait porter des roses magnifiques, certes, mais après ?

Il était près de minuit lorsque Ben la déposa à son hôtel après une délicieuse soirée. Le lendemain après-midi, il était prévu que Maddie passe jouer avec les enfants et dîne avec eux. Mais lorsque Ben annonça le programme à Laura, celle-ci décréta que les enfants avaient leurs activités, et elle-même une réunion de comité.

— Eh bien, tu peux annuler leurs activités. Leur grand-mère de New York est là. C'est plus important, non ?

Laura ne discuta pas. Son mari lui avait déjà fait faux bond pour la soirée de charité, et elle sentait bien que les règles changeaient. Ben imposait sa volonté sur les sujets qui concernaient sa mère, comme il aurait dû le faire voilà des années. Il avait été trop aveugle pour le faire plus tôt.

Le lendemain, Maddie se présenta avec des cadeaux pour les enfants et Laura. Elle tendit à cette dernière un paquet de chez Chanel qui contenait une splendide pochette de soirée en velours noir parsemé de strass. C'était un cadeau parfait pour elle, qui sortait souvent en robe longue. Son visage s'illumina comme celui d'un enfant à Noël.

— C'est tellement gentil ! s'exclama-t-elle en serrant contre elle sa belle-mère, qui était ravie que son idée ait fait mouche.

Maddie monta ensuite retrouver ses petits-enfants, avec qui elle passa tout l'après-midi. Olive était une adorable fillette de 3 ans, qui se montra fascinée par sa grand-mère. Avec les deux plus grands, Maddie joua aux petites voitures, aux dinosaures, aux petits soldats et à tout ce à quoi elle avait joué avec leur père à leur âge. Elle n'avait pas perdu la main depuis cette époque – la plus belle de sa vie, même si elle ne le savait pas encore. Elle ignorait alors à quelle vitesse le temps file. Elle aida la nounou à leur donner le bain et leur lut une histoire au moment du coucher. Lorsqu'elle redescendit pour le dîner, elle était un brin débraillée : ses cheveux étaient ébouriffés, et comme Charlie l'avait éclaboussée, son jean était trempé. Comble du bonheur pour les enfants : ils avaient pu signer son plâtre.

— Quelle allure, maman ! dit Ben avec un grand sourire.

— Je me suis amusée comme une petite folle, mais maintenant il me faut un remontant.

Tous les trois éclatèrent de rire et Ben tendit à sa mère un verre de vin blanc bien frais. Le dîner fut excellent – comme Laura détestait cuisiner, ils avaient engagé un chef à plein temps particulièrement talentueux. Ce repas joyeux acheva l'excellente journée que Maddie avait passée. Et elle espérait bien que ce n'était qu'un début. Le lendemain, malheureusement, elle ne les reverrait qu'en coup de vent car ils avaient tous beaucoup à faire avant leur départ pour Hawaï. De toute façon, elle allait retrouver sa fille à Mendocino dès le surlendemain.

Sa belle-mère à peine partie, Laura regarda son mari d'un air contrit.

— Je suis désolée, Ben. Ta mère m'a toujours impressionnée, mais en fait, elle est vraiment adorable. Avec les enfants comme avec moi. Son cadeau est magnifique. J'avais oublié combien elle était sympathique et généreuse.

— Maman est adorable, oui. C'est de ma rosse de sœur que tu devrais te méfier, pas de ma mère.

— Mais elle est tellement célèbre… Je me suis toujours dit qu'elle ne me trouvait pas assez bien.

— Elle n'est pas comme ça. Elle a toujours travaillé dur et ç'a été une mère incroyable, malgré son emploi du temps surchargé. Je n'avais jamais réalisé à quel point c'est dur pour les parents quand les enfants quittent le nid. Ça a laissé un trou béant dans sa vie, surtout que deux d'entre nous sont loin. Je déteste l'idée de la savoir toute seule à New York, même si elle y est habituée maintenant.

— Nous l'inviterons plus souvent, je te le promets, dit Laura avant de l'embrasser.

Et ils montèrent se coucher enlacés.

Le lendemain, Maddie était assise avec les enfants qui dînaient et leur racontait des souvenirs liés à l'enfance de leur père quand ce dernier rentra du bureau, l'air stressé. La vue de sa mère et de ses enfants attablés dans la cuisine lui arracha un sourire. Voilà comment les choses devaient être ! Et il espérait bien qu'il aurait plus l'occasion de contempler cette scène, à l'avenir.

Dans l'après-midi, il avait appelé Deanna pour la tancer et la prévenir de surveiller son comportement. Hors de question qu'elle franchisse de nouveau la ligne rouge avec leur mère.

— Qu'est-ce qui t'a pris de lui sortir toutes ces horreurs ? Ça l'a terrifiée, avait-il d'emblée attaqué.

— Elle a perdu la boule, admets-le. Traverser ainsi le pays toute seule en voiture, c'est juste insensé !

— Pas du tout. Elle voulait faire le point sur sa vie. Elle a revu des gens dont elle n'avait plus de nouvelles depuis des décennies et elle a réfléchi à ce qu'elle avait vraiment envie de faire des années qui viennent, avant de devenir vraiment vieille et de se déliter, comme tu dirais. Si jamais ça arrive un jour ! Mais elle n'en est pas encore là. Le problème avec toi, Deanna, c'est que tu n'as aucune imagination. Tu ferais mieux de faire un effort pour passer du temps avec elle et te montrer *gentille*, pour une fois. Nous devons tous faire un effort tant qu'elle est encore là. Sinon, un jour, on le regrettera. Nos enfants la connaissent à peine. Alors qu'elle est incroyable avec eux, comme elle l'était avec nous.

— Elle n'a jamais été incroyable avec moi ! répliqua Deanna, outrée.

— Peut-être parce que, même petite, tu étais déjà une emmerdeuse. Adolescente, tu étais franchement insupportable. La différence, aujourd'hui, c'est que nous sommes tous adultes. Et il est grand temps de lui rendre à hauteur de ce qu'elle nous a donné. Tu lui dois des excuses.

— Pourquoi ? Parce que je lui ai conseillé de quitter le piège mortel dans lequel elle vit ?

— Pour ça, et pour tout le reste. Pour tout ce que tu lui as balancé de façon tout à fait déplacée. Inutile de te faire la liste détaillée. Elle a parfaitement le droit de faire ce qu'elle veut et de vivre où elle veut.

— J'y penserai, dit Deanna d'une voix glacée. Quand est-ce qu'elle rentre à New York ? Elle revient en avion, j'espère.

— Elle va passer quelques jours chez Milagra.

— Très bien. J'irai la voir à son retour, alors, dit Deanna sans s'engager davantage.

— Attends qu'elle te fasse signe, ou bien appelle-la d'abord cette fois. Ne déboule pas à l'improviste, s'il te plaît. Essaye d'avoir un peu de savoir-vivre.

Il n'allait plus la lâcher.

— Il me faut un carton d'invitation pour aller voir ma mère, maintenant ?

— Non. Juste un peu de cœur. Ce serait un bon début. C'est notre mère, Dee. Il y a un lien sacré, ou en tout cas qui devrait l'être.

— Depuis quand es-tu à ce point devenu le petit garçon à sa maman ? Toi non plus, tu n'as pas multiplié les invitations pour la voir. Et puis de toute façon, ta femme ne l'a jamais aimée.

— Les choses vont changer.

Il avait raccroché peu après. Une veille de départ, il avait trop à faire pour se disputer avec cette chipie. Dommage que son beau-frère ne la remette jamais à sa place. Elle en aurait eu bien besoin.

Lorsque Maddie les quitta ce soir-là, elle embrassa les enfants et Laura. Puis Ben la serra contre lui pendant un long moment.

— Prends bien soin de toi, maman. Je t'aime.

— Je t'aime aussi, Ben, répondit-elle, souriante. Merci pour tout.

Quand il la salua une dernière fois de la main, il était ému aux larmes. Laura s'approcha et l'enlaça.

— Nous la réinviterons très bientôt, promit-elle.

Ces moments ensemble avaient été très agréables. C'était peut-être les premiers d'une longue série.

11

Maddie finissait de boucler ses valises quand William l'appela. Elle lui avait envoyé un texto trois jours plus tôt afin de le remercier pour les fleurs.

— William, vos roses sont encore magnifiques !

— Comment s'est passée votre visite chez votre fils ?

— Très bien. La meilleure de tous les temps. J'ai beaucoup joué avec les enfants. Le premier soir, Ben et moi avons dîné ensemble dans un délicieux restaurant italien. Ça n'était plus arrivé depuis son mariage. Il a laissé sa femme aller seule à un événement pour que nous puissions avoir un peu de temps tous les deux. Vous m'avez de justesse au bout du fil, je pars dans l'heure pour Mendocino retrouver ma fille ! Elle vient de finir un roman, c'est le bon moment.

— Combien de temps resterez-vous là-bas ?

— Aussi longtemps qu'elle me supportera, c'est-à-dire quelques jours tout au plus. Elle n'est jamais aussi bien qu'avec elle-même.

La façon dont elle semblait s'ajuster à chacun de ses enfants pour répondre à leurs besoins intriguait William. Pour lui, c'était plutôt son fils qui devait s'adapter à sa vie quand il venait, et non l'inverse. Mais Theo était encore très jeune, tandis que les enfants de Maddie étaient adultes, en plus d'avoir l'air compliqués.

— Je dois donc me préparer à ne plus voir mon fils que trois jours et pas un de plus quand il sera grand ? demanda-t-il.

— Peut-être. Cela dépendra de sa femme !

— Je ferais mieux de profiter de lui tant que je peux, alors. Dites-moi, une idée m'est venue hier soir et je voudrais vous en faire part, mais je ne savais pas que vous alliez à Mendocino.

— Ma fille ne m'a répondu qu'il y a deux jours.

— Je vois. Voilà, j'aimerais beaucoup monter vous voir. Nous pourrions passer la journée dans la Napa Valley, ou bien à San Francisco si vous préférez. J'aimerais vous revoir avant que vous ne repartiez pour New York. Je sais que ça paraît fou mais vous me manquez déjà, Maddie.

Elle fut touchée. Elle aussi avait pensé à lui, même si elle avait été très occupée, entre son fils et ses petits-enfants. Très tentée, elle réfléchit à voix haute.

— Il faut vraiment que je rentre à New York à un moment. Cela fait un moment que je suis partie, et le travail doit commencer à s'accumuler. C'est la première fois que je fais l'école buissonnière. D'autre part, il n'y a presque pas de réseau là où vit ma fille.

— Comment fait-elle ?

— Ça lui plaît comme ça. Mais je pourrai vous appeler dès que je quitte Mendocino. Et si mon assistante n'exige pas mon retour express, et qu'un délai aussi court ne vous dérange pas, nous pouvons nous retrouver à San Francisco et passer un jour ou deux ensemble. Ça me ferait plaisir.

— Ça me paraît parfait. J'attendrai votre coup de fil, et je peux être à San Francisco peu de temps après votre retour de Mendocino.

— Merci pour votre souplesse.

— Le jeu en vaut la chandelle.

En réglant son séjour, Maddie en profita pour ajouter une nuit supplémentaire à celle qu'elle avait déjà réservée avant son vol de retour pour New York. L'idée de revoir William lui plaisait beaucoup : il dégageait quelque chose de tranquille, d'apaisant et de très masculin à la fois.

Une demi-heure plus tard, elle quittait la ville et prenait plein nord la direction de Mendocino. Le franc soleil de San Francisco disparut progressivement à mesure que le brouillard tombait sur la côte, et le paysage se fit de plus en plus austère. Milagra habitait en lisière de la ville. Quand Maddie approcha de la maison, elle ne put s'empêcher de sourire : sa fille avait beau l'entretenir admirablement, l'endroit semblait vraiment sorti de l'un de ses romans. On s'attendait à ce qu'un vampire vienne ouvrir la porte…

Milagra mit longtemps à répondre au coup de sonnette, au point que Maddie se demanda si elle était sortie. Quand enfin la porte tourna sur ses gonds, sa fille apparut. Elle portait un sweat déchiré, décoloré par endroits, et un jean à l'avenant. C'était une tenue à la mode, sauf que le jean de Milagra semblait plutôt sorti d'une déchiqueteuse que des mains d'un designer.

— Je suis sur une ébauche de roman, expliqua-t-elle à sa mère, les sourcils froncés.

Celle-ci connaissait bien le modus operandi : pas de bonjour, pas d'accolade, pas de bisou.

Soudain, une idée germa dans l'esprit de Milagra, qui redisparut aussitôt dans les profondeurs de la maison, comme un fantôme. Heureusement, Maddie connaissait les lieux et savait où était sa chambre. Elle monta ses valises et les défit. Les vêtements qu'elle portait étaient déjà humides à cause du brouillard. Une fois redescendue, elle sortit les croissants et les pains au chocolat qu'elle avait achetés dans une bonne boulangerie avant d'arriver et lança la bouilloire pour une tasse de thé. Elle mit aussi le bouquet avec lequel elle était arrivée dans un vase.

Milagra réapparut une heure plus tard, l'air soulagée et contente de voir sa mère.

— Désolée, maman. Ça m'est tombé dessus sans prévenir juste avant que tu sonnes. Je dois saisir les idées au vol quand elles se présentent, sinon, j'oublie tout.

— Pas de problème, dit Maddie, heureuse de la revoir.

Cela faisait presque un an !

Milagra n'avait pas changé : la même allure frêle et la même excentricité qui la caractérisaient depuis toute petite. À l'époque, elle pouvait rester cachée pendant des heures sous l'escalier ou dans un placard, sans répondre quand on l'appelait. À 5 ans, elle lui avait déclaré que les gens étaient trop imposants et le monde trop bruyant. Mais elle avait trouvé sa voie, et les personnages qu'elle inventait lui ressemblaient. Adolescente, Deanna se plaignait de vivre avec la famille Addams… Il était vrai que Milagra avait une beauté unique et éthérée. Elle détestait le soleil et sa peau était d'une blancheur de porcelaine. Elle avait hérité du côté maternel ses cheveux blonds et ses yeux bleus, mais en plus pâle, comme masqués par un film invisible ou un voile blanc d'une finesse diaphane. Elle vivait avec trois énormes chiens au poil épais et bouclé, qui pour l'instant dormaient dans le salon. Quant aux deux chats, ils se cachaient sous un fauteuil, observant Maddie d'un œil suspicieux.

— Alors, comment vas-tu ? demanda Milagra tandis qu'elle prenait place à la table de la cuisine et que sa mère posait une tasse de thé devant elle.

— Ça va. Et toi ? Je croyais que tu venais de finir un livre. Tu en commences déjà un nouveau ?

— L'idée m'est venue sous la douche ce matin. Parfois, l'inspiration arrive tout de suite. D'autres fois, ça met beaucoup plus de temps. En tout cas, ils veulent me signer pour quatre romans.

— C'est super, ça ! De mon côté, j'ai fait la route depuis New York, dit Maddie sur le ton de la conversation, sans s'étendre plus.

D'habitude, elle n'ennuyait pas Milagra avec les détails de sa vie. De toute façon, ça n'intéressait pas beaucoup sa fille.

— Pourquoi tu as fait ça ? s'étonna pourtant celle-ci.

— Je voulais revoir des gens en chemin. Je me suis arrêtée à Boston et à Chicago, et puis dans le Wyoming. J'espérais revoir Andy, mais il est mort il y a deux mois. En revanche j'ai vu Sean, qui te transmet toutes ses amitiés. Il est marié, a deux garçons et bientôt des jumelles.

Milagra sourit à ce compte rendu, mais ne réagit pas tout de suite à l'annonce de la mort d'Andy. Elle digérait la nouvelle.

— C'est vraiment triste pour Andy. Il était malade ? finit-elle par demander.

— Oui.

— Tu l'aimes toujours, maman ?

Milagra allait toujours droit au but.

— Je l'ai beaucoup aimé, et sa mort m'a attristée. Mais je ne peux pas employer le verbe « aimer » au présent. On ne s'était plus vus depuis dix-sept ans. C'est long pour entretenir une flamme.

— Certaines personnes y arrivent, dit Milagra d'une voix rêveuse avant d'ajouter, plus terre à terre : Au fait, je suis vegan maintenant.

Cela expliquait que sa fille soit plus mince que jamais. Maddie songea aux croissants bien beurrés qu'elle avait apportés : ça tombait mal.

— Que manges-tu, alors ?

— Principalement des légumes, des céréales et des légumineuses. Beaucoup de lentilles, de brocolis, de choux de Bruxelles ou de chou kale. Bert essaie toujours de me faire manger du poisson, mais je refuse.

— Qui est Bert ?

Avec Milagra, ne pas perdre le fil de la conversation tenait toujours de l'exploit. C'était comme de prendre un film en cours de route, et Maddie n'était jamais sûre de retrouver les mêmes noms d'une année sur l'autre, même si Milagra menait une vie très solitaire. Maddie s'inquiétait d'ailleurs parfois de ce que sa fille passe beaucoup de temps dans un monde imaginaire – et pas très sain, en plus.

— C'est un ami, dit Milagra sans développer. Que dirais-tu d'une promenade ?

— C'est trempé, dehors. Il y avait une brume épaisse quand je suis arrivée.

— Je te passerai un ciré. Moi, j'adore ce temps.

Maddie se pliait toujours aux désirs de Milagra tant elle était reconnaissante de la voir. Sa fille était comme un mirage qui apparaissait de temps à autre avant de s'évanouir à nouveau. Elles prirent les chiens avec elles et descendirent sur la plage, où les corniauds s'en donnèrent à cœur joie, pas le moins du monde gênés par l'humidité ambiante. Ils creusaient le sable ou poursuivaient un bâton et Milagra courait à leurs côtés, racée et gracieuse. Elle sourit à sa mère quand elle la rejoignit.

Une heure plus tard, elles étaient de retour à la maison, Maddie transie de froid. Milagra secoua ses cheveux et retira son ciré, mais ne fit pas mine de toucher au gros sac en plastique posé sous le porche. Quand Maddie le souleva, une odeur de marée s'en échappa. Il contenait un crabe frais.

— C'est Bert qui l'a déposé pour toi, dit Milagra en le lui prenant des mains, grimaçant devant l'odeur. Tu aimes le crabe ? ajouta-t-elle, étonnamment peu au fait des goûts de sa propre mère.

— J'adore ! s'exclama Maddie. Surtout de cette qualité ! C'est un vrai luxe. Qui est ce Bert ? C'est la deuxième fois que tu l'évoques depuis mon arrivée.

Milagra ne répondit pas, mais sortit un faitout qu'elle remplit d'eau pour cuire le crustacé.

— C'est juste un ami, finit-elle par dire sans plus d'explications.

— C'est gentil de sa part d'avoir apporté ça pour moi, en tout cas.

— Je lui avais dit que tu aimais sans doute ça.

La façon dont elle en parlait et refusait de répondre aux questions le concernant évoquait un peu un ami imaginaire. Milagra en avait eu plusieurs quand elle était petite. L'un d'eux avait duré plusieurs années : une fillette appelée Jennifer, avec qui Milagra disait jouer. Cela lui avait passé avec l'âge, mais il avait fallu du temps. Tout ce que les docteurs avaient pu dire à Maddie, c'était que sa fille était différente. Elle n'avait pas de retard d'apprentissage, en fait elle était même brillante, mais elle maîtrisait mal les codes sociaux et possédait une imagination hyperactive, dont elle tirait aujourd'hui son gagne-pain. Elle avait eu quelques béguins à l'école, mais pas de véritables petits amis, et au lycée les garçons ne fréquentaient pas les filles comme elle. Ils couraient plutôt après les plus délurées et populaires, celles qui portaient des minijupes, arboraient des décolletés et étaient prêtes à embrasser à pleine bouche à l'arrière des voitures. Les personnalités aussi féeriques que Milagra ne les intéressaient pas. À l'université, elle avait remporté un prix de poésie et avait publié son premier roman. Depuis, elle n'avait plus cessé d'écrire.

Milagra sécha les chiens avec une serviette-éponge pendant que Maddie surveillait l'eau du faitout. Quand elle commença à bouillir, elle y jeta le crabe. Voilà qui allait faire un délicieux dîner ! Dommage que Milagra n'en mange pas.

— Tu es sûre de ne pas vouloir goûter ?

Devant la grimace et le geste de refus de sa fille, Maddie n'insista pas. Un peu plus tard, à sa grande surprise, la sonnerie d'un téléphone retentit. Ainsi, Milagra avait le téléphone ! Sa fille sortit l'appareil d'un placard et décrocha. Seules ses réponses parvenaient à Maddie.

— Maman dit qu'elle adore ça. Elle est en train de le cuire pour le dîner… Je te rappelle plus tard.

— Et moi qui doutais que tu aies un téléphone ! dit Maddie quand Milagra eut raccroché.

— J'en ai un. Mais la plupart du temps, je ne réponds pas. Et il m'arrive d'oublier de payer l'abonnement, et ils coupent la ligne. Bert dit qu'il m'en faut un, par sécurité. Alors j'en ai un.

Au moins, cet ami imaginaire savait comment utiliser un téléphone.

— Je ne l'utilise presque jamais, sauf quand il m'appelle.

— C'est un petit ami ou bien juste un ami ? osa demander Maddie.

— Je ne sais pas, dit Milagra en haussant les épaules. Quand j'écris, on ne se voit pas.

Elle agissait ainsi avec tout le monde, durant ses phases créatives.

— Et il habite dans le coin ? s'enquit Maddie, dont la curiosité avait été piquée.

Elle ne se rappelait plus à quand remontait la dernière relation amoureuse de Milagra. Si ce Bert était bien son petit ami, cela constituait un changement majeur dans sa vie depuis la dernière fois qu'elles s'étaient vues ! Maddie détestait en savoir si peu sur sa fille. Mais celle-ci préférait qu'il en soit ainsi, alors elle respectait son besoin.

— Il habite à Fort Bragg, répondit Milagra.

C'était le port qui se trouvait à quelques kilomètres de là.

— Il prend régulièrement de mes nouvelles. C'est vraiment quelqu'un de bien.

Le crabe était cuit et Maddie le fit égoutter avant de le poser sur un plat pour qu'il refroidisse. Il y en avait pour tout un régiment !

— Tu crois que je peux faire sa connaissance ?

— J'imagine.

— Que dirais-tu de l'inviter à dîner avec nous ? Ça fait beaucoup de crabe pour moi toute seule.

— Je vais lui demander.

Milagra retourna dans le placard à téléphone et transmit le message, indiquant à son interlocuteur qu'il était attendu à 18 heures. Maddie avait hâte de faire sa connaissance.

Lorsque Bert sonna à l'heure dite, elle était en train de mettre le couvert. Levant les yeux, elle aperçut dans l'embrasure de la porte un véritable géant rayonnant de santé, au visage coloré surmonté d'une épaisse crinière brune. Le contraste avec Milagra était frappant. Il était vêtu simplement d'une chemise de bûcheron et d'un jean. Après avoir laissé ses bottes en caoutchouc à la porte, il entra dans la pièce et sourit à Maddie avec une timidité touchante. Décidément, tout en lui était inattendu ! Quand ils échangèrent une poignée de main, elle crut que la sienne allait disparaître dans sa paume immense, proportionnelle à sa taille. Il mesurait près de 2 mètres.

— Bonsoir, je m'appelle Bert English.

— Bonsoir. Merci beaucoup pour le crabe. Il a l'air délicieux, dit-elle avec un sourire chaleureux.

— Je suis content que vous aimiez ça. Je n'arrive pas à convaincre Milagra d'en manger. Elle déteste les produits de la mer.

— Vous l'avez trouvé en ville ?

— Non, dit-il en riant. Dans mes casiers. Je suis pêcheur. On en remonte encore parce que la saison du crabe a commencé tard cette année.

Maddie fut légèrement surprise d'entendre ça, mais plus rien ne la surprenait vraiment dans le monde de Milagra. Bert posa sur la table la bouteille de vin qu'il avait apportée. En plus de sa taille et de son teint éclatant, Maddie remarqua qu'il était considérablement plus âgé que sa fille, plus proche de sa génération en fait. Il tutoyait la cinquantaine, ce qui lui faisait une quinzaine d'années de plus que Milagra. Il prit place sur le canapé et discuta avec elle de la traversée du pays qu'elle venait d'achever et qui l'intriguait beaucoup. C'était quelqu'un d'intelligent, qui s'exprimait bien, et il avait lu tous les livres de Milagra. Cette dernière était tranquillement assise par terre à ses pieds, en train de caresser l'un des chiens. Elle suivait la conversation. De son côté, Maddie essayait de déterminer quel rôle jouait cet homme dans la vie de sa fille. Dans un autre contexte, elle aurait le plus logiquement du monde supposé que c'était un petit ami, mais avec Milagra on ne savait jamais. Comme elle lui posait des questions sur la pêche dans les eaux locales, il fit allusion à son fils, pêcheur en Alaska.

Ils n'étaient pas encore passés à table que Maddie l'appréciait déjà. Une bouteille plus tard, ils étaient devenus amis, et elle ne doutait plus qu'il aimait sa fille. Milagra, cependant, ne disait ni ne faisait rien pour clarifier la situation. Comme toujours, elle était mystérieuse et difficile à déchiffrer – personne ne pouvait rien deviner d'elle.

— Je serai ravi de vous emmener sur mon bateau un de ces jours, proposa-t-il tandis qu'ils se régalaient du crabe.

Milagra, quant à elle, mangeait des lentilles et du chou kale.

— J'adorerais ça ! Je pourrais prendre des photos ?

— Bien sûr. Ce serait amusant. Que diriez-vous de demain ?

— Tu viendrais ? demanda Maddie à Milagra, qui secoua vigoureusement la tête.

— J'ai le mal de mer et ça secoue pas mal par ici.

— Êtes-vous sujette au même mal ? demanda Bert avec un regard inquiet à Maddie.

— Du tout. À quelle heure prenez-vous la mer ?

— 5 heures du matin.

— Alors dites-moi où vous retrouver, et j'y serai ! dit-elle avec un sourire.

La conversation se poursuivit agréablement après le dîner. Avant de partir, il lui indiqua leur point de rencontre du lendemain, sur les docks de Fort Bragg, et prit congé. Quand la porte se referma sur lui, Maddie se tourna vers sa fille avec un air étonné.

— Quel type formidable ! s'exclama-t-elle. Et il semble t'adorer. Depuis combien de temps êtes-vous ensemble ?

Pendant un moment, Milagra ne répondit rien, se contentant de la regarder avec de grands yeux.

— Tu l'aimes vraiment bien, maman ?

— Mais oui, pourquoi ?

— J'avais peur que tu le détestes. Ça fait huit ans qu'on est ensemble.

Cette confession assomma Maddie.

— Vous vivez ensemble ?

Milagra secoua la tête.

— Seulement quand je n'écris pas. Tu sais que je ne peux vivre avec personne, quand j'écris.

— Eh bien, je l'aime vraiment beaucoup.

— Je craignais que tu ne le trouves pas assez bien. C'est pour ça que je préférais que tu ne viennes pas…

Milagra avait les larmes aux yeux, et sa mère s'approcha pour la serrer fort contre elle.

— Il n'a de toute façon pas besoin d'être bien pour moi, Millie. Il doit juste être vrai et bon pour toi. Quel âge a-t-il, au fait ?

— C'est l'autre point qui m'inquiétait un peu… Il a 48 ans. Ça l'ennuyait vraiment de ne t'avoir jamais rencontrée et cette fois, il a insisté. Moi, je n'étais pas sûre. Il est très intelligent.

— J'ai vu ça.

Pour la première fois depuis des années, Maddie se sentait proche de sa fille. Celle-ci l'avait finalement laissée entrer dans sa bulle, et avait partagé quelque chose de sa vie. C'était une première !

— Tu vas vraiment monter sur ce bateau, maman ?

— Mais oui. Ça a l'air amusant, répondit Maddie, songeant qu'il y aurait certainement quelques belles photos à la clé.

Jamais elle n'avait vu Milagra aussi rayonnante, comme si on lui avait retiré un lourd poids des épaules.

— Je suis si heureuse que tu l'apprécies. C'est quelqu'un de vraiment bien !

— J'ai vu ça, dit Maddie. Vous voudriez vous marier ?

— Lui aimerait bien, mais je trouve que c'est inutile. En plus, je ne veux pas d'enfants. Et je ne crois pas que je saurais gérer le mariage. C'est trop de pression et d'attentes. Moi, je veux juste écrire. Ça ne lui pose pas de problème, il a déjà un fils adulte. Il a divorcé quand son fils avait 2 ans. Son épouse détestait être femme de pêcheur.

— Tu changeras peut-être d'avis sur les enfants un jour, fit remarquer Maddie, ajoutant en son for intérieur « ou pas ». Mais dans l'immédiat, j'ai une question importante à te poser.

L'espace d'un instant, Milagra eut l'air inquiète.

— As-tu un réveil ?

— Oui, répondit sa fille dans un rire.

Maddie prit le temps de protéger ses appareils en les glissant dans un étui imperméable. Elle venait de terminer cette tâche quand Milagra vint s'asseoir en chemise de nuit sur son lit.

— Je suis vraiment contente que tu l'apprécies, maman.

— Ce n'est pas très difficile, je t'assure. Et s'il te rend heureuse, c'est tout ce que je souhaite pour toi.

Après huit ans, on pouvait dire que leur histoire avait déjà résisté à l'épreuve du temps. Et un signe ne trompait pas : Milagra semblait sereine quand elle l'embrassa pour lui souhaiter bonne nuit.

Lorsque le réveil sonna à 4 h 15, Maddie se leva et s'habilla en silence. Elle emportait une basket pour le bateau. Milagra lui avait aussi conseillé de prendre une veste chaude. Bert lui prêterait ce qu'il fallait contre la pluie. À 5 heures tapantes, elle se trouvait sur les docks du port de Noyo, à Fort Bragg. Bert descendit de son bateau pour la saluer d'une étreinte d'ours. Il était impressionné qu'elle soit venue.

La modernité et la sophistication du bateau surprirent Maddie. Bert possédait un équipement dernier cri, et l'équipage était constitué de quatre hommes expérimentés. Tout respirait le professionnalisme. On était loin de la petite sortie amateur avec du matériel vieillot.

— Je monte une fois par an en Alaska avec le bateau, histoire de pêcher un peu avec mon fils et de ne pas perdre la main. Parce qu'ici, en comparaison, c'est plutôt pépère, expliqua Bert.

De fait, le bateau était conçu pour des eaux plus agitées. Maddie sortit son appareil dès que les matelots lâchèrent les amarres. Bert lança les moteurs et quelques minutes plus tard, ils prenaient le large. Nullement gênée par son plâtre qu'elle oubliait totalement, Maddie se positionnait avec discrétion dans les coins, se fondant dans le décor et appuyant presque sans discontinuer sur le déclencheur. Elle prit de fantastiques photos de Bert et de son équipage en plein travail, un labeur éreintant qui dura toute la journée.

Ils s'arrêtèrent tout de même pour déjeuner, et se régalèrent de la délicieuse cuisine de Bert. Ensuite, la mer se fit grosse et de grandes vagues commencèrent à déferler sur le pont, rendant la tâche plus ardue encore. Mais cela en valait la peine : la saison du crabe avait beau s'achever bientôt, les casiers remontaient encore pleins tous les jours. Les cales se remplissaient de crustacés qui finiraient dans les poissonneries citadines, vendus à prix d'or. C'était une affaire très lucrative. Alors que le bateau retournait au port en chevauchant les vagues, Bert vint s'asseoir à côté de Maddie avec un sourire.

— Alors, Maddie, ça vous a plu ?

— J'ai adoré.

— Vous n'avez pas chômé, dites-moi. Votre appareil a crépité toute la journée, remarqua-t-il, l'ayant observée du coin de l'œil tout en travaillant.

— Votre équipage et vous ne chômez pas non plus !

Maddie était très impressionnée par ce qu'elle avait vu, et par lui. C'était un sacré bonhomme, doublé d'un professionnel de valeur. Tout, en lui, lui plaisait. Cette sortie en mer avait scellé leur amitié.

— Ça ne vous dérange pas que je sorte avec votre fille ? demanda-t-il, inquiet.

— Mais pas du tout !

Sa réponse eut l'air de lui faire plaisir.

— Notre différence d'âge ne vous gêne pas non plus ?

Elle secoua la tête.

— Je ne sais pas pourquoi elle craignait tant de vous le dire. Elle devrait vous faire davantage confiance.

— Voilà bien une chose que les enfants ont du mal à faire. Ils croient connaître leurs parents, mais se trompent souvent du tout au tout, répondit Maddie avec un sourire ironique.

— En tout cas, je suis heureux que notre relation ne vous gêne pas, dit-il avec autant de soulagement que Milagra la veille. J'espère que nous pourrons être amis.

— Mais nous le sommes déjà, non ? dit-elle tandis que l'équipage amarrait le bateau au quai.

Quand ils arrivèrent chez Milagra, ils la trouvèrent satisfaite de son ébauche de manuscrit, sur laquelle elle avait travaillé toute la journée.

— Beurk, vous sentez le poisson, dit-elle en plissant le nez.

En général, Bert se douchait avant de passer la voir.

— Je vais rentrer faire un brin de toilette et me changer, dit-il avec un grand sourire. Et je reviens vous chercher pour vous emmener toutes les deux dîner au restaurant ! Il faut fêter ça !

— Fêter quoi ? s'étonna Milagra.

— Nous deux, et la visite de ta maman. Tout ! Jusqu'à la pêche miraculeuse d'aujourd'hui. Maddie, vous nous avez porté chance ! Et elle a pris un millier de photos de moi, ajouta-t-il, à la fois ravi et embarrassé.

— Je vous les enverrai, promit Maddie avant de monter se rafraîchir.

Elle avait passé une journée incroyable et avait maintenant le cœur léger en pensant à Milagra. Elle était entre de bonnes mains. Bert English était vraiment un homme bien. Par certains aspects, il lui rappelait un peu Andy. Ce qui n'avait pas marché pour elle fonctionnait pour Milagra. Ils semblaient faits l'un pour l'autre : Bert apportait à Milagra ce dont elle avait besoin, il l'ancrait et la protégeait. Maddie avait hâte de voir ce que donneraient les photos qu'elle avait prises. Aussi originale qu'elle puisse être, sa benjamine avait finalement trouvé l'homme parfait pour elle. Cela mettait son cœur de mère en joie.

12

Le séjour de Maddie à Mendocino lui offrit certains des plus beaux moments de son voyage. Elle passa beaucoup de temps avec Milagra, à discuter ou juste à la regarder prendre des notes pour son prochain livre tandis qu'elle-même, près d'elle, s'occupait à autre chose. Elles faisaient de longues promenades sur la plage avec les chiens et le soir, Bert les rejoignait pour dîner. Une fois, c'est lui qui se mit aux fourneaux, et il se révéla un chef hors pair. Ils passaient d'excellentes soirées tous les trois, entre rires et anecdotes. Maddie avait adoré la journée sur son bateau, et elle se félicitait de sa relation avec Milagra. Mais l'heure du départ avait sonné.

Maddie aurait voulu pouvoir rester plus longtemps, heureusement Milagra lui avait dit qu'elle comptait la revoir très bientôt. Et cette fois-là, il n'y aurait plus de secrets. Au moment de se quitter, mère et fille s'étreignirent très fort. Bert aussi était venu dire au revoir. Le couple incarnait ce qu'elle avait si ardemment désiré avec Andy. La différence, c'était que Milagra avait fait ce dont elle-même avait été incapable, en embrassant une vie simple qui laissait de la place à ses rêves avec l'homme de son cœur. Milagra avait choisi une existence qui lui correspondait bien mieux que celle, très différente, qu'elle avait connue en grandissant, et elle ne regrettait rien. Maddie aurait été incapable d'abandonner de la sorte New York pour le Wyoming.

Elle embrassa sa fille une dernière fois et s'éloigna doucement tandis que, enlacés, Bert et Milagra agitaient la main en guise d'adieu. Quand elle prit la direction de San Francisco, elle avait la tête encore pleine de la complicité des derniers jours. Elle avait déjà parcouru une bonne distance quand elle remarqua que son portable captait à nouveau. Elle pensa à William, mais décida d'appeler Ben avant. C'était l'heure du petit déjeuner à Hawaï.

— Tout va bien, maman ? s'inquiéta aussitôt son fils.

— J'ai passé un moment formidable avec Milagra.

— Vous avez échangé des histoires de fantômes ?

Milagra n'avait certes rien de commun avec ses aînés, mais cette boutade révélait combien Ben et Deanna la connaissaient mal. Tant de leurs assertions se révélaient fausses. Leur sœur était bien plus terre à terre qu'ils ne le pensaient. Quant à elle-même, elle avait toujours espéré que sa fille rencontrerait la bonne personne, celle qui saurait l'apprécier. Et c'était arrivé.

— Pas du tout. J'ai passé ces trois derniers jours avec ta sœur et l'homme qu'elle aime depuis huit ans, et dont aucun de nous n'avait entendu parler. C'est un type super.

— Waouh ! Quel scoop ! Huit ans, tu dis ? À quoi ressemble-t-il ? Il écrit, lui aussi ?

— Non, il est patron de pêche. Un vrai professionnel. C'est quelqu'un qui a quinze ans de plus que ta sœur et qui lui apporte exactement ce dont elle a besoin. Quelqu'un de très ancré. Je pense qu'il te plaira. Tu devrais monter la voir, parfois. Ce serait bien d'apprendre à mieux la connaître, non ? En plus, Bert est formidable. Quand on pense qu'elle nous l'a caché toutes ces années !

— Tu es décidément pleine de surprises, maman.

— Mais non, c'est elle qui l'est ! Enfin voilà, je voulais juste te dire que ça s'était très bien passé.

— Ça me fait bien plaisir de l'entendre !

Il comprenait encore plus, à présent, combien leur mère pouvait s'inquiéter pour eux tous, et surtout pour Milagra qui avait fait figure d'âme esseulée pendant si longtemps.

Leur mère les retrouvait les uns après les autres pour mieux découvrir leurs personnalités d'adultes. Chez lui, elle avait aussi « rencontré » ses petits-enfants, et il se sentait encore terriblement coupable de l'avoir flouée de ces moments avec eux pendant tant d'années.

— Termine ton petit déjeuner et embrasse tout le monde pour moi. J'appelais juste pour un rapide coucou et te résumer vite fait ma visite à Mendocino : c'était génial.

Et très inattendu.

Dès qu'ils raccrochèrent, elle appela William. Il était en train de travailler et il répondit distraitement, avant de changer de timbre du tout au tout quand il reconnut sa voix.

— Je viens de quitter Mendocino.

— Comment c'était, alors ?

— Étonnant ! Avec mes enfants, je vais de surprise en surprise. Ma fille nous cachait son petit ami depuis huit ans ! Un type incroyable, un patron de pêche. L'idéal pour elle : simple et complexe à la fois, facile à vivre et aimant. Il semble l'adorer.

— Vous avez l'air heureuse, Maddie.

— Je le suis. Je voulais juste vous dire que je suis en route pour San Francisco. J'y serai dans deux heures.

— Et moi environ une heure après vous. Toujours partante pour une journée à Napa demain ?

— Mais oui ! Le travail peut bien attendre un jour de plus, non ?

Elle n'avait pas encore contacté Penny, mais n'avait aucun texto ni message vocal. À l'évidence, son assistante gérait tout de main de maître.

— Je suis heureux de l'entendre, dit William.

Il était soulagé qu'elle le recontacte, et il avait déjà réservé une table dans un nouveau restaurant dont il avait entendu parler. L'endroit était censé être d'une élégance sans ostentation, avec une cuisine à tomber par terre.

— Je descends au même hôtel que vous. Je vous appelle dès que j'y suis, conclut-il.

Quelques minutes après cet échange retentit la sonnerie d'un nouveau texto. Maddie s'attendait à ce que ce soit Penny, aussi fut-elle surprise en le lisant.

Elles sont nées !
Madison Andrea et Julie Nicole Wyatt, 3,7 kilos et 4 kilos.
Tout le monde va bien.
Affectueusement, Sean

Ils avaient donc vraiment donné à l'une d'elles son prénom, son prénom associé à celui d'Andy ! Elle leur enverrait un beau cadeau dès son retour à New York.

Le reste du trajet se déroula sans autre événement, et elle arriva plus vite que prévu à San Francisco. Une fois dans sa chambre, elle se rafraîchit le visage et se donna un coup de brosse le temps que William arrive. Si elle n'était pas bien sûre de ce qu'elle attendait, elle savait en tout cas qu'elle l'appréciait. Ce n'était guère une bonne idée de s'engager avec quelqu'un qu'elle ne reverrait jamais, mais elle était toujours sous le charme de cette atmosphère de vacances. Ce serait autre chose une fois qu'elle aurait repris ses déplacements professionnels. Mais pour l'instant, elle avait envie de profiter au maximum des deux derniers jours de cette parenthèse inédite avec lui.

Elle envoya un mail à Milagra pour lui redire à quel point elle avait apprécié son séjour, adoré faire la connaissance de Bert, et tout simplement passer du temps avec eux. Cela avait vraiment été un grand moment de son voyage.

William se manifesta alors qu'elle regardait les informations. C'était étrange d'être dans le même hôtel, mais à des étages différents. Ils se retrouvèrent quelques minutes plus tard dans le hall d'entrée et dès qu'il la vit, il la serra contre lui en guise de salutations. Elle avait l'air reposée et heureuse. Comme d'habitude, elle portait une seule chaussure et le plâtre familier, désormais signé par ses petits-enfants. Elle avait hâte d'en être débarrassée. Sa cheville était maintenant complètement rétablie, elle en était certaine.

— On sort se promener ? suggéra-t-il.

Ils allèrent jusqu'à la marina et flânèrent le long de la baie tout en regardant les bateaux. Elle lui raconta sa partie de pêche avec Bert et son équipage.

— Ça a l'air fantastique ! dit William avec enthousiasme.

— Ça l'était.

— Votre fille vous a accompagnés ?

— Non, elle a le mal de mer. Mais ça m'a donné l'opportunité de mieux le connaître. Je crois qu'il vous plairait beaucoup.

— J'en suis certain.

Il n'avait cessé de penser à elle. Impossible de se la sortir de la tête.

— Vous m'avez ensorcelé, Madison Allen, finit-il par lui avouer.

— Personne ne m'avait encore dit cela, répondit-elle avec un petit rire.

— Eh bien, je vous le dis. Que vais-je faire quand vous serez retournée à New York ? J'aime vous savoir ici, à proximité, et que quelques heures de voiture suffisent pour vous voir.

— Vous ferez ce que vous faisiez avant notre rencontre, lui dit-elle tandis qu'ils prenaient place sur un banc.

— Vous voulez dire écrire, faire des recherches, répondre aux mails de mon agent et de mon éditeur, et désespérer de rencontrer quelqu'un comme vous ? Car vous n'êtes pas banale, vous savez. Croyez-moi, j'ai cherché. Je suis resté longtemps célibataire avant de me marier, et je suis divorcé depuis huit ans. Vous êtes unique, Maddie. La pensée de retourner à la médiocrité après vous avoir rencontrée m'est insupportable.

C'était très flatteur, mais elle ne savait pas quoi faire de tout ça.

— Nous pouvons tomber amoureux, mais nous risquons de ne jamais nous revoir… Nous habitons à des milliers de kilomètres l'un de l'autre et je voyage tout le temps, vers des destinations plutôt compliquées sinon lointaines, dit-elle avec pragmatisme.

— Mauvaise excuse. Les endroits compliqués ne me font pas peur, Maddie. Vous ne pouvez pas vous cacher derrière ça.

Sa repartie la fit rire. Il avait fait mouche : on pouvait difficilement la taxer de lâcheté, mais peut-être l'était-elle devenue en matière d'amour.

— Je suis divorcée depuis bien plus longtemps que vous, trente-trois ans, et je n'ai toujours pas trouvé la bonne combinaison.

— Mon petit doigt me dit que vous ne vouliez pas vraiment trouver. Peut-être que cela a changé ?

— Je ne coucherai pas avec vous, dit-elle soudain, ce qui le fit rire.

— Bon, maintenant que ce point a été éclairci, nous pouvons discuter du reste. Vous préférez les relations chastes ?

Il avait l'air tellement britannique en disant cela qu'elle sourit jusqu'aux oreilles.

— Non, c'est récent. Je ne veux pas me tromper de nouveau.

— Il ne me semble pas que vous vous soyez jamais trompée. De ce que vous m'avez raconté, vous vous êtes simplement éloignée des mauvaises personnes. Ça me paraît tout à fait sensé. Et vous en avez eu confirmation ce mois-ci en vous lançant dans ce road trip pour vous assurer que vos anciennes amours étaient aussi à côté de la plaque que vous le pensiez. Au fait, qu'est-ce qui vous fait dire que je ne conviendrais pas ?

Elle apprécia son audace.

— Ce n'est pas vous qui ne me conviendriez pas, mais plutôt l'inverse. Je ne veux plus de drame dans ma vie, ni de cœur brisé. Je fais ce que je veux, quand je le veux, je vais où ça me chante. Et je ne suis pas certaine de pouvoir être de nouveau capable de faire des compromis. Je suis sans doute un peu trop gâtée, désormais.

— Mais vous ne voulez pas non plus être constamment seule ni vous réveiller un jour et vous rendre compte que vous avez laissé passer le train ? Je me trompe ? J'ai pleuré mon ex-femme pendant huit ans, ce qui était le meilleur moyen de tenir la vie à distance, je m'en rends compte aujourd'hui. Mon ex-femme et ma déception sont derrière moi. Elle m'a donné Theo, et je lui en suis reconnaissant. C'est tout. Et vous n'auriez pas à faire de compromis pour moi : vous pourriez vivre comme bon vous semble, aller et venir comme vous le souhaitez, comme si je n'existais pas. Je ne veux pas interférer avec votre vie. Je veux juste la partager de la manière la plus adéquate pour nous deux, qui avons chacun nos carrières. Je souhaite, au moins de temps en temps, ne pas me réveiller seul le matin. Et peut-être que vous aussi. Mais à propos, pourquoi ne coucherez-vous pas avec moi ?

— Parce que c'est trop tôt. Et ça engage trop. Une fois que c'est fait, on est comme hameçonnés et tout devient compliqué.

Comme avec Andy. Et ça lui avait arraché le cœur de renoncer à lui.

— Une complication qui peut être très plaisante, dit William avec douceur. Vous avez fait vœu de chasteté ?

— Oui, il y a des années, dit-elle avec un sourire.

— Je vous suggère de revoir votre position. Vous êtes trop jeune pour renoncer à tout ça. Et moi aussi. Vous dites ne plus vouloir de partenaire, Maddie. J'étais dans le même état d'esprit que vous, mais je réalise maintenant que je souhaite de nouveau partager ma vie. Je ne veux pas tout faire seul.

— Moi non plus. C'est juste que je ne veux pas prendre le risque de me tromper de nouveau.

— Ça n'arrivera pas. Vous êtes trop intelligente pour ça.

— Vous aussi, vous l'êtes. Et pourtant, nous nous sommes tous les deux leurrés. Nous nous laissons tous emporter à un moment donné, et nous négligeons les signaux d'alerte. Si je couche avec vous, je risque de ne plus être aussi vigilante.

— On ne peut pas toujours être petit joueur, Maddie. La vie ne fonctionne pas comme ça. L'amour implique le risque. Et on ne peut pas vivre indéfiniment sans amour. Le travail ne suffit pas.

— En effet, reconnut-elle, bien qu'elle soit parvenue au fil des ans à se persuader du contraire.

— Laissez la porte ouverte et voyez ce qui se passera. Si vous décidez de partir en courant, je ne vous arrêterai pas. Promis.

— Je cours déjà.

Il lui prit la main.

— Non. Vous m'avez appelé en rentrant de Mendocino. Vous vouliez me voir autant que moi je voulais vous revoir.

C'était vrai, mais ça la gênait de le reconnaître devant lui.

— Ayons du courage ensemble et voyons si nous pouvons nous accorder. Si vous le désirez.

Pendant quelques minutes, elle ne répondit rien et resta assise là, à contempler les bateaux dans la baie, sa main dans la sienne.

— Repensez à votre fille et à son pêcheur. Elle ne manque pas de courage. Et elle l'a appris de vous.

— Elle est jeune.

— Vous aussi. Vous êtes aussi jeune que vous désirez l'être.

— William, je ne suis pas jeune. Et que se passera-t-il si un jour je perds mon autonomie ? Vous serez coincé avec moi.

— Minute, papillon ! Je n'ai jamais dit que je vous soutiendrai quand vous serez diminuée ! Moi, je parle juste de sexe et de légèreté. Je ne suis pas certain de vouloir rester quand votre magnifique corps commencera à se détraquer. Je n'ai rien signé.

Cela la fit rire. Elle aimait qu'il parle d'être courageux ensemble. C'était très tentant. Il lui donnait l'impression qu'il était finalement possible, éventuellement, de gagner au grand loto de l'amour. Peut-être tenait-elle là sa dernière chance ?

— J'y réfléchirai, finit-elle par dire.

C'était tout ce qu'elle pouvait lui promettre pour l'instant, mais il sentait qu'elle tournait et retournait la question dans sa tête. Il l'avait rencontrée au bon moment : son voyage à travers le pays lui avait fait remettre en perspective ses décisions passées. Elle s'était construit sa propre prison, mais la porte était à présent ouverte. Elle n'avait plus qu'à décider d'en franchir le seuil. Il l'attendait de l'autre côté, les bras grands ouverts. Maddie se sentait rajeunir de minute en minute.

Ils allèrent ensuite dîner dans le restaurant où il avait réservé une table. Il ne lui reparla pas de s'engager, ni de coucher ensemble. Il avait dit ce qu'il avait à dire. Maintenant, il ne tenait qu'à eux d'arroser cette graine pour qu'elle se transforme en fleur, ou même en arbre. Personne ne pouvait dire avec quelle vigueur elle pousserait ni combien de temps cela durerait.

Après le dîner, il la raccompagna jusqu'à sa chambre, et resta sur le seuil. Il attendait qu'elle soit prête. Mais Maddie craignait de ne pas arriver à lui résister, et de se faire de nouveau briser le cœur. Ils convinrent de se retrouver le lendemain matin à 10 heures pour aller à Napa.

William était déjà en bas quand Maddie descendit dans un pull de cachemire blanc et un pantalon ample qui cachait son plâtre.

— Ma chère, vous êtes très virginale, ce matin. Savez-vous que vous êtes vraiment remarquable ? Vous êtes la seule vierge de ma connaissance qui ait eu trois enfants. Plutôt miraculeux, non ? lui dit-il, taquin.

Ils prirent la voiture de William pour se rendre à Napa, traversant certains des plus jolis coins de la vallée. Ils déjeunèrent à l'Auberge du soleil, un hôtel-restaurant français avec vue sur les vignes. Le paysage faisait penser à l'Italie ou à certaines régions de France.

Maddie lui parla de son prochain engagement à Shanghai, dont la date approchait inexorablement.

— Voilà pourquoi il faut que je rentre à New York. Je dois préparer mon voyage et baliser tout le projet en amont.

— Je pourrais vous retrouver à Hong Kong, si ça vous dit. J'ai du temps en ce moment, proposa-t-il l'air de rien. En tout bien tout honneur, bien sûr. Chacun sa chambre.

— Ça pourrait être amusant. Je vais y réfléchir.

Elle était tentée. Cela lui donnait encore un nouveau sujet de réflexion bien délicat... Dans l'immédiat, elle s'efforçait d'ignorer l'attirance qu'il exerçait sur elle. Cet homme possédait une sorte de grâce naturelle irrésistible. Et son intellect lui plaisait aussi beaucoup.

Ils rentrèrent tard et s'arrêtèrent manger un burger chez Perry's, sur Union Street. De retour à l'hôtel, il la surprit en lui faisant une suggestion.

— Voudriez-vous revenir à Big Sur avec moi pour un jour ou deux avant de rentrer à New York ? Je n'essaie pas de vous séduire. J'aimerais juste beaucoup avoir un peu plus de temps là-bas avec vous.

Elle n'était plus à quelques jours près, et elle aimait l'idée de découvrir son cottage.

— Est-ce que je peux vous donner ma réponse demain ?

— Aucun problème, nous verrons ça au petit déjeuner.

Il était déjà heureux qu'elle n'ait pas d'emblée décliné sa proposition. Maddie appréciait beaucoup ces « nous » dont il usait avec libéralité. Alors qu'elle rentrait dans sa chambre, son regard tomba sur la photo d'Andy, dans sa valise ouverte. Elle la contempla en se demandant ce qu'il lui aurait conseillé. Saisir cette opportunité ? Ou bien reproduire ce qu'elle avait fait avec lui, et refuser de tenter sa chance avec une histoire condamnée d'avance ? Sauf que cette fois, cela pouvait fonctionner. William et elle évoluaient dans des univers assez proches, et avaient beaucoup en commun. Elle s'assit sur son lit, pensive, et prit le téléphone. William décrocha immédiatement.

— Allons à Big Sur ensemble demain ! Mais je dois être de retour à New York dimanche.

— Je vous conduirai moi-même à l'aéroport. Promis. Et vous serez toujours vierge.

— Trop aimable, dit-elle avec un sourire dans la voix. Merci, William. Merci de me donner le temps dont j'ai besoin.

— Vous aurez toujours tout le temps qu'il vous faut, Maddie. Même si je ne peux pas promettre que votre virginité restera intacte à jamais.

Maddie n'était même plus sûre de le souhaiter elle-même.

13

Le trajet jusqu'à Big Sur fut très détendu. Ils suivirent la route de la côte pour profiter de ce littoral majestueux à la beauté brute. Le brouillard conférait au monde extérieur une sorte d'intimité douillette tandis que dans l'habitacle, ils discutaient de tout et de rien, de leurs mariages respectifs, de leurs enfants, de leur jeunesse, de leur travail. Maddie découvrit qu'il était possible d'aborder tous les sujets avec lui, et que tous deux vivaient dans une solitude auto-imposée depuis des années. Cela faisait un moment qu'il n'était pas sorti avec quelqu'un. C'était trop d'effort de passer la soirée avec une femme qu'il n'aurait aucune envie de revoir, disait-il. Il préférait rester chez lui et faire des recherches pour ses livres – ce qui était pure paresse de sa part, il le reconnaissait. Il avait essayé une ou deux fois les rencontres sur Internet, mais il trouvait cela assez ridicule et potentiellement dangereux. Elle-même était parvenue aux mêmes conclusions des années plus tôt. Elle en était finalement arrivée à penser qu'elle n'avait plus rien de désirable, à cause de son âge. Une excuse dont il se moqua aussitôt. Tous deux ne connaissaient-ils pas des gens plus âgés qui étaient retombés amoureux tardivement ?

— Pourquoi êtes-vous venu en Amérique après votre divorce, au lieu de rester en Angleterre ? demanda-t-elle.

À ses yeux, il était resté tellement anglais.

— Ça s'appelle la fuite. Je ne voulais pas risquer de tomber sur Prudence tous les quatre matins à Londres, ni la voir sortir avec mes amis l'un après l'autre. Quand on m'a proposé d'écrire le script d'un documentaire historique à Los Angeles, j'ai sauté sur l'occasion. Puis je suis resté. Comme je trouvais L.A. trop superficielle et peu propice au travail intellectuel, j'ai doucement commencé à migrer vers le nord, d'abord à Santa Barbara, et puis ici. Ça me convenait bien, à l'époque. Pendant un moment, je me suis transformé en ermite, ce qui n'est pas nécessairement une bonne chose. On s'enferme dans une pièce, au bout d'un moment on oublie qu'il y a une porte, et à la fin on se fiche de tout. J'ai bien songé parfois à rentrer à Londres, mais de toute façon Theo est en pension maintenant, et ma vie ici me plaît bien. Je ne tiens pas particulièrement à renouer avec ceux qui voudront savoir à tout prix pourquoi je ne me suis jamais remarié. Là-bas, je dois constamment m'expliquer et me justifier. Ici, la page est blanche. Jamais je n'aurais imaginé rester aussi longtemps ici, mais aujourd'hui le fait est que je m'y sens parfaitement bien. Aux États-Unis, tout le monde fait ce qui lui plaît, bien plus qu'en Angleterre. Mes amis de Londres mènent la même vie que leurs parents avant eux, avec moins d'argent et de classe. Alors que moi, je n'ai rien à prouver à personne et je vis comme j'en ai envie. D'autre part, si j'étais resté, je me disputerais constamment avec Prudence au sujet de Theo. Je souhaiterais le voir beaucoup plus souvent que ce qu'elle serait prête à m'accorder. Paradoxalement, c'est sans doute pour lui aussi plus simple que je vive loin. En plus, il adore venir me voir. En été, on découvre de nouveaux États ensemble et, à Noël, je l'emmène skier.

— Je n'ai jamais compris cette tradition britannique qui consiste à envoyer les enfants, principalement les garçons, si tôt en pensionnat. J'en ai croisé qui y avaient été envoyés dès l'âge de 7 ans, et même un à 5 ans.

— Moi non plus, je n'approuve pas ce système. Ils pensent que ça transforme les petits garçons en hommes. Mais cela nous rend juste totalement névrosés et maladroits avec la gent féminine. Autant de comportements que l'on recouvre ensuite sous un vernis de bonnes manières et de tradition. Au début, j'ai détesté la pension. Mais ensuite, je n'ai plus voulu rentrer chez moi. Mes parents étaient devenus des étrangers. Ça me rendrait malade, si ça arrivait avec Theo. Je le connais bien et j'adorerais qu'il vive ici avec moi et aille dans une école américaine. Mais Prudence n'accepterait jamais. J'attends avec impatience qu'elle se remarie, mais personne ne s'est encore montré aussi bête que moi. Elle a pourtant essayé avec tous mes amis. Et maintenant, elle sort avec des gens plutôt infréquentables. La dernière fois, elle était avec le batteur d'un groupe de punk. Heureusement que Theo est en pension ! Il n'a pas besoin de voir tout ça, même s'il est très fin et plus enclin au pardon que je ne le suis. Il dit qu'elle n'a pas encore mûri, ce qui est probablement vrai. Mais je doute que cela arrive un jour. Ses parents l'ont pourrie gâtée et j'ai parachevé l'œuvre. À 10 ans, Theo a plus de maturité qu'elle à 35 ans. Oui, j'ai épousé une enfant. Voyez un peu la stupidité des hommes, dit-il avec un sourire ironique. Elle avait 23 ans quand nous nous sommes mariés, j'en avais 47. C'est une ineptie, mais je souhaitais l'épouser avant d'être trop âgé. À ses yeux, j'étais déjà un vieux, qui est rapidement devenu un vieux con. Je représentais une opportunité à saisir plus qu'un mari.

Cela rappela à Maddie Jacques et sa flopée de très jeunes femmes. Mais William n'était pas fait du même bois. Il avait une consistance et des assises que le chef français n'avait pas. Ce dernier resterait un coureur de jupons jusqu'à la fin de ses jours. Et si elle trouvait William aussi séduisant, c'était aussi parce qu'il était brillant intellectuellement. Elle aurait volontiers lu un de ses ouvrages, même s'il l'avait prévenue qu'il écrivait des pavés. Son dernier essai faisait huit cents pages et portait sur les derniers rois de France et les erreurs ayant mené à la Révolution.

Quand ils arrivèrent à Big Sur, il lui signala qu'il y avait une petite chambre d'hôte gentiment désuète au bout de sa rue. Sinon, le Post Ranch Inn. Il n'essaya pas de la convaincre de dormir chez lui. Et c'était parfait, car elle était bien décidée à ne pas se laisser emporter par une vague de passion qu'elle regretterait par la suite. Elle ne répondait plus de rien si elle se retrouvait un peu trop longtemps sous son toit.

— La chambre d'hôte me paraît parfaite, dit-elle.

Il la conduisit donc là-bas, et régla la chambre pour elle.

— Vous êtes mon invitée. Et ainsi, votre réputation virginale est sauve.

Puis ils se rendirent chez lui, à moins d'un kilomètre de là. On accédait au cottage par un portail blanc sous une voûte de verdure. La maison était totalement cachée de la route et se tenait perchée sur une falaise, avec une vue spectaculaire sur l'océan. Le salon n'était que baies vitrées, avcc de confortables fauteuils clubs et des canapés en vieux cuir qui donnaient à l'ensemble un charme très anglais. Il y avait des livres partout, et le genre de désordre chaleureux typique des hommes qui vivent seuls. Elle s'attarda sur la foule d'objets éclectiques rapportés des divers voyages de William ou de sa vie en Angleterre. Appeler « cottage » cette demeure ne lui rendait pas vraiment justice, elle était bien plus grande que ce à quoi Maddie s'était attendue. Il ne lui proposa pas de lui montrer les chambres, à l'étage. Il y avait une immense cuisine de style rustique avec une grande table très semblable à celle de sa caserne de pompiers. Comme tous deux étaient affamés, il leur prépara une omelette et une salade qu'ils dégustèrent face à la vue.

— C'est un de mes endroits préférés ! dit-il joyeusement. Il y a un sentier qui descend jusqu'à la plage, mais il est un peu raide pour vous en ce moment. Il faudrait une corde pour vous remonter. Theo adore jouer là-bas. Au début, quand il était petit, ça m'inquiétait. Mais maintenant, il est assez grand.

La maison comportait aussi une terrasse, très agréable quand il ne ventait pas trop.

— J'aime bien m'y allonger pour prendre le soleil. Et aussi observer le brouillard tomber. La maison est idéalement placée pour ça, orientée comme elle l'est vers l'océan. Le panorama est vraiment incroyable.

Après le déjeuner, il lança un feu dans la cheminée et ils prirent place devant. William lui montra certains de ses livres, des volumes à la taille impressionnante avec des commentaires très élogieux sur les quatrièmes de couverture. C'était un auteur reconnu, tout comme elle l'était dans sa partie. Et tous deux avaient travaillé dur pour cela.

— J'aimerais beaucoup faire un portrait de vous, dit-elle soudain en sortant son appareil de son sac.

Mais d'abord, elle voulait photographier le paysage. Il la rejoignit dehors et elle prit plusieurs clichés de lui. Quand elle eut terminé, William lui retira délicatement l'appareil des mains et la prit dans ses bras pour l'embrasser. Maddie eut l'impression de voler à travers le temps et l'espace, de partir vers un lieu qu'elle n'avait jamais vu, avec un sentiment de sécurité absolue. Elle se sentait plus à sa place que jamais, et plus que ce qu'elle admettrait jamais devant lui. Sa résolution fondit comme neige au soleil tandis qu'elle lui rendait son baiser avec passion.

— Il va falloir qu'on arrête si tu ne veux pas que je déchire tes vêtements, souffla-t-il soudain d'une voix rauque qui la fit rire.

Elle n'aurait rien trouvé à redire à cela, mais ensuite ? Ils s'assirent dehors et restèrent là un moment, jusqu'à ce que la fraîcheur de l'air les pousse à rentrer. Ils avaient cependant pu contempler, main dans la main, le coucher de soleil, Maddie chaudement emmitouflée dans une couverture en cachemire qu'il était allé chercher pour elle. Ils s'installèrent devant la cheminée et William tisonna le feu dans lequel il remit une bûche. Il y avait chez lui une force virile terriblement excitante, qui allait de pair avec une délicatesse polie. Elle adorait ce mélange. Il était attentionné de mille petites façons, toujours soucieux de son confort et attentif à ses besoins, à la fois émotionnels et physiques. Il était gentil, aimant, et elle se surprit à regretter de ne pas l'avoir connu plus tôt. Cela aurait été merveilleux d'être mariée à un homme comme lui, au lieu de toujours devoir aller de l'avant par elle-même. Mais elle se dit aussi qu'avec un homme pareil, on pouvait facilement devenir paresseuse et gâtée. Et surtout heureuse…

Ils restèrent à discuter dans le salon jusqu'à presque minuit, quand la fatigue commença à se faire sentir. Il aurait été plus simple de juste monter, mais William ne le suggéra pas et sourit à Maddie en se relevant.

— Ma chère, je crains que votre pensionnat ne vous sanctionne si vous ne rentrez pas avant minuit, dit-il avec une pointe de mélancolie.

Il aurait adoré se réveiller le lendemain matin à ses côtés, mais il ne souhaitait en aucun cas rompre leur accord.

— Je te raccompagne, ajouta-t-il.

Elle enfila sa veste et ils marchèrent côte à côte jusqu'à la voiture, fatigués mais sereins. L'après-midi avait été parfaite, dans ce nid douillet au-dessus de l'océan.

Avant qu'elle ne descende de voiture, il l'embrassa encore et ils s'attardèrent un moment. Puis il l'accompagna à l'intérieur, toujours vigilant à son bien-être. Comme tout le monde dans la maison dormait, ils montèrent l'escalier sur la pointe des pieds, chaque craquement de parquet arrachant un gloussement à Maddie. Il l'embrassa à nouveau sur le seuil de sa chambre, non sans lui avoir dit qu'il l'appellerait le lendemain matin. Une minute plus tard, elle entendit la voiture s'éloigner. Son téléphone sonna presque aussitôt.

— Cet endroit est perdu pour moi maintenant, gémit-il d'une voix gonflée de désir et de fatigue. Tout a l'air vide sans toi. J'espère que tu y passeras bientôt la nuit dans mes bras.

— Moi aussi, dit-elle, sans pouvoir retenir les mots.

Son refus avait exacerbé leur désir réciproque. Telle n'avait pas été son intention, mais le résultat était là.

— Maddie, tu me rajeunis. Je me sens comme un collégien. Ça a l'air un peu fou, mais je t'aime. Je me désole qu'on ne se soit pas rencontrés plus tôt. Je veux rattraper le temps perdu et ne plus perdre une minute à partir de maintenant !

— J'espère que nous le pourrons, dit-elle doucement.

— Dors bien. Je passe te prendre demain matin. Tu fais la grasse matinée ?

— Jamais.

— Fantastique. Moi aussi, je suis un lève-tôt. Si jamais tu veux m'appeler, ne crains pas de me réveiller.

Ils raccrochèrent et, chacun dans son lit, ils pensèrent à l'autre. Maddie sombra cependant dans le sommeil plus vite que lui. Il resta longtemps allongé les yeux ouverts, se repassant chaque minute de la journée avec elle, et en voulant davantage.

Le lendemain, Maddie le prit au mot et appela à 8 heures. Il était déjà levé et habillé depuis deux heures. Dire qu'elle s'était retenue d'appeler avant ! Dix minutes plus tard, il était devant la chambre d'hôte. Ils retournèrent au cottage où il avait préparé du café, des biscuits tout juste sortis du four, de la confiture et du jus d'orange fraîchement pressé, délicieux.

— J'adore les fruits en Californie, dit-il. Et ce n'est pas la seule chose que j'aime en Amérique. J'adore la liberté et les opportunités que ce pays offre, même pour un écrivain comme moi. Je n'ai aucune envie de retourner vivre en Angleterre.

Pendant ce petit déjeuner sur la terrasse, Maddie prit à nouveau des photos de lui, dont une particulièrement réussie le montrant en train de rire. Derrière lui, le brouillard s'étirait en une toile de fond idéale pour mettre en valeur le modèle. Puis il la conduisit à la plage par un sentier plus praticable pour elle. Même si son plâtre la ralentissait, ils marchèrent pendant un long moment en parallèle des vagues, ne croisant en tout et pour tout qu'un promeneur et son chien. Hormis ce duo, ils eurent la plage pour eux tout seuls.

— Dieu que j'aime être avec toi ! dit-il en la serrant contre lui tandis qu'ils contemplaient ensemble l'océan.

Il était convenu qu'elle partirait le lendemain et il redoutait ce moment, tout comme elle. Maddie prenait conscience du chemin qu'ils avaient déjà parcouru, malgré toutes ses précautions et sa prudence. Il allait lui manquer.

— Quand te reverrai-je ? lui demanda-t-il au déjeuner. Que dis-tu de Hong Kong ?

— Je ne suis pas sûre de ma prochaine étape après Shanghai. Pour l'instant, j'ai trois options en attente et je ne sais pas si j'aurai une pause avant de passer au shooting suivant.

— C'est seulement ça qui te fait hésiter ? demanda-t-il en la regardant droit dans les yeux.

Elle hocha la tête. Elle aussi voulait le revoir au plus vite.

— Les trois options sont Paris, Londres et Madrid. Il y a aussi une infinitésimale possibilité pour que j'aille à New Delhi.

— Ce serait amusant aussi. Moi, je signe pour n'importe quel endroit où tu voudrais me retrouver. Je peux travailler en voyage. Peu importe où j'écris. J'emporte mon ordinateur et je travaille dans l'avion.

Jamais Milagra n'aurait tenu pareil discours, elle qui n'envisageait l'écriture que chez elle et en solitaire !

— J'en saurai plus une fois de retour à New York, dit-elle, se félicitant de ne pas devoir partir en Somalie ou au Pakistan.

Encore que cela pouvait changer selon l'actualité, si une catastrophe survenait quelque part. C'était elle qui choisissait ses shootings, sauf quand il fallait tenir compte de l'emploi du temps compliqué de certains clients importants – comme à Shanghai.

La journée passa plus vite que ce qu'ils auraient souhaité. Plutôt que de sortir au restaurant, ils préparèrent ensemble le dîner. Ils devaient se lever avant l'aube car le vol de Maddie était à 9 heures, ce qui impliquait de quitter Big Sur à 4 h 30 pour être sûrs d'arriver à l'heure à l'aéroport. Elle avait proposé de réserver un taxi, mais il tenait à l'emmener.

— Je tiens à découvrir par moi-même comment tu te comportes à cette heure-là.

— Je ronflerai sans doute pendant tout le trajet.

— Ça ne me dérangera pas le moins du monde, si ça me permet de passer quelques heures de plus avec toi, dit-il avec galanterie. Au pensionnat, ils nous réveillaient à 5 heures du matin. Je n'ai jamais plus été capable de dormir après 6 heures. C'est vraiment embêtant, parce que je dois toujours marcher sur la pointe des pieds pour ne pas réveiller toute la maisonnée.

À 22 h 30, il la raccompagna à sa chambre d'hôte afin qu'ils puissent tous deux dormir un peu. Ils avaient passé la soirée sur le canapé à s'embrasser longuement. Ne pas aller plus loin était une délicieuse torture pour lui, et une agonie pour elle aussi.

— J'ignore si c'est le signe d'une grande retenue et d'un sens de l'honneur extraordinaire ou bien, en ce qui me concerne, la faute de l'âge, dit-il tout en conduisant.

— Le sens de l'honneur, sans aucun doute, répondit-elle en souriant.

— Merci d'avoir foi en moi, dit-il après un dernier baiser passionné. Mais j'espère que tu ne comptes pas préserver ta virginité trop longtemps, sinon il faudra que je prenne des douches froides plusieurs fois par jour.

Elle rit, l'embrassa tendrement et entra dans le bed and breakfast. Une fois dans sa chambre, elle finit de faire ses bagages, prépara sa tenue pour le lendemain puis se coucha et ferma les yeux. Le sommeil la saisit aussitôt.

Elle était déjà en bas, douchée, coiffée, maquillée, habillée et avec ses bagages prêts lorsque William s'arrêta devant la maison.

— J'aurais aimé que ce soit pour partir ensemble, lui dit-il en lui tendant un scone tout chaud et un Thermos de thé.

— Merci. Moi aussi, reconnut-elle.

Il était si gentil, si attentionné ! Jamais on ne l'avait autant gâtée. Généralement, c'était elle qui prêtait attention au moindre détail. Elle n'osait imaginer, s'ils se mettaient un jour ensemble, la compétition de petites attentions que ce serait !

Le trajet commença dans le silence. Cette fois, ils prirent l'autoroute plutôt que la route du littoral et il y avait une brume épaisse, qui se leva au fur et à mesure avec le soleil.

— Zut, dit-il en souriant. Moi qui espérais que ce brouillard retarderait ton vol.

— Je redoute un peu ce que je vais trouver sur mon bureau en rentrant. C'est la première fois de ma vie que je prends autant de jours d'affilée. Je vais devoir m'attaquer à une montagne de dossiers avant de partir pour Shanghai.

— Tu y arriveras, dit-il, plein de confiance.

Il ne doutait pas un instant de ses capacités, de sa précision militaire et de son efficacité maximale, dont elle ne tirait d'ailleurs aucune gloire. Elle se contentait d'agir.

Pendant la dernière demi-heure de route ils discutèrent beaucoup, comme s'ils essayaient d'emmagasiner les souvenirs.

— J'espère découvrir ta caserne de pompiers, un jour. Ça a l'air d'être un endroit délicieux, avec l'escalier traître et tout ça.

Elle lui avait raconté les critiques de Deanna vis-à-vis de cet élément phare, et il les avait trouvées particulièrement ridicules. En Angleterre, il y avait une foule de seniors qui habitaient dans de vieilles demeures bien plus dangereuses que ça.

À 7 h 55, ils s'arrêtaient devant la porte des départs. Maddie enregistra ses bagages pendant que William allait garer la voiture. Il la retrouva dix minutes plus tard dans le terminal, sa carte d'embarquement à la main. Elle était prête.

— Ils nous appellent dans vingt minutes, dit-elle tandis qu'ils se dirigeaient vers la zone d'embarquement.

Maddie n'était pas pressée de franchir la sécurité, car cela signifiait le quitter. Sans billet, il ne pouvait la suivre plus loin.

Tout semblait soudain s'accélérer, et le désespoir s'abattit sur eux sans prévenir. Les mots devenaient vains et précipités, jusqu'à ce que finalement il la prenne dans ses bras et la serre fort. Elle tremblait. Surpris, il la regarda et l'embrassa à pleine bouche.

— Mon Dieu, Maddie, comme je t'aime ! s'exclama-t-il. Que vais-je faire sans toi maintenant ?

— Retrouve-moi à Hong Kong ou là où j'irai après Shanghai, dit-elle, à bout de souffle.

William sourit, conscient du courage que ces paroles lui avaient demandé. Le vol de Maddie fut annoncé. Il l'embrassa légèrement sur les lèvres. Ils ne pouvaient repousser plus longtemps l'heure de la séparation.

— Prends soin de toi, dit-il doucement. Ne travaille pas trop dur.

Tous deux savaient pourtant que ce serait le cas, et qu'elle aimait ça.

— Toi aussi. Je te tiens au courant du programme à venir, promit-elle avant de l'embrasser une dernière fois et de le remercier.

— De quoi ? De t'aimer ? Mais comment te résister ?

Tout allait si vite qu'elle en avait le vertige.

Maddie rejoignit la queue pour passer la sécurité. Elle atteignait les détecteurs de métaux et sortirait bientôt de son champ de vision. Il agita la main et la posa sur son cœur. Elle fit de même, franchit le portique et remit sa chaussure droite. Puis elle reprit son bagage cabine sur le tapis roulant, le salua une dernière fois de la main et se mêla au flot des voyageurs. William se retrouva seul devant une mer d'étrangers. Elle lui manquait déjà. Une minute plus tard, il sentit son portable vibrer dans sa poche.

À bientôt. Promis. Je t'aime.

Il répondit aussitôt puis quitta l'aéroport, déchiré entre la joie débordante de l'avoir rencontrée et le chagrin de savoir qu'il allait lui falloir vivre sans elle jusqu'à leur prochain rendez-vous. L'histoire ne faisait que commencer, mais ça ressemblait déjà à la fin.

14

Comme promis, Maddie appela William depuis le taxi qui la ramenait chez elle. Un message n'aurait pas suffi. Elle voulait entendre sa voix. Il décrocha à la première sonnerie. Il était 15 h 30 en Californie et il était assis sur sa terrasse, en train de penser à elle, et ce depuis qu'ils s'étaient quittés le matin. Tout cela semblait tellement magique que ça en devenait difficile à croire. Quel était le pourcentage de chances de trouver l'amour de sa vie à 59 ans ?

— Comment était le vol ? demanda-t-il avec une touche de tendresse dans la voix.

— Long. Comme toujours quand on vole vers l'est. J'ai pensé à toi pendant tout le voyage.

— En bien, j'espère.

— C'étaient des pensées très positives, oui.

Elle commençait à accepter ce qui leur arrivait, même si cela prenait une qualité irréelle à New York, comme si tout n'avait été qu'un rêve. Pour elle aussi, cela ressemblait à un miracle.

— J'ai hâte de te revoir.

— Maddie, je suis censé terminer un livre sur Churchill et tout ce que j'arrive à faire, c'est penser à toi. En plus, tu es tellement plus jolie que lui.

— Je te remercie.

— Je te rappelle plus tard, quand tu te seras un peu posée.

— Je vais rester debout assez tard, j'ai dormi dans l'avion, donc n'hésite pas à appeler quand tu veux.

— Entendu.

Quand ils raccrochèrent, William avait le sourire aux lèvres. Elle était bien réelle. Et lui était l'homme le plus chanceux du monde ! Pendant quelques heures, le temps de son vol, il s'était demandé s'il n'avait pas eu affaire à un mirage, un vœu impossible à exaucer qu'il aurait formulé sa vie durant.

Dans le taxi, Maddie pensait à lui. La ville était tout illuminée, et l'Empire State Building se dressait haut dans le ciel comme pour l'accueillir. Elle aurait voulu le saluer. Partie trois semaines plus tôt brisée et vieillie, voilà qu'elle revenait égale à elle-même, plus forte même, régénérée et rajeunie juste ce qu'il fallait pour apprécier sans pour autant perdre en lucidité. Elle était exactement là où elle devait être. On ne savait jamais ce que la vie nous réservait. Dans les moments les plus sombres, le soleil pouvait poindre à travers les nuages.

Le chauffeur l'aida avec ses bagages et Maddie sourit à la vue de sa caserne chérie. Peu importait Deanna, c'était chez elle, et elle était attachée à ce lieu.

Quand elle en franchit le seuil, elle se sentit à nouveau pleinement elle-même. Elle posa son sac et traversa le studio pour rejoindre son bureau. Sur la table s'alignaient des piles de papiers soigneusement classés par Penny, par ordre de priorité. C'est alors qu'elle repéra un vase avec deux douzaines de grandes roses rouges, les plus hautes qu'elle ait jamais vues. Un petit mot les accompagnait.

Je t'aime,
William

Elle avait aussitôt su qui les avait envoyées, bien sûr. C'est Penny qui avait dû être intriguée. Elle ne lui avait pas encore parlé de William. Il lui fallait un peu de temps pour digérer tout ça et déterminer si c'était bien réel, ou juste une parenthèse liée à son voyage. Pour l'instant en tout cas, cette rencontre lui paraissait très réelle, autant que les roses.

Elle monta dans sa chambre et se souvint des nuits passées là, avec sa cheville douloureuse, l'esprit et le cœur meurtris par les propos de Deanna, ses doutes soudains quant à l'avenir et à elle-même. Elle avait purgé tout cela ces dernières semaines, et c'était bon de revenir chez soi. Le carton avait retrouvé sa place sur la plus haute étagère, et un nouveau chapitre s'ouvrait. Les anciennes lettres et ceux qui les avaient écrites étaient de l'histoire ancienne. Même Andy, déjà parti quand elle avait entrepris son voyage dans le passé. Son périple pour le revoir l'avait finalement conduite à William. Ainsi allait la vie. Chaque étape du chemin menait à une autre. Toute porte ouverte en révélait une autre. Jusqu'à ce qu'apparaisse enfin ce que l'on cherchait, sans jamais être assuré de le trouver. Elle avait oublié comme elle adorait être chez elle. Cela demanderait sans doute quelques ajustements de partager sa maison avec une autre personne, s'ils en arrivaient là.

Elle travailla jusqu'à minuit pour tout passer en revue. Certains dossiers seraient un peu longs à traiter mais en définitive, personne n'était mort parce qu'elle s'était absentée trois semaines. C'était une bonne leçon à retenir : tout ce qui semble tellement urgent au quotidien ne l'est souvent pas vraiment, et peut attendre.

Elle monta ensuite défaire ses bagages et sortit la photo d'Andy, qu'elle posa sur un guérison dans son petit salon. Une pointe de tristesse la saisit devant le cliché, pour ce qu'ils avaient partagé, ce qu'ils n'avaient jamais eu, et pour l'homme qu'il avait été. Cela lui rappela Bert, à Mendocino. Quelle joie de savoir qu'il faisait partie de la vie de Milagra, et que sa fille ait partagé cela avec elle ! Tellement de choses positives lui étaient arrivées durant ce voyage : ce lien renoué avec sa fille cadette, les moments passés avec Ben et sa famille. Et sa rencontre avec William. Il ne lui restait plus qu'à affronter Deanna, mais elle se sentait assez forte pour cela désormais. Le but premier de son périple se révélait finalement bien secondaire au regard de tout le reste. Ces hommes ne représentaient que de brefs chapitres dans son histoire. Le reste, c'était sa vie, et elle espérait que William pourrait en faire partie. Et pour plus d'un chapitre. C'était agréable de découvrir qu'à n'importe quel âge, on pouvait avoir de l'espoir, et que de nouveaux visages entraient dans la ronde pour redonner un sens à la vie.

William l'appela alors qu'elle venait d'enfiler sa chemise de nuit. Elle le remercia pour les roses. Il était si généreux avec elle.

— Au fait, quand est-ce qu'on te retire ce plâtre ? demanda-t-il, heureux qu'elle ait apprécié les fleurs.

— Dans deux jours. Demain, il faut vraiment que je travaille. Et il faudra bien que je voie ma fille aînée, à un moment ou un autre.

— Tu penses qu'elle va débouler sans prévenir ?

Maddie lui avait raconté que Deanna semblait prendre un malin plaisir à faire ça.

— Sans doute. C'est comme ça qu'elle fonctionne. Mais je peux gérer.

William était désolé de savoir qu'un de ses enfants se montrait si difficile et désagréable avec elle. Les deux autres semblaient marcher droit, mais ils étaient loin, et lui aussi. Il détestait ne pas pouvoir la protéger, même si elle se débrouillait très bien toute seule depuis fort longtemps.

— J'aurais aimé pouvoir t'emmener danser pour fêter la fin de ce plâtre.

— Ne plus avoir à me doucher avec un sac poubelle sur la jambe et porter à nouveau deux chaussures suffiront à mon bonheur pour l'instant !

L'expérience avait été une école d'humilité, mais aussi un mal pour un bien.

Ils discutèrent pendant presque une heure, au point qu'il se sentit coupable de la retenir ainsi éveillée. C'est lui qui mit fin au coup de fil en lui disant qu'il était temps de dormir. Elle se levait tôt le lendemain pour travailler avec Penny et organiser tous ses engagements.

Quand il raccrocha, William avait un grand sourire. Maddie avait retrouvé sa maison et avait l'air d'aller bien. Mais surtout, elle l'aimait toujours. C'était une bonne nouvelle.

À New York, Maddie ferma les yeux en pensant à lui. Ce fut l'alarme de son réveil qui la tira de son sommeil. La semaine commençait. Elle prit une douche puis enfila un tee-shirt et le jean lâche qu'elle avait porté pendant plus d'un mois. Elle se trouvait déjà à son bureau avec un mug de thé lorsque Penny arriva. Son assistante poussa un cri de joie et lui sauta au cou.

— Bienvenue à la maison, étrangère !

Elles papotèrent pendant quelques minutes puis Penny alla se faire un café avant de revenir avec sa tasse pleine, prête à se mettre au travail. Mais avant, elle se posta devant Maddie, l'air sévère.

— Vous me devez une explication.

— À quel sujet ? demanda celle-ci, étonnée.

— Qui a envoyé les roses ?

Penny savait tout de sa vie, et elle ne connaissait personne susceptible de lui envoyer des fleurs pareilles. La curiosité l'avait démangée de lire le mot, mais elle s'était retenue.

— Ah… oui… les roses…, dit Maddie en souriant comme le chat de *Alice au pays des merveilles*.

— On fait mieux comme explication. Qui est-ce ?

Il s'agissait à l'évidence d'un homme, et Penny était assez proche de sa patronne pour avoir envie d'être mise dans la confidence. Maddie n'était pas encore sûre de savoir quoi dire, ni de ce qu'elle voulait révéler. Garder cette histoire secrète encore un peu la séduisait bien.

— Il est écrivain. Je l'ai rencontré à Big Sur.

— Et ?

— C'est un type bien. Il est anglais.

— Vous me cachez des choses, vous.

— J'ai pris des photos. Je vous le montrerai.

— J'ai comme l'impression qu'il s'en est passé plus que ce que vous me dites. Qui avez-vous vu pendant votre voyage ?

Maddie lui en avait très peu raconté, ce qui ne lui ressemblait pas, mais Penny avait respecté son silence, constatant juste les kilomètres avalés au fil des jours. Tout ce qu'elle pouvait dire, c'est que sa patronne lui revenait très en forme.

— Je suis passée voir un ex, Bob Holland, à Boston, répondit Maddie. J'avais 30 ans quand nous sommes sortis ensemble. J'ai rompu. Il se trouve qu'il a mal tourné, c'est devenu un assez sale type. Pire que ce que j'aurais imaginé. À l'époque il n'était pas méchant, juste très ambitieux. Mais il a pris de sacrés raccourcis pour obtenir ce qu'il voulait. J'ai aussi revu Jacques Masson à Chicago. Un autre ex, un véritable coureur de jupons celui-là. Il me trompait à tout-va, et il n'a pas changé. Enfin, je suis allée voir Andy Wyatt, l'amour de ma vie, dans le Wyoming. Mais il est mort avant même que j'entreprenne mon voyage. J'avais vu juste pour lui aussi. Son cœur et son âme étaient dans le Wyoming, et moi ici. J'ai revu son fils, et rencontré sa belle-fille et leurs enfants. Quant à William, l'écrivain anglais, c'est à Big Sur, sur un sentier pentu que je ne parvenais pas à remonter à cause de mon plâtre, que je l'ai rencontré. J'ai passé un magnifique moment avec Ben, Laura et les enfants à San Francisco. J'ai dîné en tête à tête avec Ben pour la première fois en huit ans. Mon fils est fantastique ! ajouta-t-elle, les yeux pleins d'amour et de gratitude pour ce qu'ils avaient partagé. Et ensuite je suis allée passer trois jours à Mendocino avec Milagra et son petit ami.

— Un instant ! J'ai dû rater une étape. Son petit ami ?

— Oui, Bert. Il est patron de pêche et ils sont ensemble depuis huit ans. Pendant tout ce temps, elle nous l'a caché. C'est quelqu'un de formidable. Il n'est d'ailleurs pas exclu qu'elle l'amène ici pour une petite visite, un de ces jours. Il meurt d'envie de voir New

York, qu'il ne connaît pas. J'approuve de tout mon cœur le choix de Milagra, même si Deanna y trouvera à redire pour des raisons évidentes. Et voilà. J'ai revu William à mon retour de Mendocino. Nous sommes retournés à Big Sur pour deux jours.

— Mince, c'est ce qui s'appelle être bien occupée ! Vous n'avez pas ménagé vos efforts.

— En effet, reconnut placidement Maddie, égale à elle-même.

Elle semblait être revenue solide comme un roc, heureuse, et surtout en paix.

Penny se réjouissait de la revoir ainsi.

— Faut-il en déduire qu'on verra William à New York ? Ou c'était juste une passade ?

— On verra. Et, non, ce n'était pas une passade. Bien, maintenant, au boulot ! Où est-ce que je vais après Shanghai ?

Encore assommée par tout ce que Maddie venait de lui raconter, Penny parvint néanmoins à repasser en mode travail.

— À Paris. Madrid est annulé. New Delhi est en attente. Pour le moment, vous disposez donc d'une semaine de libre après Shanghai. Si New Delhi confirme, vous pourrez peut-être y aller à ce moment-là. Autre option : vous revenez ici. Ou vous volez directement de Shanghai jusqu'à Paris. C'est vous qui me dites.

— Et après Paris ?

— Pour l'instant, rien. Vous revenez ici. Ou alors on case New Delhi dans ce créneau, s'ils tardent à se décider. Il y a quelque chose sur le feu au Pakistan, mais ce ne sera pas avant un moment, je pense. Ah, et le président français voudrait un portrait officiel. Il faudrait qu'il ait l'air beau, compétent et puissant. La famille royale d'Espagne voulait un portrait des petites princesses, mais il y a eu un problème d'emploi du temps et le projet est repoussé. Le Japon s'est manifesté, mais rien de sûr de ce côté-là jusqu'à présent.

Tout en l'écoutant, Maddie prit conscience du rouleau compresseur que pouvait représenter sa vie professionnelle. Tout s'enchaînait à la vitesse de l'éclair. William serait-il capable de tenir ce rythme ? Elle était comme une cible mouvante. Ce serait sans doute le défi de leur relation. Pourrait-il le supporter ? Et le voudrait-il ? Ou s'attendait-il à ce qu'elle ralentisse un peu ? Elle n'était pas encore prête à ça, même pour lui. Mais dans l'immédiat, elle avait une semaine de libre après Shanghai et avant Paris. À moins qu'elle ne doive se rendre en Inde ou au Pakistan. Pourquoi ne pas tenter de le retrouver à Hong Kong ? Même s'il n'était pas exclu que tout change à la dernière minute… Elle se demanda comment il réagirait aux sables mouvants de sa vie. Ce serait un élément déterminant. Elle avait très envie de le voir. Elle n'était simplement pas sûre de la date ni du lieu. Son agenda le mettrait à l'épreuve, et elle aussi.

Maddie s'assit à son bureau et commença à étudier les documents préparés par Penny, notamment une haute pile de contacts. Mais avant, elle tendit à son assistante son appareil photo pour lancer l'impression de certaines images numériques : la série de Mendocino à envoyer à Milagra et Bert, et celles de William pour elle-même mais aussi pour lui. Penny avait très envie de voir celles-là… Et il y avait aussi les photos de Sean et de sa famille, dont certaines étaient vraiment adorables.

— Oh, j'oubliais ! *Vogue* veut que vous assuriez la couverture de décembre. Elle doit être bouclée en septembre. Ils demandent que vous participiez au choix du modèle ou bien de trois actrices connues. Ils appelleront demain. Et demain matin, 9 heures, vous avez votre rendez-vous pour le plâtre. J'imagine que vous serez bien contente d'en être débarrassée, même si cela n'a pas eu l'air de vous freiner particulièrement.

— Non, c'est vrai, reconnut Maddie avec un sourire.

Vers le milieu de l'après-midi, elle avait fini de parcourir la pile des contacts, approuvé les factures en souffrance et signé les chèques, validé tous les détails de son voyage à Shanghai et mis un semblant d'ordre dans sa vie. Penny avait bien préparé le terrain, mais la décision finale lui revenait toujours. Alors qu'elle signait le dernier chèque, Penny apparut à la porte pour annoncer d'une voix de mauvais augure :

— Deanna en ligne.

Maddie soupira et décrocha. Il lui fallait bien affronter l'hydre à un moment ou à un autre. Mais elle était de nouveau forte.

— Deanna, comment vas-tu ?

Maddie avait posé la question un peu plus sèchement qu'elle ne l'aurait voulu, et Deanna répondit d'une voix qu'on aurait dite intimidée :

— Je me disais que je passerais bien un peu plus tard. Ça ne te dérange pas ?

— Euh… Non, pas du tout… Tout va bien ?

C'était la première fois que Deanna prévenait de sa venue.

— Ça va. Tu m'as manqué.

Étonnée par cette douceur dans la voix de sa fille, Maddie se demanda sérieusement si quelque chose n'allait pas.

— Toi aussi, tu m'as manqué, répondit-elle, pas très fière de ce mensonge.

En vérité, elle avait été soulagée de n'avoir aucun contact avec elle pendant trois semaines.

— Quel moment te conviendrait, maman ?

— En fait, 17 h 30 ou 18 heures, ce serait parfait pour moi. J'aurai terminé d'ici là.

— Parfait. Je viendrai après le boulot alors.

Quand Maddie raccrocha, elle regarda Penny d'un air effaré.

— Elle doit être malade. Elle m'a demandé l'heure qui me convenait.

— Je serai dans les parages si jamais elle dépassait les bornes, dit Penny qui n'oubliait pas que, quelques semaines plus tôt, Deanna avait matraqué émotionnellement sa mère.

— Ça ira. Mais merci. Je me demande si quelque chose ne va pas. Peut-être qu'elle a des problèmes avec David.

Elle ne pouvait envisager une autre raison susceptible d'expliquer la grande civilité de Deanna à son égard. Quelque chose ne tournait pas rond. Sa fille avait presque été humble.

Deanna fit son apparition à 17 h 45, l'air très chic et soignée comme toujours, dans une robe de lin noir à larges manches blanches et des sandales à hauts talons. Ses cheveux étaient pris dans un chignon serré, qui accentuait son air grave. Elle entra dans le bureau de sa mère mais ne s'assit pas. Dans le bureau d'à côté, Penny veillait au grain malgré ce que Maddie lui avait assuré plus tôt. Elle n'avait aucune confiance en Deanna.

— Je suis juste passée voir comment tu allais, dit celle-ci, un brin hésitante, tandis que sa mère lui indiquait un fauteuil.

— Assieds-toi donc. Tu vas bien ? Tout se passe bien avec David ?

— Bien sûr, pourquoi ? s'étonna Deanna.

— Tu avais l'air très... calme au téléphone.

Elle n'allait quand même pas signaler à sa fille que c'était la première fois qu'elle avait la politesse d'appeler avant de débarquer. C'était à marquer d'une pierre blanche !

— Non, non, tout va bien entre nous.

Deanna s'assit face à sa mère. Elle ne l'avait pas embrassée quand elle était entrée, mais ce n'était pas surprenant. C'était la moins affectueuse des trois, et elle ne l'était pas davantage avec ses propres enfants.

— Ton absence des dernières semaines m'a fait comme un choc. Tu es partie comme ça, sans rien dire, et tu n'as pas répondu à mes appels. Jamais tu n'avais fait ça avant.

À ce souvenir, les yeux de Deanna s'emplirent de larmes et sa lèvre inférieure se mit à trembler. Maddie se sentit désolée pour elle, mais sa fille ne pouvait s'en prendre qu'à elle-même. C'était sa brutalité qui avait engendré son silence. Sauf qu'elle ne le comprenait pas. Elle n'avait pas la moindre idée des conséquences de son comportement sur autrui.

— Je sais que j'ai été dure avec toi quand tu t'es cassé la cheville, mais j'étais inquiète. J'avais peur que tu te blesses de nouveau. Et je ne veux pas que tu tombes une nuit dans tes escaliers et que tu te tues, poursuivit Deanna.

Elle ne précisa pas qu'entre-temps, son frère n'avait pas mâché ses mots pour lui dire ce qu'il pensait d'elle et de la façon impardonnable dont elle avait blessé leur mère.

— Je reconnais que cette idée de monter à l'échelle au beau milieu de la nuit n'était pas brillante, mais je me débrouille encore très bien toute seule. Je suis très loin d'avoir besoin d'une aide.

— Je sais. J'ai eu tort de te dire ça. Ben me l'a dit. David aussi était très en colère contre moi. Il m'a dit que j'avais été horrible, et j'imagine que je l'ai été. Je ne voulais pas te pousser à entreprendre ce périple absurde à travers tout le pays, ajouta Deanna, qui se sentait clairement coupable.

— Tu n'es pas responsable de mon départ. Et c'est quelque chose que je voulais faire depuis longtemps. Je suis d'ailleurs très contente de ce voyage. Ça m'a fait du bien à maints égards, corrigea Maddie, qui se sentait portée à l'indulgence envers sa fille.

— Ben pense que tu te sens seule, dit Deanna d'une petite voix, toujours choquée à l'idée que ça puisse être vrai.

Elle n'avait jamais perçu cette facette-là de sa mère ni sa vulnérabilité. Elle ne voyait que sa force, c'est-à-dire le côté que Maddie choisissait de montrer.

— Ça m'arrive, oui, reconnut celle-ci pour la première fois. Vous avez tous vos vies, ce qui est naturel. Et cela fait longtemps que je suis seule. La plupart du temps, ça me plaît. Mais parfois moins. Et tes mots m'ont fait du mal. Personne ne vous blesse comme vos propres enfants.

Maddie sourit à sa fille, toute colère envolée.

— Tu veux te remarier ? demanda tout à trac Deanna, que l'idée semblait rendre anxieuse. C'est pour ça que tu es retournée voir Andy Wyatt ? Au fait, je suis désolée pour lui. Ben m'a dit.

— Merci. Mais non, je ne pense pas que je l'aurais épousé même s'il avait encore été de ce monde. Tout ce qui nous a séparés à l'époque était encore d'actualité. Il voulait vivre dans les contrées sauvages du Wyoming. Moi pas. Je parcours le monde, mais mon ancrage est ici.

Deanna hocha la tête, rassurée.

— Cela dit, je ne suis pas prête pour autant à porter une alarme pour senior. Accorde-moi encore quelques années, dit Maddie.

Deanna remarqua que sa mère semblait faire dix ans de moins que son âge.

— Tu m'as manqué, lui dit-elle de nouveau.

Ne pas pouvoir joindre sa mère pendant toutes ces semaines avait été perturbant. Maddie se leva et vint la serrer contre elle.

— Quand Ben m'a raconté que tu avais fui à cause de moi, je me suis sentie horrible. David m'a passé un savon aussi. Je sais que toutes ces choses que je t'ai dites étaient prématurées. Je pensais juste qu'il fallait t'y préparer.

— Ça fait beaucoup de choses auxquelles se préparer. Trop, quand il n'est pas encore temps.

Maddie repensa à ce que William lui avait dit : pourquoi ne pas attendre que le grand âge tape à la porte, et aviser une fois qu'il était là ?

— Tu sais, peut-être que j'aurai assez de chance pour simplement, un jour, partir au beau milieu d'un moment agréable. Je préférerais nettement partir comme ça plutôt qu'avec un bracelet alarme. Et quand je ne pourrai plus descendre l'escalier je passerai par la perche de feu, voilà tout.

— C'est ce que dit Ben, nota Deanna avec un sourire. Quand j'étais petite, je détestais que tu sois si différente des autres mères. Aujourd'hui, je me dis que j'aurais dû aimer ça.

— Tant mieux, parce que je pense être incapable de devenir un jour comme tout le monde, répondit Maddie avec un petit rire.

— Et je ne le veux pas, répliqua Deanna.

C'était probablement la chose la plus gentille qu'elle lui ait jamais dite. Elle partit peu après, non sans l'avoir embrassée. Penny passa alors une tête dans l'embrasure de la porte.

— Alors, c'était comment ?

— Pas mal du tout. Apparemment, je lui ai manqué. Je pense que je lui ai fait une sacrée peur en partant comme ça et en coupant les ponts.

— J'avais l'impression qu'elle allait m'arracher les yeux chaque fois que je lui disais que je ne savais pas où vous étiez.

Les deux femmes éclatèrent de rire, mais Maddie était heureuse que Deanna soit venue la voir pour lui présenter ses excuses. Jamais elle n'avait fait cela auparavant.

Penny partit quelques minutes plus tard et Maddie appela aussitôt William pour lui raconter la visite de Deanna et combien sa fuite avait secoué sa fille, qui s'était montrée douce comme un agneau. Elle n'avait pas parlé de William à Deanna. Elle préférait attendre de voir où cette histoire les menait. Pour l'instant, seule Penny était au courant.

— Ça fait du bien d'être chez soi, mais tu me manques, dit-elle à William, qui eut l'air ravi de l'entendre.

Ils abordèrent bientôt la question de l'emploi du temps de Maddie.

— Je dispose d'une semaine pour moi après Shanghai, donc nous pourrions nous retrouver à Hong Kong, sous réserve d'un changement de dernière minute si jamais New Delhi ou le Pakistan se réveillent... Et ensuite, je devrai aller à Paris.

— Est-ce que je pourrais venir avec toi ? J'ai un peu de temps pour moi. Ce ne serait pas trop intrusif ? demanda-t-il prudemment.

— Pas du tout. Pendant la journée je serai prise, mais on pourra se voir le soir.

— Dans ce cas, j'en profiterai pour faire un saut en Angleterre. Ce serait formidable si tu m'accompagnais, tu pourrais même rencontrer Theo.

— C'est sans doute faisable. Le seul problème, c'est que mon emploi du temps peut changer à tout moment. Mais tant que ça ne te dérange pas, tu peux m'accompagner partout où tu le souhaites.

Enfin presque. Mais Maddie aimait beaucoup l'idée de pouvoir passer du temps à Paris avec lui, ou à Hong Kong.

— Les sujets que je couvre et les magazines pour lesquels je travaille envoient régulièrement mes plans aux oubliettes. Ce qui explique probablement que j'aie du mal à dégager du temps pour ma vie privée.

Mais désormais, elle voulait aussi être avec lui. Cela allait exiger un peu de jonglage.

— Je vais réserver mon billet pour Hong Kong, alors. Et si le plan tombe à l'eau, ce n'est pas grave. Je peux aussi en réserver un pour Paris.

Elle lui donna les dates, qu'il nota.

— C'est seulement dans une semaine ! dit-il, ravi.

— À quel hôtel comptes-tu descendre, à Hong Kong ? demanda-t-elle.

— Au Peninsula.

— Moi aussi, c'est toujours là que je réserve.

— Tant mieux. Je t'ai donné mon accord pour deux chambres séparées, mais des hôtels séparés, ce serait trop... Et à Paris, où dois-je retenir ma chambre ?

— Au Ritz.

Dès qu'elle le pouvait, elle descendait dans les meilleurs hôtels en facturant ses clients. Cela compensait le nombre de fois où elle chevauchait des mulets au bord de ravins, dormait sous la tente ou à l'arrière d'un camion au milieu des explosions. Son travail l'amenait à passer d'un extrême à l'autre, mais elle n'exposerait pas William au danger. Elle l'emmènerait seulement pour les contrats agréables, comme Paris. Et ce serait sympathique de rencontrer son fils. De bons moments les attendaient, et sans doute quelques mésaventures pour marquer le coup.

Après avoir raccroché, Maddie repensa à Deanna et au chemin qu'elle avait parcouru en trois semaines. Aidée par son mari et son frère, elle avait fait marche arrière et réfléchi à son comportement. Même si avec Deanna, on ne savait jamais. Mais peut-être que quelque chose avait vraiment changé ? Maddie lui envoya un texto pour la remercier et lui dire ce que sa visite représentait pour elle. Quand elles s'étaient étreintes, il y avait eu des larmes. Pendant trois semaines, Deanna avait pensé avoir perdu sa mère. Une sensation effrayante dont elle ne s'était pas encore remise. Jamais elle n'aurait cru sa mère capable de couper les ponts avec elle et de l'ignorer ainsi. Mais la leçon semblait avoir porté ses fruits. Penny elle-même n'en revenait toujours pas. On aurait dit que Deanna était privée de ses crocs. Il fallait juste qu'ils ne repoussent pas.

15

Le rendez-vous de Maddie pour qu'on lui retire son plâtre se déroula le mieux du monde. La gangue se détacha sans encombre et révéla une peau très pâle, fripée comme un raisin sec. Une radio montra que l'os s'était ressoudé. Maddie s'était remise rapidement. Elle allait retrouver le plein usage de sa jambe gauche, même si sa cheville demeurerait un peu raide et nécessiterait des exercices de renforcement. Ils lui recommandèrent d'y faire tout de même un peu attention.

Quarante-cinq minutes plus tard, elle était de retour au bureau avec deux chaussures aux pieds, pour la première fois depuis six semaines ! Et prête pour sa réunion téléphonique avec *Vogue*. Ils sélectionnèrent une célèbre actrice, que Maddie se réjouissait à l'avance de prendre en photo. Ce serait un plaisir et un privilège.

Après cette réunion, Maddie se précipita dehors pour acheter des petites robes assorties et deux oursons roses en cadeau pour les jumelles de Sean et Becky.

Une semaine plus tard, elle était à Shanghai pour une séance avec un homme d'affaires important, propriétaire de plusieurs galeries d'art ainsi que d'une collection privée de grande valeur. C'était un modèle sérieux, très conservateur, qui s'exprimait dans un anglais parfait. Maddie apprécia de travailler et de discuter avec lui.

Elle resta la semaine entière et en embarquant à bord du vol pour Hong Kong, elle était terriblement nerveuse mais aussi excitée à l'idée de revoir William. Eux qui ne s'étaient vus qu'à Big Sur et à San Francisco allaient se retrouver presque de l'autre côté du globe : cela allait-il changer quelque chose à leur relation ? Ils avaient demandé à avoir si possible des chambres voisines, sinon au même étage. Voyager ensemble serait un test intéressant et permettrait de voir s'ils s'entendaient réellement. William connaissait bien Hong Kong pour y avoir vécu plusieurs années quand il était enfant. De son côté, elle avait fait de nombreux shootings là-bas et avait adoré la ville. Visiter des endroits superbes faisait partie des avantages de son métier. Et ce serait encore mieux avec lui.

Ils avaient prévu de passer cinq jours sur place avant de partir pour Paris. New Delhi et le Pakistan avaient été programmés pour plus tard. Tout s'était parfaitement agencé : les dieux leur étaient favorables, et ce depuis leur rencontre.

Le Peninsula avait envoyé une Rolls la chercher à l'aéroport. À la réception, ils lui annoncèrent que William était arrivé deux heures plus tôt. Elle l'appela juste après avoir pris possession de sa chambre, mais il était sorti. Cela donna à Maddie le temps de défaire ses bagages, de prendre un bain et de se changer. Elle venait d'enfiler une robe de lin rouge lorsqu'on frappa à la porte. Elle ouvrit. Il était là, souriant, incroyablement beau en blazer et pantalon gris, avec une chemise bleue impeccable et une cravate.

— Waouh ! laissa-t-elle échapper en le voyant.

Il l'attira tout de suite à lui et l'embrassa.

La chambre de Maddie avait une vue incroyable, mais le panorama depuis celle de William lui parut encore plus spectaculaire. Il avait réservé une grande suite juste à côté de la sienne.

— Tu n'es pas trop fatiguée ? demanda-t-il.

— Pas du tout, j'ai dormi dans l'avion.

Ils décidèrent de partir aussitôt en exploration. William s'était organisé avec l'hôtel de façon à disposer d'une voiture avec chauffeur. Ils montèrent donc dans la Bentley et se laissèrent conduire jusqu'à la maison où il avait vécu enfant. Elle se trouvait sur le pic Victoria. À l'époque, sa famille avait encore de la fortune, expliqua-t-il. Elle avait ensuite été presque entièrement dilapidée. Lui-même avait réussi à préserver le petit héritage reçu d'un grand-oncle et vivait de ses droits d'auteur. Comme elle, il gagnait très confortablement sa vie et dépensait raisonnablement. Tous deux pouvaient se permettre de vivre agréablement, d'avoir une maison à leur goût, et s'accorder de temps à autre une petite folie. Il n'y avait pas de déséquilibre entre eux à ce niveau-là, ce qui facilitait les choses.

Ils firent quelques courses puis William l'emmena déjeuner au T'ang Court, à Kowloon. Il la dévorait des yeux comme s'il ne l'avait pas vue depuis des mois. Ils avaient tous les deux l'impression d'être en lune de miel, excepté qu'ils faisaient chambre à part. William ne s'en plaignait pas. Il était heureux d'avoir cinq jours pour eux, puis la perspective tout aussi réjouissante de Paris. Quant à Maddie, elle n'avait jamais fait quelque chose d'aussi exotique avec un homme, même avec Stéphane. Ils avaient eu un bébé presque tout de suite après leur mariage. Il était coureur de jupons et la trompait déjà. Elle avait ensuite attendu Ben, quatre mois seulement après la naissance de Deanna. Il n'y avait pas eu de temps pour la romance, ni d'argent pour s'offrir un voyage comme celui-ci. Idem avec les hommes qui avaient partagé sa vie par la suite. En fait elle avait surtout voyagé seule, entre deux contrats. Elle n'avait jamais passé ainsi une semaine de vacances avec quelqu'un dans un pays lointain. Et la simple présence de William était excitante. Quoi qu'ils fassent, tout était amusant. D'autant qu'il connaissait bien Hong Kong.

Cheminant bras dessus, bras dessous, ils ne retournèrent pas à l'hôtel avant la fin de l'après-midi. Maddie comptait s'allonger un peu avant qu'ils ne ressortent dîner. William avait réservé une table à L'Atelier de Joël Robuchon – Maddie connaissait celui de Paris, mais pas celui-ci. William comptait aussi l'emmener un soir à Macao pour jouer au casino. C'était une ville animée, vibrante et sophistiquée, que Maddie avait toujours aimée. Parvenu à leur étage, il l'embrassa.

— Que dirais-tu de t'attarder un peu dans ma suite ?

Comme il disposait d'une chambre et d'un salon, cela sonnait moins comme une proposition que comme une simple invitation. Tout semblait si fluide entre eux que se séparer semblait presque bizarre. Elle abandonna donc l'idée d'une sieste, et la lune de miel se prolongea avec une coupe de champagne dans la suite de William. Il porta un toast :

— À nos retrouvailles, Maddie. Merci.

Quand il se pencha pour l'embrasser, toutes ses bonnes résolutions s'évaporèrent comme le brouillard devant le soleil. Il n'arrivait pas à s'arrêter de l'embrasser, et elle ne pouvait se retenir de le toucher. Tous deux étaient à bout de souffle. Il ne dit rien mais son regard parlait pour lui. Les mots étaient de toute façon inutiles. Elle en avait autant envie que lui et soudain, toutes ses peurs s'évanouirent. Ils se désiraient tellement. Lâcher la bride et faire l'amour prenait tout son sens. Il leur avait fallu une vie entière pour se trouver, pourquoi attendre davantage ?

— Je t'aime, Maddie, dit-il en la soulevant pour l'emporter dans la chambre, tandis qu'elle le couvrait de baisers.

Il la déposa délicatement sur le lit et lui retira avec lenteur sa robe, découvrant la beauté de son corps que le temps avait à peine altéré. Quelques minutes plus tard, ils étaient nus et faisaient l'amour avec toute la tendresse qu'ils éprouvaient l'un pour l'autre. Ils formaient les deux moitiés d'un tout, et ils ne s'arrêtèrent pas avant de jouir en même temps. À bout de souffle, ils restèrent ensuite étendus sur les draps. Aucun d'eux ne pouvait parler.

— Mon Dieu, Maddie, finit par dire William. Ce que tu m'as fait… Tu es incroyable. Et tu es si belle…

Elle le regarda avec timidité et roula sur elle-même pour se rapprocher de lui et l'embrasser.

— Je ne sais pas qui a fait quoi ni à qui, mais je n'avais jamais connu ça avant.

Il suivit du doigt les courbes de son corps et lui sourit. Elle le rendait plus viril, et elle-même se sentait totalement femme avec lui. Toutes ces années où elle avait résolu de vivre en nonne lui paraissaient bien loin.

— C'est dommage qu'on ne veuille pas d'enfants, ça nous donnerait une bonne excuse, lui murmura-t-il.

— J'ai eu mon content, répondit-elle en riant.

Mais une question germait dans son esprit : aurait-il souhaité d'autres enfants, avec une femme plus jeune ?

Lisant dans ses pensées, il secoua la tête.

— La réponse est non. Theo me suffit amplement. Et maintenant, je t'ai. Mon bonheur est à son comble.

Maddie n'aurait pas voulu l'en priver si cela comptait pour lui mais comment envisager la vie sans lui, désormais ? Elle voulait qu'il rencontre Deanna, Ben et Milagra. Ils refirent l'amour puis durent se dépêcher pour ne pas perdre leur réservation. Comme elle enfilait sa robe dans la salle de bains, il la contempla d'un air interrogateur et malicieux.

— Serait-ce trop osé ou prématuré de te demander si tu aimerais emménager avec moi et dormir ici tant que nous sommes à Hong Kong, maintenant que tu as perdu ta virginité ?

— J'apporterai mes affaires après le dîner, dit-elle avec un sourire. Je ne te dérangerai pas ?

— Terriblement, mais je saurai prendre sur moi. Disons que cela m'épargnera l'embarras de devoir frapper à ta porte toute la nuit, au vu et au su de tous, chaque fois que je voudrai te refaire l'amour. Une suite peut s'avérer nettement plus pratique pour ce genre d'activités.

Elle éclata de rire et l'embrassa avant de rejoindre sa propre chambre. C'était indiscutable, grâce à lui elle rajeunissait tout en gagnant en maturité. Ils profitaient du meilleur des deux âges. Autre avantage : tous deux savaient ce qu'ils voulaient et étaient assez intelligents pour comprendre qu'ils l'avaient enfin trouvé. Ils partageaient l'impression de saisir un cadeau à pleines mains.

William passa la prendre pour aller dîner et la découvrit dans une robe de cocktail noire et sexy, qu'elle avait sortie du fin fond de sa penderie exprès pour ce voyage. Elle en avait apporté d'autres, dont celle achetée à Chicago, mais celle-ci convenait parfaitement pour l'occasion. C'était une journée et une date dont ils se souviendraient – même si jusque-là, tout était inoubliable.

— Nous devrions revenir chaque année ici pour fêter notre anniversaire, suggéra-t-il.

— Tu sais, je ne m'habille pas comme ça très souvent. Je suis loin d'être aussi élégante dans ma drôle de caserne de pompiers. Généralement, pendant mes shootings, je me balade plutôt en jean et tennis. Peut-être que tu m'aimeras moins quand nous ne serons plus en voyage et que nous ne circulerons plus dans une Bentley ? dit-elle avec un brin d'inquiétude tandis qu'ils se rendaient au restaurant.

— Je tâcherai de m'y faire, répondit-il avec un sourire. Moi non plus, je ne porte pas de smoking tous les soirs, à Big Sur.

Il n'en portait d'ailleurs pas non plus ce soir-là, mais était vêtu d'un costume sombre très élégant, taillé sur mesure à Londres. L'une des choses que Maddie appréciait avec lui, c'était de pouvoir passer d'une sortie chic et habillée comme celle-ci à des moments détendus au coin du feu. Il était capable des deux, tout comme il pouvait parfois être très intellectuel et à d'autres moments se comporter en vrai clown. Elle ne voulait pas le séduire en trichant et en prétendant être ce qu'elle n'était pas. Ses séances photo étaient physiquement exigeantes et le plus souvent, elle se fichait bien de son allure. Il était important qu'il le sache. Leur vie à deux serait sans doute tissée de contrastes et de subtilités.

Après le dîner, ils se promenèrent un peu avant de rentrer à l'hôtel où William l'aida à déplacer ses affaires dans sa suite. Puis, rayonnante, elle vint se couler dans ses bras.

— C'est un peu comme si on était mariés, lâcha-t-il d'un ton rêveur.

— Nous n'avons pas les mêmes souvenirs, dit-elle, amusée. Peut-être que ton mariage ressemblait à ça, mais pas le mien. Trois enfants en trois ans, je trimais comme une esclave et mon mari m'a plaquée après m'avoir trompée allégrement pendant des années.

— Oh, mon mariage n'était pas idyllique non plus. Pour te donner une idée, il faudrait que nous nous disputions en permanence, et que tu t'envoies en l'air avec tous mes amis, répliqua-t-il avec un sourire.

Tous deux avaient été mariés à des personnes volages, et le sujet était sensible.

— Je ne sais pas pourquoi j'ai dit ça, s'excusa-t-il. Peut-être parce que partager cette chambre m'a fait penser à ce à quoi ça pourrait ressembler, d'être marié avec toi. Et puis je te rappelle qu'hier encore, tu étais vierge !

Elle éclata de rire et l'embrassa. Tous deux étaient surpris de voir avec quelle facilité ils s'accommodaient de partager le même espace et de passer tout leur temps ensemble.

Le lendemain matin, comme la salle de bains était dotée d'une immense baignoire, ils prirent un bain ensemble avant de retourner se coucher et de refaire l'amour. Ils eurent du mal à quitter la suite.

Maddie envoya à tous ses enfants des textos disant combien Hong Kong était merveilleux – à défaut de pouvoir leur dire combien William était merveilleux. Ils ne savaient pas, et n'avaient pas encore besoin de savoir. Tout allait si vite ! Ils le découvriraient bien assez tôt, quand ils les verraient ensemble. Ils risquaient de tomber des nues, car elle ne leur avait rien dit de la présence d'un homme dans sa vie.

Ils sortirent enfin vers midi pour aller déjeuner, faire quelques courses et explorer la ville. Pendant le reste du séjour, ils dînèrent tous les soirs dans un restaurant différent, mais n'eurent pas le temps d'aller à Macao jouer au casino. Les journées filaient à la vitesse de l'éclair. Quand sonna l'heure du départ, ils étaient totalement à l'aise l'un avec l'autre, comme s'ils étaient ensemble depuis des années. Le vol pour Paris se déroula à l'avenant, d'autant qu'ils savaient que les y attendait une magnifique suite au Ritz, réservée par William.

Sur place, Maddie eut moins de temps à lui consacrer car le travail l'appelait. Elle passa quatre ou cinq jours avec le président français, à l'Élysée et partout où il allait, afin d'obtenir le type de photos qu'il attendait. Tous les jours, vêtue d'un tailleur-pantalon noir strict, elle quittait le Ritz aux aurores pour observer le président lors de ses réunions matinales. Il y eut aussi une vraie séance de pose. Heureusement, elle était suivie et secondée par un assistant à qui elle faisait souvent appel quand elle était à Paris. Il transportait dans son sac une demi-douzaine d'appareils parmi ses préférés, et dans une malle à roulettes un tas d'équipement qu'il avait loué et dont il avait la charge : lumières, filtres, trépieds, toiles de fond et tout ce dont elle avait besoin. De son côté, William allait dans les musées et écrivait. Lui aussi devait travailler. Ils étaient passés d'une lune de miel à un semblant de vie réelle. William éclata de rire quand elle en fit la remarque.

— Si c'est là ton mode de vie et de travail habituel, Maddie, je signe quand tu veux !

— Il faudra que je t'emmène en zone de guerre, un jour, répliqua-t-elle pour le taquiner, ce qui eut pour effet de l'assombrir.

— Je n'aime pas te savoir engagée dans ce type de missions. Je sais que tu dois le faire et que tu adores ça, j'ai vu les images que tu en as tirées. Mais je ne veux pas qu'il t'arrive quoi que ce soit. Ça m'a pris une éternité pour te trouver, je ne veux pas te perdre déjà !

— Ça n'arrivera pas. Je sais ce que je fais. Je sais comment m'éclipser rapidement du théâtre des opérations.

Mais parfois, les gens ne respectaient pas les règles d'engagement, tous deux en étaient conscients. Les accrochages, ça existait. Et ça se produisait généralement à la vitesse de l'éclair, en faisant beaucoup de dégâts. William savait aussi qu'il ne pouvait pas la dissuader, et il n'essaierait pas.

Durant ces quelques jours à Paris, ils partagèrent quelques dîners tardifs, parfois avec l'assistant de Maddie quand la journée avait été très longue. Ils faisaient l'amour quand Maddie avait le temps. Cette dernière avait l'impression de mener une double vie. D'un côté celle de la photographe qu'elle était depuis plus de trente ans, et de l'autre celle de l'amante qu'elle était redevenue avec William. C'était presque comme d'avoir deux personnes distinctes dans son esprit. Le soir, ils se promenaient dans Paris, saisis par la beauté de la ville. Pour Maddie, c'était depuis toujours la plus belle du monde.

Après cinq jours de travail intense pour elle, ils partirent à Londres, où ils descendirent dans un petit hôtel. La pension de Theo se trouvait à quelques heures de route, dans le Sussex. Le garçon les attendait car son père l'avait averti de sa visite-surprise et de la présence d'une tierce personne. Theo se réjouissait de revoir son père le temps d'un après-midi. William et Maddie comptaient l'emmener prendre un « *high tea* » dans un salon de thé du coin avant de le ramener au pensionnat, car les sorties nocturnes n'étaient pas autorisées. Tandis qu'ils traversaient une campagne verdoyante, William ne cacha pas son impatience. Enfin, ils furent en vue de l'établissement, superbe. C'était l'un des plus anciens du pays, et son domaine était impeccablement tenu. Sur les terrains de sport, de jeunes garçons de tous les âges s'entraînaient. D'autres marchaient d'un bâtiment à l'autre. Il fallait passer chez le proviseur pour pouvoir faire sortir Theo, et Maddie attendit dans la voiture que William revienne. Elle ne voulait pas interférer dans leurs retrouvailles.

Un long moment s'écoula avant qu'elle n'aperçoive un grand garçon tout fin, aux cheveux bruns, qui sortait du bâtiment principal avec William. Père et fils souriaient de toutes leurs dents. Theo parlait avec entrain et William montra la voiture du doigt. Quand ils approchèrent, le jeune garçon sembla intimidé à la vue de Maddie assise sur le siège passager, mais il prit place à l'arrière et William les présenta.

— Je suis Maddie, dit-elle d'une voix chaleureuse en lui tendant la main. Ravie de te rencontrer. Ton père m'a beaucoup parlé de toi. J'adore ton école, elle est magnifique.

Theo haussa les épaules et fronça le nez.

— Elle date de 1459. Comme les plats qu'on nous sert, dit-il avec une moue dégoûtée.

Maddie éclata de rire. L'enfant s'exprimait avec l'accent typique des « *public schools* », ces écoles privées et non mixtes fréquentées par la très bonne société anglaise. Son accent était même plus prononcé que celui de William, ce qui était difficile.

— Vous êtes la petite amie de mon père ?

Voilà qui s'appelait aller droit au but. William eut l'air choqué :

— Theo ! C'est très impoli !

— Désolé. Mais oui ou non ?

Maddie ne dit rien, attendant de voir ce que William allait répondre.

— Oui. Mais ne pourrait-on pas en parler de façon plus policée ?

Maddie fut touchée que William ne la désavoue pas devant son fils. La nouvelle ne sembla pas contrarier Theo plus que ça, ce qui était un soulagement.

— Maman aussi a un nouveau petit ami. Il joue dans un groupe. C'est le chanteur, cette fois.

Le dernier en date avait été batteur – apparemment, il y en avait eu un paquet. William n'avait pas l'air particulièrement ravi.

— Et vous, qu'est-ce que vous faites dans la vie ? demanda Theo à Maddie tandis qu'ils roulaient vers un parc afin d'y attendre l'heure du thé.

Il n'y avait pas grand-chose dans le coin à part la rue principale du village et ses boutiques, mais faire du shopping n'intéressait pas beaucoup le garçon.

— Je suis photographe, répondit Maddie.

— Du genre paparazzi ?

— Non, dit-elle en riant. Je fais des portraits de présidents, de stars de cinéma, de gens célèbres. Ils posent pour moi. Je ne les pourchasse pas pour les prendre par surprise. Je photographie aussi des mères avec leurs enfants ou encore des mannequins pour les magazines. L'essentiel de mon travail se fait de façon organisée et bien cadrée, mais parfois aussi je voyage dans des zones où il y a eu des tremblements de terre ou des guerres, par exemple.

Elle avait son appareil avec elle, comme toujours, et elle prit quelques photos d'eux, non sans avoir demandé la permission à William.

— Vous avez raison de demander, les paparazzis reçoivent souvent des coups de poing, l'avertit Theo.

— Ça ne m'étonne pas. Ils peuvent être assez grossiers et les gens se mettent en colère.

— Vous aussi, vous habitez en Californie ? demanda-t-il, essayant de la jauger.

— Non, je vis à New York. Dans une ancienne caserne de pompiers.

— Comment est-ce que vous pouvez être ensemble si vous n'êtes pas au même endroit ?

— C'est une bonne question. Je pense que nous nous rendrons visite, dit-elle avec un sourire.

— Ça a l'air compliqué, commenta-t-il avec toute la sagesse de la jeunesse.

— Ça peut l'être, convint-elle tandis que William souriait, amusé.

Une fois au parc, il sortit du coffre un ballon de foot. Theo et lui se firent des passes pendant que Maddie les regardait. Il ne fallut que quelques minutes pour que Theo se retrouve débraillé, sa cravate d'uniforme de guingois et sa chemise hors du pantalon. Il semblait bien s'amuser avec son père. Tous deux avaient complètement oublié Maddie, qui put prendre quelques bonnes photos. Ils jouèrent ainsi pendant une heure, puis ce fut l'heure du thé.

Theo dévora tout, comme s'il découvrait la nourriture.

— Vous avez des enfants ? demanda-t-il à Maddie, la bouche pleine.

— Oui, mais ils sont grands. Ils ne vivent plus avec moi.

— Dommage, ça doit être triste. Ils habitent loin ?

— L'une vit à New York, comme moi, et les deux autres en Californie, alors je ne les vois pas très souvent.

Theo hocha la tête, semblant saisir d'emblée toutes les implications, mais ne s'arrêta pas d'engloutir pour autant. William lui commanda tout ce qui lui faisait envie. Il finit cependant par s'affaler sur sa chaise, repu, après avoir engouffré une assiette de sandwichs et des scones tartinés de crème et de confiture, c'est-à-dire un thé typiquement anglais.

— Si seulement on avait des repas comme ça au pensionnat ! On ne mange que des pommes de terre à l'eau et du ragoût. Je déteste la nourriture là-bas.

Cela donnait envie à Maddie de lui rendre visite plus souvent. Par ailleurs, elle voyait bien combien il buvait littéralement les paroles de son père, et l'attention que ce dernier lui prodiguait. Il était évident qu'ils s'aimaient beaucoup.

Après le thé, ils raccompagnèrent l'enfant à son pensionnat. Il était déjà 19 heures. Au moment des adieux, Theo s'accrocha à son père pendant un long moment, les larmes aux yeux. Ceux de William étaient tout aussi humides. Maddie s'éloigna pour leur laisser un peu d'intimité, jusqu'à ce que Theo l'appelle.

— Au revoir, Maddie ! C'était chouette de faire votre connaissance. J'espère que personne ne vous cassera la figure !

Sur ces mots, il éclata de rire et courut vers le bâtiment principal. Il ne fut bientôt plus qu'une petite silhouette qui se détachait devant un immense portail aux colonnes de pierre, agitant la main à leur intention. Puis il disparut.

Ils retournèrent à la voiture en silence. Maddie avait mal pour William, et elle lui prit la main.

— C'est un garçon adorable, dit-elle d'une voix douce.

— Merci d'avoir été aussi patiente avec lui. Sa mère se fiche des convenances et ne lui cache rien. Il rencontre tous les voyous avec qui elle sort. Elle a tendance à oublier qu'il n'a que 10 ans. Voilà pourquoi j'ai voulu qu'il aille en pension. C'est plus sain pour lui, dit William d'une voix chargée d'émotion.

— Merci de m'avoir présentée comme ta petite amie.

— Parce que ce n'est pas le cas ?

— Si ! Et je suis heureuse et fière de l'être. Mais je ne pensais pas que tu le dirais à Theo.

— Comme ça, tu as un statut officiel. J'espère que tu pourras venir en Californie en même temps que lui. Ou alors on pourrait se retrouver à New York.

Les activités ne manquent pas, là-bas, pour un gosse de son âge.

Voilà que soudain, elle avait non seulement un homme dans sa vie mais aussi un enfant de 10 ans. C'était un peu étonnant, mais l'idée n'était pas pour lui déplaire. Theo n'avait qu'un an de plus que l'aînée de Deanna.

— Si je suis disponible, j'aimerais beaucoup le revoir, dit-elle en toute franchise.

Ils retournèrent à Londres libres de tout autre engagement. Leur séjour européen touchait à sa fin. Ils reprenaient l'avion le lendemain matin pour New York, où William devait rester quelques jours avant de rallier Big Sur. Maddie avait hâte de lui montrer sa maison, tout en étant un peu nerveuse à l'idée de cohabiter. Cela faisait une éternité qu'elle n'avait plus accueilli un homme sous son toit, et ça n'avait rien à voir avec le fait de partager une suite à Hong Kong. Quelque part, cela l'inquiétait.

William ressentit bien sa tension pendant le vol de retour. Elle semblait distraite et parlait peu.

— Qu'y a-t-il ? Quelque chose ne va pas ?

Il avait déjà appris à reconnaître ses mouvements d'humeur et semblait même parfois lire dans ses pensées. William était vraiment perspicace, intelligent et sensible, et il ne craignait pas d'aborder les sujets plus délicats, ce que Maddie appréciait beaucoup. Il n'y avait aucun tabou entre eux, d'autant que William était toujours d'une grande finesse.

— Non, non, tout va bien, répondit-elle cependant.

Elle finit par s'endormir pendant qu'il regardait un film. Quand elle se réveilla, elle ne se montra pas plus diserte. Son inquiétude persistait. Que se passerait-il s'il détestait la caserne, la trouvait ridicule, inconfortable, trop petite, ou aussi laide que Deanna le disait ? Et si sa fille se montrait grossière envers lui ? Maddie avait envie de les présenter, mais Deanna était imprévisible et pouvait se montrer aussi bien glaciale qu'acerbe. Ils n'étaient plus en vacances, désormais. Ils entraient dans la vraie vie, et la caserne de pompiers ne ressemblait pas à son « cottage » de Big Sur, avec ses chambres immenses et ses baies vitrées ouvrant sur l'océan. C'était un lieu insolite et excentrique, qu'elle adorait. Mais lui, l'aimerait-il ? Maddie referma les yeux pendant que toutes ces pensées tourbillonnaient en elle. Alors qu'ils atterrissaient, William lui prit la main. Elle ouvrit les yeux et le regarda. Il lui souriait.

— Je ne sais pas ce qui te tracasse, mais tout ira bien.

Les larmes aux yeux, elle lui rendit son sourire. Elle l'aimait tant.

16

L'aéroport de JFK était noir de monde et bruyant. Leurs bagages mirent une éternité à arriver. La journée avait été longue, et Maddie était à deux doigts de devenir grincheuse. Enfin, ils purent monter dans un taxi. Maddie avait hâte d'être chez elle. Entre Hong Kong, Paris et Londres, cela faisait presque quinze jours qu'ils étaient partis. À cela se rajoutait la semaine à Shanghai pour elle. Ce voyage autour du globe avait été fantastique, et tout s'était passé sans encombre. Mais elle était contente de rentrer.

Désormais ils étaient amants, ce qui modifiait un peu les attentes. Il ne s'agissait pas d'une passade ni d'un amour de vacances. Même les petites choses avaient leur importance : s'ils détestaient leurs maisons, leurs villes d'origine, leurs animaux de compagnie ou leurs enfants respectifs, cela importait. William avait dit à son fils de 10 ans qu'elle était sa petite amie. Pour elle, c'était une vraie responsabilité morale. Ils s'entendaient à merveille au lit, mais si jamais ils échouaient à vivre le quotidien ? Le séjour de William à New York allait représenter un premier test. Elle s'interrogeait sur la façon dont ça se passerait. Se sentirait-elle gênée dans son travail du fait de sa présence ?

Autre motif d'inquiétude : il avait dit qu'il resterait quelques jours. Mais que fallait-il entendre par « quelques jours » ? Un ? Deux ? Cinq ? Dix ? Elle n'osait pas lui demander, ç'aurait été impoli. Et si jamais Penny et lui ne s'entendaient pas ? Penny gérait toute sa vie, sans compter la loyauté qu'elle ressentait envers sa fidèle assistante. Voilà que déjà tout se compliquait ! Exactement ce qu'elle redoutait depuis le début. Cela faisait des années qu'elle vivait seule, pour tout dire depuis Stéphane. Jamais elle n'avait accueilli d'homme sous son toit tant que ses enfants avaient vécu à la maison. Sauf Andy. Ce dernier avait séjourné brièvement dans son ancien appartement, et l'expérience n'avait pas été concluante. Ni lui ni les enfants ne s'étaient sentis à l'aise. Au moins, cette fois, il n'y aurait pas de jeunes dans l'équation.

Lorsque le taxi s'arrêta devant chez elle, William régla la course et porta leurs bagages jusqu'à la porte. Puis il recula de quelques pas pour contempler la façade de la caserne pendant que Maddie fouillait son sac à la recherche de ses clés, qu'elle ne trouvait pas. William nota tous les détails, y compris la cloche extérieure.

— Maddie, ce bâtiment est juste incroyable !

Maddie trouva enfin les clés et ouvrit la porte qui donnait directement dans l'immense espace correspondant à l'ancien garage des camions de pompiers, aujourd'hui transformé en studio de photo. William leva les yeux vers le plafond, haut de 6 mètres, et observa les lieux avec curiosité. Il sourit à la vue de la collection de casques de pompier du monde entier. Il y avait de très belles choses.

— Quel espace ! siffla-t-il, admiratif.

Le moindre centimètre carré était immaculé et fraîchement peint, impeccablement entretenu puisque Maddie y recevait souvent des clients importants, et des rédacteurs en chef de magazine. Quand William aperçut la perche de feu, il ne put s'empêcher de la montrer du doigt.

— Mais c'est génial ! On peut l'utiliser ?

Comme Maddie confirmait de la tête, il demanda aussitôt :

— Je pourrai essayer ?

Un vrai gosse ! Elle souriait rien qu'à l'imaginer se laissant glisser dans un costume trois pièces.

Maddie lui montra ensuite son bureau au rez-de-chaussée, et celui de Penny. Tout était parfaitement ordonné et très carré, avec les classeurs alignés sur les étagères, les meubles de rangement qui couvraient tout le mur, les imprimantes, l'ordinateur... En sortant des bureaux se dressait le fameux escalier en colimaçon que Deanna vouait aux gémonies. William était fasciné. Il monta à la suite de Maddie et découvrit le salon et la cuisine, puis à l'étage supérieur la chambre de Maddie et son petit salon et enfin, sur le dernier palier, trois confortables chambres d'amis. Cette maison était vraiment parfaite.

L'air ébloui et ravi de William la rassura enfin. Il se figea, et une lueur de compréhension passa dans son regard :

— C'était donc ça qui t'inquiétait ?

— En partie, oui. J'adore cet endroit, ça m'aurait vraiment attristée que tu ne l'aimes pas.

— Comment ne pas l'aimer ? Il est magnifique ! C'est un rêve de petit garçon ! Et tu es la seule femme que je connaisse qui possède sa propre caserne de pompiers. Attends un peu que Theo la voie ! Au fait, où commence la perche de feu ?

— Il y a un accès à chaque étage.

Dans les pièces de vie, de grands placards avaient été installés autour pour la dissimuler et éviter les accidents. Elle ouvrit une porte et lui montra la perche.

— Merci, mon amour, dit-il.

Il l'embrassa, leva un bras et, au grand étonnement de Maddie, agrippa la perche avec ses jambes pour se laisser glisser dans un grand cri enthousiaste. Elle entendit le bruit mat quand il atterrit sur les tapis de caoutchouc du studio.

— Tout va bien ? cria-t-elle.

— Impeccable !

Ils se retrouvèrent à mi-chemin dans l'escalier et il entra alors dans sa chambre, à la recherche de la perche qu'il trouva aussitôt. Il l'essaya de nouveau et recommença ainsi à chaque étage. Il finit par la rejoindre à la cuisine, et déclara que c'était la maison la plus incroyable qu'il ait jamais vue. On aurait dit un enfant à la veille de Noël. Il avait le coup de foudre. Tout l'inverse d'Andy qui, quand il était venu la voir, avait été bien malheureux enfermé dans son ancien appartement trop traditionnel et guindé pour lui.

— Est-ce que tu penses que je pourrais me mettre dans une des chambres du haut pour travailler ? demanda William.

C'était au calme, loin de toute l'agitation du rez-de-chaussée, le lieu idéal pour se concentrer s'il était amené à passer un peu de temps ici. Or, il avait du travail à rattraper.

— Bien sûr. Personne ne monte jamais là-haut. Ce sont les chambres des enfants, qui n'y ont jamais dormi. J'ai toujours habité seule ici.

— Plus maintenant, ma chérie. Dès que tu voudras de la compagnie, tu n'auras qu'à appeler et j'arriverai en courant. Ce sera encore plus rapide avec la perche.

Elle rit. Il lui faisait penser à un enfant dans un parc d'attractions.

Penny leur avait laissé du poulet et de la salade pour qu'ils aient de quoi dîner à leur arrivée. Leur repas fut émaillé des louanges de William.

— Cet endroit est juste fou ! Ce n'est pas étonnant que tu aies mal vécu le fait que ta fille parle de le vendre. On ne peut pas se séparer d'une maison pareille quand on doit vivre centenaire !

— Deanna la déteste. Ce n'est pas assez chic pour elle.

— Moi, je lui trouve au contraire un cachet fou. Dès que je les ai vus, j'ai eu envie d'essayer tous les casques de pompier ! Tes clients doivent adorer.

— Effectivement, et moi aussi, dit-elle avec un soupir de soulagement.

Elle n'osa pas lui demander combien de temps il comptait rester, cela aurait été trop cavalier et inhospitalier, mais elle ne pouvait s'empêcher de songer aux trois shootings programmés dans la semaine suivante. Elle l'imagina débouler par la perche de feu au beau milieu des séances. Ça risquait d'être tout un art de partager cette maison avec lui. Mais au moins, il l'adorait.

William l'aida à ranger la cuisine et ils montèrent se coucher. Sans être aussi luxueuse que la baignoire du Peninsula à Hong Kong, la douche de Maddie était assez grande pour deux et ils ne se privèrent pas de l'employer en duo avant de se laisser tomber sur le lit pour faire l'amour avec toute la passion et le frisson qu'ils avaient déjà ressentis à Hong Kong, Paris et Londres.

Le lendemain matin, la journée de Maddie commença à 8 heures. Penny et elle avaient déjà le nez dans les dossiers et le planning quand William descendit avec un mug de thé à la main et un grand sourire aux lèvres. Penny sursauta en le voyant. Il était encore plus beau que sur les photos. Il faisait plus jeune et plus sexy en vrai, avec un sourire à tomber. Maddie avait surtout parlé de sa gentillesse et de son intelligence. Elle avait omis de préciser qu'il avait un corps incroyable et un visage d'ange. Penny n'aurait pas été étonnée d'apprendre qu'il faisait du sport tous les jours.

— Désolé, je ne voulais pas vous déranger, leur dit-il.

Maddie fit les présentations et il papota quelques minutes avec Penny avant de remonter installer son ordinateur dans l'une des chambres d'amis. Il ne réapparut qu'à l'heure du déjeuner, par la perche de feu. Penny en fut estomaquée.

— Que dirais-tu de faire une petite promenade et de déjeuner rapidement dans le coin ? proposa-t-il à Maddie.

Ils sortirent et il découvrit un quartier qui lui rappela celui de Notting Hill, à Londres. Comme là-bas, il y avait une foule de petites boutiques et de restaurants. Ils s'arrêtèrent chez un traiteur pour manger sur le pouce et Maddie lui fit part de son souhait de le présenter à Deanna et son mari.

— Est-ce très sage ? Tu ne risques pas de passer un mauvais quart d'heure ? Les filles n'aiment pas toujours que leur mère sorte avec quelqu'un.

Surtout les filles comme Deanna, ajouta-t-il en son for intérieur. D'après ce que Maddie lui avait raconté, il pouvait déjà dire qu'elle jalousait sa mère.

— Il faut bien que tu la rencontres un jour. Et puis elle me ménage en ce moment. Elle s'est surpassée quand je me suis cassé la cheville, alors elle fait profil bas.

— En ce cas, invitons-les au restaurant. Peut-être qu'en public, elle contiendra mieux une possible réaction hostile à mon égard ? A-t-elle une adresse préférée ou y a-t-il un type de cuisine qu'elle aime en particulier ?

Maddie fut touchée qu'il prenne cela aussi à cœur.

— Elle aime tout ce qui est français, et les sushis. Quant à David, il n'est pas compliqué.

— Ce n'est pas lui qui m'inquiète. En général, les hommes m'aiment bien. C'est ta fille qui risque de ne pas m'apprécier.

— Il faudrait qu'elle soit bien stupide.

Maddie avait du mal à imaginer ce qui pourrait bien faire tiquer Deanna. William avait du succès, il était beau, cultivé, issu d'une bonne famille, bien élevé et gentil. Que demander de plus ?

Maddie appela sa fille après le déjeuner pour lui proposer.

— Cette semaine, nous sommes pris tous les soirs.

— C'est dommage. Un ami de Californie est de passage et j'avais bien envie de vous présenter.

Il y eut un silence à l'autre bout du fil.

— Écoute, la soirée de demain n'est pas encore totalement arrêtée. Je peux peut-être décaler, dit Deanna d'un ton hésitant.

— Fantastique ! On dit au Bernardin, 19 h 30 ?

Il s'agissait de l'un des meilleurs restaurants français de New York, connu pour ses plats de poisson, et l'heure conviendrait à Deanna qui n'aimait pas les dîners tardifs. Elle allait à la gym tous les matins à 6 heures et veillait à ne jamais manquer une séance, d'où sa silhouette magnifiquement tonique.

Maddie appela le restaurant et réussit à avoir une table à l'horaire souhaité.

— Maintenant, il n'y a plus qu'à espérer qu'elle ne me déteste pas, plaisanta William.

— Ça n'arrivera pas, dit Maddie avant de l'embrasser et de redescendre à son bureau.

C'était finalement très agréable de l'avoir chez elle. Il n'interférait pas du tout, c'était même tout le contraire. Elle souhaitait que sa fille aînée et William fassent connaissance, si possible rapidement, afin que cette histoire ne soit plus un secret. Si elle cachait plus longtemps le rôle de William dans sa vie, ses cachotteries finiraient par lui exploser au visage. Cette rencontre autour d'un dîner semblait parfaite. Mais ça ne l'empêchait pas de se sentir un peu nerveuse.

Elle l'était plus que jamais dans le taxi qui les emmena au restaurant le lendemain soir. Elle n'avait pas vu William de la journée. Il l'avait passée au dernier étage, à écrire. Vraiment, on ne pouvait rêver mieux comme invité ! Il s'occupait tout seul, ne restait pas dans ses pattes et la laissait travailler. Ils se retrouvaient le soir pour dîner et faire l'amour avec passion.

Ils furent les premiers à arriver. Il était encore tôt et le serveur les installa à l'une des meilleures tables. Deanna, qui faisait attention à ce genre de détails, apprécierait. Elle adorait les grands restaurants.

Maddie et William venaient de commander un verre de vin lorsque Deanna et David arrivèrent. Lui était en costume-cravate et elle portait une robe noire très chic qu'elle avait dessinée elle-même. Comme d'habitude, ses cheveux étaient pris dans un chignon serré et ce soir-là, des boucles d'oreilles et un lourd bracelet rehaussaient sa tenue. Sa mise était parfaite et elle était superbe.

Alors qu'ils approchaient de la table, Maddie remarqua l'étonnement de sa fille à la vue de William. Le temps qu'elle les rejoigne, ses lèvres ne formaient plus qu'une mince ligne. Elle avait dû penser qu'elle les invitait pour tenir le crachoir à un vieil auteur, pas pour faire la connaissance d'un bel homme susceptible d'être le petit ami de sa mère. De son côté, David semblait à l'aise et détendu à la perspective d'un bon dîner.

William se leva poliment à leur arrivée et Maddie les présenta.

— Alors comme ça, vous êtes de Californie. San Francisco ? dit David sur le ton de la conversation.

Il n'avait pas encore perçu l'accent anglais.

— En fait, j'habite à Big Sur. C'est un peu sinistre parfois, mais c'est paisible.

— Et qu'est-ce qui vous amène à New York ?

Visiblement, les deux hommes avaient pris la responsabilité d'animer la conversation tandis que Deanna lançait des regards interrogateurs à sa mère. Celle-ci ne réagissait pas, jouant l'innocente.

— En vérité, je viens de plus loin. Je suis anglais, précisa William.

— Attendez…, dit David, les sourcils soudain froncés. Vous voulez dire que vous êtes William Smith le biographe ? Oh mon Dieu !

Avec un sourire chaleureux, William confirma de la tête tout en serrant le genou de Maddie sous la table, pour lui donner du courage.

— Ça fait des années que ma maison d'édition essaie d'acheter vos droits pour les États-Unis ! À chaque fois, quelqu'un d'autre surenchérit, mais je ne désespère pas. Quel plaisir de vous rencontrer ! J'adore votre travail. Tu sais, ma chérie, dit David à l'intention de Deanna, que William a écrit quelques-unes des meilleures biographies de ces cinquante dernières années, primées par-dessus le marché, et dont certaines sont devenues des références !

Devant l'enthousiasme de son mari, Deanna se dégela doucement, et les choses commencèrent à se détendre petit à petit, le vin et l'excellente cuisine aidant. William raconta une foule d'anecdotes amusantes et comme David essayait désespérément de le courtiser, Deanna n'osa pas se montrer désagréable avec lui. Elle n'en restait pas moins distante.

— Comment vous êtes-vous rencontrés ? demanda-t-elle d'un ton soupçonneux.

Comme si sa mère avait l'habitude de séduire des hommes bizarres dans la rue…

— Votre mère a tiré mon portrait pour mon prochain livre, indiqua William en repensant aux clichés pris au cottage. Cela faisait des années que j'avais cette idée en tête.

Cette explication sembla satisfaire Deanna, qui se détendit visiblement. Mais son petit doigt lui disait qu'il y avait quelque chose entre ces deux-là. Ils avaient l'air trop proches, trop à l'aise ensemble, ça ne ressemblait pas à sa mère. À la fin du dîner, William s'éclipsa discrètement pour payer l'addition sans que Maddie se doute de rien, et Deanna en profita pour lui souffler à travers la table :

— Tu sors avec lui ?

— Pourquoi ? Il ne te plaît pas ? Il est de bonne compagnie et intelligent, en plus d'être talentueux. Pour ma part, je n'aurais pas motif à me plaindre si je sortais avec lui. Toi si ?

— Pas du tout ! répondit vivement David à la place de sa femme.

Il semblait prêt à vendre sa belle-mère si cela pouvait amener William Smith dans l'écurie de sa maison d'édition. Deanna le fusilla du regard.

— Je croyais que tu ne voulais plus de tout ça. Tu n'as pas un peu passé l'âge ? demanda-t-elle à sa mère, les mauvaises habitudes revenant au galop.

Maddie la regarda calmement dans les yeux pour l'avertir qu'elle était à deux doigts de dépasser à nouveau les bornes.

— Effectivement, cela faisait longtemps que j'avais arrêté « tout ça ». Mais la vie réserve bien des surprises, surtout quand on s'y attend le moins.

— Mon Dieu ! Vous êtes ensemble !

Deanna paraissait sous le choc. Envisager sa mère dans sa vie de femme la perturbait terriblement. Elle préférait encore l'imaginer dans une maison de retraite avec un bracelet alarme que dans les bras d'un homme.

— Et alors ? Ne préférerais-tu pas me voir heureuse plutôt que seule et triste ? demanda Maddie.

Deanna ne sut que répondre. Sur ces entrefaites, William revint, sa mission accomplie. Il sentit immédiatement qu'un froid était tombé. Mais Maddie avait l'air calme et semblait contrôler la situation.

La soirée s'acheva dans une atmosphère amicale. David tendit sa carte de visite à William et lui proposa de l'appeler s'il avait le temps pour un déjeuner avant son départ. William promit qu'il le ferait, même s'il n'avait pas été particulièrement conquis. Il était évident que Deanna avait beaucoup plus de personnalité que son mari. Alors qu'ils quittaient le restaurant tous ensemble, William remarqua qu'elle l'observait avec insistance. Elle le remercia de concert avec David pour le dîner, tout comme Maddie, qui le gronda gentiment :

— C'est moi qui étais censée inviter tout le monde ce soir !

— Je ne vais pas en plus te laisser me payer mon dîner, quand même, la taquina-t-il.

Deanna assistait à leur échange, incrédule. Maddie l'embrassa, embrassa David. Les deux hommes se serrèrent la main et William embrassa à son tour Deanna sur la joue. Puis David héla un taxi et ils partirent tandis que Maddie et William rentraient à pied pour profiter de la douceur de cette soirée de juillet.

— Que s'est-il passé pendant mon absence ?

— Deanna m'a demandé si on sortait ensemble.

— Et qu'as-tu répondu ?

— Au début, j'ai laissé planer le doute en lui demandant si ça la gênerait. Puis je n'ai pas nié. David trépignait presque à cette idée, en se disant que ça l'aiderait à te mettre le grappin dessus.

— Ça ne l'aidera en rien. Je n'aime pas cette maison d'édition et, en plus, ils ne décrochent jamais les gros poissons, dit-il avant d'ajouter dans un rire : J'aurais parié que la petite scène en mon absence tournait autour de nous deux. Deanna n'est pas contente ?

— Qu'y trouverait-elle à redire ?

— Les femmes comme elle trouvent toujours de quoi redire. Elle est dure, Maddie. Je comprends mieux le spécimen maintenant que je l'ai vue. Je ne suis pas sûr qu'elle veuille te voir heureuse.

— Moi non plus. Mes deux autres enfants sont bien plus doux.

— Ce n'est en effet pas l'adjectif qui vient à l'esprit en voyant Deanna. Mais j'ai apprécié ce dîner et je suis content de l'avoir rencontrée. Lui a un peu le rôle du bouffon.

Maddie ne le contredit pas. L'épreuve était passée, c'était l'essentiel.

— Au fait, bravo pour la façon dont tu as expliqué notre rencontre ! Mais maintenant, tu vas devoir faire mettre une de mes photos sur ton prochain livre, sinon tu risques de passer pour un gros menteur.

— Ça me plairait beaucoup ! lui dit-il avant de l'embrasser.

De retour à la caserne, il se laissa glisser deux fois le long de la perche de feu, juste pour le plaisir, puis il gravit l'escalier quatre à quatre jusqu'à la chambre, où il se précipita sur Maddie pour la couvrir de baisers.

— Mais qu'est-ce que tu fais ? s'écria-t-elle tandis qu'il l'attirait vers le lit tout en lui retirant sa robe.

— Je suis en manque ! Vite, sauve-moi ! Tu es la seule qui le puisse ! Tu ne m'as pas fait l'amour depuis ce matin !

— Tu es fou, dit-elle dans un rire, sentant sur ses seins la caresse de ses mains.

— Oui, fou de toi.

Elle lui retira son pantalon et bientôt leurs vêtements volèrent l'un après l'autre dans la pièce. Il lui fit l'amour plus passionnément que jamais. Pourtant, il avait rencontré Deanna.

À peine rentrée chez elle, Deanna se jeta sur le téléphone pour appeler Ben, qui était sur le point de sortir avec Laura.

— Je crois que maman a un petit ami, annonça-t-elle d'une voix lugubre, comme si leur mère avait été arrêtée pour vol à l'étalage ou conduite en état d'ivresse.

— Ah oui ? Qu'est-ce qui te fait penser ça ?

Lui était très calme, mais Deanna semblait au bord de la panique.

— On vient de dîner avec elle et un type qu'elle voulait qu'on rencontre. Tous les deux avaient l'air très proches. C'était louche.

— Il était du genre sans-abri ? demanda Ben, même si cela l'aurait surpris de la part de sa mère.

— Non, il est anglais. Et apparemment, c'est un biographe célèbre.

— Alors explique-moi où est le problème. C'est un ivrogne ? Un drogué ? Un repris de justice ?

— Ne fais pas l'idiot. Je dis juste que je trouve bizarre que maman fréquente quelqu'un à son âge.

— C'est quoi cette obsession avec l'âge de maman ? Laisse-la un peu vivre ! Ça fait des années qu'elle n'a personne. C'est une très belle femme, et si elle a trouvé quelqu'un, on ne peut que s'en féliciter.

— Elle n'a besoin de personne. Elle nous a nous.

— Ah bon ? Elle m'a moi ? Je suis à des milliers de kilomètres, je la vois deux fois par an et je l'appelle deux fois par mois, quand elle a de la chance. Et toi, tu ne la vois pas du tout et tu voudrais l'envoyer dans une résidence médicalisée. Il y a aussi Milagra, qui n'a pas dû l'appeler depuis qu'elle a vomi à l'école à 6 ans. Dis-moi un peu lequel de nous trois lui tient si bien compagnie ? J'espère bien qu'elle a quelqu'un ! Au moins, elle pourra s'amuser un peu, pour changer, au lieu de se tuer à la tâche. Il est sympa ?

— Je ne sais pas trop… Peut-être… C'est lui qui a réglé l'addition.

— Alors au moins, il sait vivre. De quoi te plains-tu ?

— De rien. Je trouve juste qu'elle n'a pas besoin de ça. Ce n'est pas nécessaire. Et si jamais elle l'épouse ?

— Quel mal y aurait-il à ça ?

La voix de Laura se fit soudain entendre : ils étaient en retard.

— Franchement, Deanna, il faudrait que tu fiches un peu la paix à maman. De ce que tu en sais, ils sont juste amis. Sauf si elle a clairement dit qu'elle sortait avec lui. L'a-t-elle dit ?

— Non, mais ça se voyait.

— Passe à autre chose, Dee. Ce n'est plus ta petite maman. C'est une femme adulte, qui a besoin d'une vie à elle. Certainement plus que d'enfants indignes comme nous. Peut-être que la prochaine fois, elle s'enfuira avec ce type ? Ça pourrait être une bonne chose. Où est-ce qu'il habite ?

— À Big Sur.

Ben sourit.

— Voilà qui est intéressant. Ç'a été la dernière étape de son grand voyage. Peut-être qu'elle l'a rencontré là-bas. Ou bien c'était le dernier homme de sa liste. En tout cas, il n'a pas l'air d'un mauvais bougre. Si elle me le présente, je te dirai ce que je pense de lui.

— Je suis sûre qu'elle va te le présenter.

— On verra. Allez, bonne nuit. Va regarder la télé et laisse maman tranquille.

Il raccrocha et s'empressa de rejoindre Laura qui attendait dans la voiture en fulminant. De son côté, Deanna venait à peine de reposer le téléphone que David commentait :

— Moi, j'aime bien cet Anglais.

— Tout ce que tu veux, c'est qu'il rejoigne ta maison d'édition.

— C'est vrai. Mais ça ne m'empêche pas de l'apprécier en tant qu'individu. Et il serait parfait pour ta mère. Ce serait bien pour elle d'avoir quelqu'un dans sa vie.

— Et pourquoi ça ?

— Parce que tout le monde a besoin d'être aimé et d'avoir quelqu'un à aimer, Deanna. Tu as tendance à l'oublier.

— On parle de ma mère, pas d'une gamine de 25 ans.

— Ta mère est aussi une femme, pas aussi âgée que tu aimerais le penser, et tu devrais t'estimer heureuse si elle sort avec lui. Au moins, ce n'est pas un gigolo de 35 ans. Et il a l'air d'être un type super.

Deanna ne répondit rien et monta directement dans sa chambre. Tout en se préparant pour la nuit, elle repensa à Maddie. La connaissait-elle vraiment, dans le fond ? Aussi improbable que ça lui paraisse, sa mère s'était peut-être sentie aussi seule que Ben le pensait. Mais si tel était le cas, aujourd'hui, elle semblait heureuse. Vraiment, elle ne la comprendrait jamais.

17

William resta une semaine chez Maddie. Chaque jour, il travaillait sur son manuscrit à l'étage, puis ils dînaient ensemble le soir et faisaient l'amour. De son côté, Maddie planifiait ses projets à venir, notamment le Pakistan, qui avait pris forme. Il s'agissait d'un reportage sur la condition des femmes pour le *New York Times Magazine*, et elle devait partir pour Islamabad deux semaines plus tard. Même si leur vie à deux se passait étonnamment bien, il était temps pour William de retourner à Big Sur. Il ne voulait pas se montrer envahissant, et il lui était plus facile de commencer la rédaction d'un nouveau chapitre chez lui, avec sa routine habituelle et la matière pour ses recherches sous la main.

— Je pense retourner en Californie lundi, lui annonça-t-il pendant le week-end.

— Quelque chose ne va pas ? s'inquiéta-t-elle.

— Bien au contraire. Tout va très bien, dit-il avec un sourire en se penchant pour l'embrasser. Je ne veux pas que tu te lasses de moi.

Tout se déroulait encore mieux que ce qu'ils avaient espéré. Cela faisait presque trois semaines qu'ils vivaient ensemble !

— Si tu veux encore de moi, je reviendrai à ton retour du Pakistan.

Cela lui laissait trois semaines à Big Sur, une bonne façon d'équilibrer les choses. En plus, Theo arrivait bientôt. Il était prévu qu'ils passent du temps ensemble en Californie, puis une semaine chez Maddie. Ainsi, son fils prendrait un avion pour l'Angleterre depuis New York.

— Ça t'ennuie que je parte ? demanda-t-il d'un ton soucieux, ne voulant pas qu'elle se sente abandonnée.

— Oui, tu me brises le cœur, dit-elle en l'embrassant à son tour. Mais c'est vrai que je vais avoir un milliard de choses à préparer avant mon départ, de toute façon.

— Et au passage... Je sais que je n'ai aucun droit là-dessus, et loin de moi l'idée de vouloir t'accabler d'un conseil que tu n'as pas sollicité, mais ce voyage ne m'emballe pas. Ton sujet va énerver pas mal de gens. Et le Pakistan n'est pas l'endroit le plus sûr au monde. Je me sentirais mieux si tu allais à Paris, Rome ou Madrid.

— Tu sais, on n'est plus à l'abri nulle part, répondit-elle avec sérénité.

— Exact, mais certains endroits sont plus calmes que d'autres. C'est ce que j'en dis. Je sais que ça ne changera rien.

— J'y réfléchirai, dit-elle, sachant pertinemment qu'elle n'en ferait rien.

— Tu as tellement de modèles et de clients incroyables. Les gens font la queue devant ta porte. Tu n'as pas besoin de contrats aussi risqués.

— Mais ce sont les meilleurs sujets. Je ne peux pas me contenter de ne photographier que des personnalités ou des stars de cinéma.

— Pourquoi pas ?

— Parce que je veux changer le monde, et que des sujets comme celui-ci y contribuent.

Avec la crédibilité du *New York Times Magazine* derrière, elle était certaine que le projet aurait le retentissement qu'elle souhaitait. Elle partait avec un journaliste sérieux, qui s'occuperait des textes.

— Les gens qui changent le monde se font souvent blesser. Tu n'es plus seule désormais. Tu m'as, et je t'aime. S'il te plaît, fais très attention à toi.

Elle hocha la tête et il n'aborda plus le sujet. Le week-end fut des plus agréables et le lundi, il s'envola pour la Californie.

À peine arrivé à Big Sur, il regretta d'avoir quitté New York. Elle lui manquait terriblement. Son rire, le grain de sa peau, la soie de ses cheveux, la courbe de ses hanches, son parfum… Il adorait son esprit et son être en général. Tout en elle lui manquait. Mais lui aussi avait du travail à abattre. Il s'y mit dès le lendemain, afin d'être libre comme l'air quand Theo arriverait. De l'autre côté du pays, Maddie ressentait la même chose, mais l'excitation du voyage et du reportage augmentait au fil des jours.

Le soir précédant son départ, elle lui passa son troisième appel de la journée – ils se parlaient tout le temps.

— Tu me promets de faire attention ? lui dit-il.

— Promis. Mes bagages sont prêts. Je pars tôt demain.

Elle n'emportait qu'un petit sac de cabine, ainsi que son matériel le plus léger. Elle avait aussi prévu un tchador, puisqu'il s'agissait d'un pays très musulman et qu'elle ne voulait offenser personne. Son voyage à New Delhi avait par ailleurs été confirmé. Elle s'y rendrait en septembre ou octobre, après avoir assuré la séance photo pour la couverture de *Vogue*. Excepté quelques sauts de puce en périphérie d'Islamabad, l'essentiel de son séjour se passerait en ville. Elle avait connu plus dangereux, et partait confiante.

Le lendemain, Maddie appela William avant son embarquement. Une fois arrivée à destination, elle déposa son sac à son hôtel et alla retrouver Peter Hamilton, le rédacteur avec qui elle allait travailler. Il avait la quarantaine et avait déjà remporté un prix pour ses articles. Le magazine avait bien fait les choses. D'autre part, elle conserverait les droits de toutes ses photos. Elle n'essaya pas de contacter William. Elle l'avait prévenu que ce serait plus compliqué de se parler, depuis le Pakistan. Elle devait rester une semaine environ, mais cinq jours suffiraient peut-être. De son côté, William avait hâte qu'elle boucle son reportage et revienne. Ce voyage ne lui disait rien qui vaille.

Les trois premiers jours, elle prit des photos sublimes des femmes avec qui elle discutait. Il s'agissait de femmes en poste au gouvernement, d'un médecin, d'étudiantes. C'étaient des femmes de tous les âges, et elle souhaitait connaître leur point de vue. Elle travaillait en étroite collaboration avec le journaliste qui assurait les interviews, tandis qu'elle se chargeait de l'image, prenant des portraits intimes et émouvants. Ce fut bouclé en cinq jours, comme elle l'avait espéré. Tout s'était passé comme sur des roulettes. Peter prenait un vol de nuit tandis qu'elle-même repartirait le lendemain.

Au beau milieu de la nuit, elle fut soudain réveillée en sursaut par un coup de tonnerre, suivi d'autres déflagrations. Une explosion retentit tout près. Maddie identifia instantanément ce qui se passait : un attentat à la bombe ! Par la fenêtre, elle aperçut des flammes jaillir à d'autres étages. Elle enfila aussitôt une chemise, son jean et ses chaussures, se couvrit la tête de son tchador, attrapa son passeport et son argent ainsi que son appareil et courut hors de sa chambre. Des gens hurlaient, certains brûlaient vifs. Elle s'arrêta pour aider une vieille dame et un enfant et les guida vers l'escalier par lequel tout le monde tentait de fuir. Pressée de toutes parts par la foule, chahutée d'avant en arrière, elle trébuchait sur les marches, dans une chaleur de four saturée de cris de frayeur. Autour d'eux, elle entendait des pans entiers de mur s'écrouler.

Maddie sortit en courant du bâtiment, non sans tomber plusieurs fois. Comme son tchador s'enflammait, elle le défit et le jeta par terre avant de s'éloigner le plus vite possible. Elle entendit une nouvelle bombe exploser à l'intérieur de l'hôtel. Quelques heures plus tôt, Peter Hamilton était parti pour Bombay avec tous les clichés de leur reportage. Elle n'aurait donc pas à le chercher dans cette cohue. Mais cela voulait aussi dire qu'elle était seule à Islamabad...

Maddie se retourna à temps pour voir le bâtiment s'effondrer. Le souffle projeta une pluie de pierres et de débris qui la heurta de plein fouet et elle se remit à courir jusqu'à ce que ses jambes la lâchent. Elle finit par s'arrêter et photographia ce qui l'entourait, puis reprit sa course folle. Deux soldats se précipitèrent soudain vers elle. Elle était blessée et ne s'en était même pas rendu compte ! L'un d'eux la soutint jusqu'à une ambulance, où ils la confièrent à des secouristes du Croissant rouge. Partout, c'était le chaos. Maddie s'évanouit et ne reprit connaissance que bien plus tard, dans un hôpital croulant sous les blessés allongés sur des brancards ou à même le sol. Certains saignaient abondamment et se mouraient. Elle tenta de se lever, mais sa jambe gauche ne la soutenait plus. Elle vit aussi que son bras droit était brûlé. Personne autour d'elle ne parlait anglais. Elle avait encore dans la poche de son jean son argent et son passeport, et autour du cou son appareil photo. Elle prit le parti de ne pas bouger et resta là pendant un long moment, jusqu'à ce que quelqu'un vienne lui parler. C'était un jeune docteur qui maîtrisait l'anglais.

— Je vais bien, lui dit-elle. Il y en a d'autres qui ont plus besoin de vous.

Il promit de repasser. Tout ce que l'on savait pour l'instant, c'était que plusieurs bombes avaient explosé dans l'hôtel. L'attentat n'avait pas encore été revendiqué, mais il avait fait un grand nombre de victimes.

William avait travaillé toute la journée sur un nouveau chapitre. Il avait bien avancé et ressentait une certaine satisfaction. Comme il était 16 heures et que le brouillard tombait, il décida de faire une pause et d'avaler enfin quelque chose – son estomac criait famine. Malheureusement pour lui, son frigidaire n'offrait pas grand-chose à se mettre sous la dent, et il ne voulait pas perdre trop de temps à sortir faire les courses. Il se contenta donc d'un peu de laitue, d'une tomate et de poulet avec lesquels il se fit un sandwich, qu'il alla manger devant CNN.

La chaîne d'info montrait les images d'un bâtiment en flammes en train de s'écrouler, de gens qui fuyaient dans les rues en hurlant, de soldats qui aidaient comme ils pouvaient et d'ambulances du Croissant rouge. Un spectacle horrible, devenu hélas familier. Soudain, il vit défiler dans le bandeau au bas de l'écran « Attentat à la bombe dans un hôtel au Pakistan ». Il était 4 heures du matin, là-bas. Son pouls s'accéléra. Il posa son assiette et fixa l'écran, en état de choc. Maddie ! C'était son hôtel. L'envoyé spécial de CNN sur place était obligé de reculer à cause de la chaleur du brasier et des débris qui volaient partout. William était comme tétanisé. Maddie. Pourvu qu'elle ne soit pas blessée ou pire encore.

Il regarda les nouvelles jusqu'à minuit en zappant d'une chaîne à l'autre. Il était alors midi au Pakistan. William aurait voulu appeler Penny, mais il était 3 heures du matin à New York. Il attendit donc 6 heures pour lui, soit 9 heures sur la côte Est, pour la contacter. Il n'avait pas fermé l'œil de la nuit, n'avait rien avalé d'autre que du café, et avait fumé tout un paquet de cigarettes laissé par quelqu'un des mois plus tôt. Il avait pourtant arrêté depuis des années.

— Penny, c'est William à l'appareil, dit-il d'une voix assourdie. Vous avez des nouvelles ?

— Aucune.

À sa voix, il comprit qu'elle avait pleuré. Lui aussi.

— Maddie donne toujours mon numéro en cas d'accident, pour que ses enfants n'apprennent pas une mauvaise nouvelle en premier. C'est moi qu'ils appelleront.

Aucun d'eux n'avait la possibilité de la joindre : l'hôtel était parti en fumée et son portable ne passait de toute façon pas là-bas.

— Appelez-moi si vous avez du nouveau, dit William, qui venait d'avoir une idée.

— Entendu. Vous de même, répondit Penny.

Sitôt raccroché, William composa le numéro d'un ami qui travaillait au Département d'État.

— Dis-moi, aurais-tu la possibilité d'appeler l'ambassade américaine à Islamabad pour savoir s'ils disposent d'une liste de leurs ressortissants blessés dans l'explosion ?

Il se refusait à prononcer le mot « tués ».

— C'est le foutoir intégral, là-bas ! Je vais voir ce que je peux faire, mais il est possible qu'on n'apprenne rien avant un jour ou deux.

William peinait à imaginer ce que devaient éprouver les enfants de Maddie. La seule qu'il connaissait, et encore, était Deanna. Il n'osait pas l'appeler pour lui apporter son soutien.

À San Francisco, Ben n'était pas allé au bureau. Il était scotché devant la télé. Il n'avait pas téléphoné à Milagra, supposant qu'elle ne serait pas encore au courant. Sa sœur vivait dans une bulle. En revanche, il avait parlé avec Deanna toute la nuit, mais ni l'un ni l'autre ne savait quoi que ce soit.

L'ami de William au Département d'État finit par l'appeler à 17 heures pour lui dire qu'aucune liste n'avait encore été établie.

Trois jours durant, William, Deanna, Ben et Penny restèrent assis devant leur écran de télévision, leur téléphone à portée de la main, à attendre des nouvelles qui ne venaient pas. Enfin, une liste des victimes sortit. Maddie n'y figurait pas. Mais cette liste ne comprenait pas les blessés. Tous les quatre comprirent qu'elle pouvait très bien être inconsciente dans un hôpital, sans aucun papier sur elle ni rien l'identifiant comme américaine.

Finalement, William n'y tint plus. Il réserva un vol pour Londres et de là pour Islamabad. Il passerait lui-même les hôpitaux au peigne fin pour la retrouver. Bon sang, si elle était encore en vie et pas trop gravement blessée, elle aurait déjà trouvé un moyen de les contacter. Or, elle ne l'avait pas fait. Il prévint Penny de ses intentions et prépara son sac. Il était en train de claquer la porte du cottage, le lendemain matin, lorsque son téléphone sonna. Il était 6 heures du matin. Une voix qu'il ne connaissait pas croassa un « Bonjour » rauque. Il mit une seconde avant de réaliser. C'était Maddie. Vivante. Il éclata en sanglots.

— Oh, mon Dieu… merci, mon Dieu… Tu vas bien ?

— Oui… Ça va. Ils m'ont évacuée à Bombay. Je suis à l'hôpital Lilavati. L'équipe est fantastique. J'ai une jambe contusionnée et des brûlures à un bras, pas mal de poussière de plâtre dans les poumons, mais c'est tout. Un avion de l'armée américaine m'emporte ce soir en Allemagne. J'y resterai en observation et je rentrerai quand ils me donneront le feu vert. S'il te plaît, préviens mes enfants. Dis-leur que je vais bien. C'est toi que j'ai appelé en premier. Je ne veux pas qu'ils s'inquiètent.

Pour ça, c'était trop tard, se dit-il. Ils étaient tous morts d'inquiétude.

— Mon Dieu, Maddie… Je t'aime tant ! J'ai eu si peur de te perdre ! Quand j'ai vu les images à la télé, presque en direct… Je suis resté vissé à mon poste pendant quatre jours. Je m'apprêtais à partir pour l'aéroport prendre un vol pour le Pakistan afin de te retrouver moi-même, dit-il, des sanglots dans la voix.

— Moi aussi, je t'aime, dit-elle, tout aussi émue. Je ne voulais pas te faire ça. Je suis tellement désolée.

À cet instant, on vint la prévenir qu'il était temps de raccrocher : les infirmiers militaires venaient la chercher pour l'embarquer dans l'avion.

— Je t'appellerai une fois arrivée en Allemagne.

— Je t'aime, lui dit-il encore.

Quand il appela Penny pour lui annoncer la bonne nouvelle, elle aussi éclata en sanglots.

— Seigneur, cette fois, j'ai bien cru qu'on l'avait perdue. Elle adore faire ce genre de choses ! Elle est déjà revenue blessée, mais c'est la première fois qu'elle nous laisse aussi longtemps sans nouvelles. Généralement, elle trouve toujours un moyen de nous joindre.

— Elle voudrait que je prévienne ses enfants. Qu'en pensez-vous ?

— Honnêtement, au point où nous en sommes, je crois que si c'était Mickey lui-même qui les appelait, ils s'en ficheraient. Faites-le, c'est vous qui lui avez parlé.

Elle lui donna donc les numéros de Ben et Deanna.

— N'appelez pas Milagra, elle ne sait sans doute encore rien. Elle ne lit jamais les journaux, n'a pas la télé et ne sort pratiquement jamais de chez elle. Peut-être que Ben pourra l'appeler, ou bien aller la voir pour lui annoncer en personne.

— Je le laisserai trancher.

William téléphona donc à Ben et alla droit au but, sans s'embarrasser de préambules. Il fallait délivrer l'information tant attendue en premier.

— Ben, je m'appelle William Smith. Je suis un ami de votre mère. Elle va bien. Je viens de lui parler. Elle a été évacuée à Bombay et est actuellement en route pour une base américaine en Allemagne. Après un temps d'observation, elle rentrera à New York. Elle dit avoir des contusions à une jambe, des brûlures à un bras et pas mal de poussière de plâtre dans les poumons, mais à part ça, elle va bien. Elle n'avait pas pu appeler jusqu'à présent, mais elle va bien.

C'est en entendant les sanglots de Ben que William prit conscience de ses propres larmes.

— Mon Dieu... Merci... Je l'ai crue morte. J'ai appelé le *New York Times*, mais eux non plus ne savaient rien. J'ignore qui vous êtes, mais je suis sacrément heureux de vous entendre, dit Ben qui termina sa phrase dans un rire mouillé.

— Pensez-vous appeler Milagra ?

— Je ne crois pas qu'elle soit au courant, mais je préfère le lui annoncer en personne. Je vais aller la voir. C'était inutile de la prévenir tant que nous n'avions pas de nouvelles.

— Je comptais appeler Deanna. Voulez-vous le faire ?

— Non, non. C'est vous qui avez parlé à maman, elle voudra tout entendre de votre bouche. Je ne saurais trop vous remercier pour tout ! J'espère qu'on se verra bientôt. C'est vraiment le plus beau coup de fil que j'aie reçu de toute ma vie !

— Prenez soin de vous, Ben, dit William, qui aurait bien aimé le serrer dans ses bras.

Il composa ensuite le numéro de Deanna. Celle-ci éclata aussitôt en sanglots.

— Je viens de prévenir Ben.

— Pourquoi ne nous a-t-elle pas appelés elle-même ?

— Je ne sais pas. Ils ont abrégé l'appel de manière à l'embarquer dans l'avion. J'imagine qu'elle n'a pas eu le temps. Elle m'a demandé de m'en charger.

Il prenait plus de pincettes avec Deanna qu'il n'en avait pris avec Ben.

— Je suis tellement soulagée qu'elle aille bien ! dit Deanna, toujours en pleurs.

Outre cette bonne nouvelle, ce coup de téléphone l'éclairait sur un autre point : sa mère devait sincèrement aimer cet homme pour l'appeler en premier. Mais elle s'en fichait, tant que Maddie rentrait à la maison.

— Encore merci, dit-elle, et ils raccrochèrent.

William attendit le reste de la journée et jusqu'à minuit, côte Ouest, avant de recevoir un coup de fil de Maddie. L'avion qui la rapatriait avait été retardé. Elle semblait épuisée et elle toussait. Elle venait d'arriver sur la base en Allemagne et ils ne l'avaient pas encore auscultée.

— Ma chérie, tu crois que tu pourras dormir ?

Il s'était tellement inquiété que lui-même n'avait quasiment pas dormi depuis quatre nuits. Mais elle était entre de bonnes mains, désormais.

— J'ai dormi un peu dans l'avion. Nous étions six à être rapatriés, tous des blessés de l'hôtel. Ce sont les formalités de sortie de l'hôpital à Bombay qui ont pris du temps.

— J'ai parlé à Ben et à Deanna. Ton fils va monter voir Milagra et lui annoncer la nouvelle en direct.

— Elle va être choquée en l'apprenant. Elle est sensible, pour ces choses-là.

— Moi aussi, dit-il d'une voix douce. Et je ne te quitterai plus des yeux, à l'avenir.

Il était à moitié sérieux. Il savait bien qu'il faudrait qu'il la laisse s'éloigner de temps en temps. Cela faisait partie de son travail de photographe. Sauf que des gens mouraient en faisant ce métier. Et elle avait failli y rester.

— Je serai bientôt de retour. Je t'aime, dit-elle. Je t'appelle demain.

Comme promis, elle le rappela à 15 heures, soit minuit en Allemagne.

— Ils disent que tout va bien et que je peux rentrer à la maison. Je reviens avec une bronchite à cause des résidus de plâtre, et des brûlures au second degré au bras. Quant à ma jambe, les hématomes ne sont pas jolis et je crains de m'être foulé la cheville, la même qui a été fracturée, mais ce n'est pas grand-chose. En fait, je suis tombée dans l'escalier en sortant de l'hôtel.

Les gens poussaient de partout, il y avait des flammes et des pans de mur qui s'écroulaient.

— Tu as eu de la chance de ne pas te faire piétiner !

— Tellement de gens ont été blessés. Des personnes âgées, de jeunes enfants..., dit-elle d'une voix étranglée avant de reprendre : J'atterris à la base aérienne de McGuire, près de Trenton, dans le New Jersey, à 18 heures demain. Pourras-tu demander à Penny d'envoyer une voiture me chercher, s'il te plaît ?

— Je m'en occupe.

Il comptait bien s'y rendre lui-même. Dès qu'il eut raccroché, il réserva un siège sur le vol de nuit pour New York et appela Penny pour l'informer des derniers développements.

— Quand arrivez-vous ? lui demanda-t-elle.

— Par le premier vol, à 6 heures du matin. J'irai à l'hôtel.

— Il n'en est pas question ! Venez à la caserne. Moi-même j'y dormirai cette nuit, dans l'une des chambres d'amis. Je serai là quand vous arriverez de l'aéroport.

— Merci, Penny.

Le temps de faire son sac, de sauter dans sa voiture et de rouler vers San Francisco, deux heures après avoir parlé à Maddie, il était à l'aéroport. Il dormit pendant presque tout le voyage mais avait néanmoins l'air épuisé quand Penny lui ouvrit la porte à 7 heures du matin.

— Cette fois, elle nous en aura fait voir de toutes les couleurs, dit-elle en s'effaçant pour le laisser entrer. Jamais je n'avais eu si peur. Quelle attente atroce !

Dans l'après-midi, William prit une voiture avec chauffeur et se rendit à la base aérienne pour attendre avec les familles des autres blessés. Enfin, Maddie apparut dans un fauteuil roulant, une paire de béquilles sur les genoux. Ses cheveux étaient emmêlés et elle portait un treillis que l'armée lui avait fourni. Quant au reste de ses affaires, il avait disparu avec l'hôtel. Maddie avait cependant toujours son appareil photo autour du cou.

Ils poussèrent le fauteuil roulant jusqu'à William. Les larmes roulaient le long de ses joues. Jamais il ne l'avait vue aussi belle. Maddie remercia le soldat qui l'avait accompagnée depuis l'Allemagne ainsi que le personnel médical présent dans l'avion. Certains rapatriés rentraient dans un état grave. Elle avait eu beaucoup de chance. Tout en la serrant de toutes ses forces contre lui, William songea qu'il en avait eu aussi.

Quand ils arrivèrent à la caserne, Penny les attendait. Maddie entra en clopinant avec ses béquilles et William l'aida à gravir l'escalier. Il lui retira ensuite ses vêtements avec douceur et l'aida à se doucher avant de la porter jusqu'au lit.

— J'ai eu très peur de ne jamais te revoir, lui dit-elle, les larmes aux yeux.

— Moi aussi.

Il l'installa confortablement contre les oreillers et elle appela ses enfants l'un après l'autre, en commençant par Milagra dont elle avait le numéro de fixe.

— Maman ! Ben m'a dit. Il est resté toute la journée avec moi. Et il a rencontré Bert.

Désormais, Maddie aussi avait quelqu'un à leur présenter – on pouvait dire que William l'avait mérité.

Deanna pleura comme un bébé en entendant la voix de sa mère.

— Est-ce que je peux passer te voir demain, maman ?

— Évidemment. Je ne vais pas bouger pendant un moment.

— Est-ce que William est avec toi ?

— Oui. C'est quelqu'un de bien, Dee.

— Je sais. Il a été parfait. Je suis désolée si je me suis montrée désagréable à son propos.

Comme toujours. C'était plus fort qu'elle.

— Je crois que j'étais juste sous le coup de la surprise, continua Deanna. S'il te rend heureuse, alors je suis heureuse pour toi.

— Il me comble.

William entra dans la pièce, porteur d'un plateau chargé de victuailles.

— Ma chérie, on se voit demain, dit Maddie.

Elle appela ensuite Ben, qui pleura également à l'autre bout du fil. Après avoir raccroché, elle discuta longuement avec William. Ce dernier ne lui donna aucune injonction ni conseil. Maddie était une adulte qui pensait par elle-même. Mais alors qu'elle le contemplait et que résonnait encore à ses oreilles la voix de ses enfants, elle prit conscience qu'elle en avait terminé avec les missions dangereuses. Elle avait trop de raisons de vivre, désormais.

— Je ne le referai pas, dit-elle doucement.

— J'espérais que tu dirais ça, dit-il, et il vint s'allonger à ses côtés pour l'embrasser.

Dire qu'elle avait cru ne jamais le revoir ! Ni lui, ni ses enfants ou ses petits-enfants, ni sa maison. Tout en glissant dans le sommeil, bien à l'abri dans les bras de William, Maddie remercia sa bonne étoile.

18

Maddie prévoyait de rester un mois à New York pour bien récupérer. Le lendemain de son retour, Peter Hamilton l'appela de Bombay : il avait terminé la rédaction de leur reportage, illustré par toutes les photos qu'elle avait prises lors des interviews, et il avait mentionné l'attentat. Apprenant cela, elle lui annonça qu'elle en avait des clichés que Penny enverrait au *Times*. L'article n'en serait que plus fort.

Quelques jours plus tard, sa cheville allait déjà bien mieux et les hématomes sur sa jambe commençaient à se résorber. Sa bronchite touchait à sa fin. Seules les brûlures demanderaient un peu plus de temps. Elle décala son déplacement à New Delhi à novembre, mais assura *Vogue* qu'elle serait en mesure de réaliser leur couverture de fin d'année en septembre, comme prévu. Lorsque William suggéra qu'ils passent deux semaines à Big Sur après cette séance pour *Vogue*, elle saisit la balle au bond. Là-bas, ce serait paisible et reposant, et ils seraient seuls. Theo devait arriver la semaine suivante. Comme William soulevait la question, Maddie lui proposa de le faire venir directement à New York. La ville ne manquait pas de ressources, et cela permettrait à William de voir son fils tout en restant auprès d'elle. Maddie dressa une liste de toutes les activités possibles à faire avec un jeune. Le soir, ils pourraient rentrer dîner avec elle à la caserne.

— Tu es sûre que ça te va, d'avoir un préado chez toi ?

William s'inquiétait pour elle. Elle avait été secouée par ce qu'elle avait traversé.

— J'adore l'idée. Je ne peux pas bouger et ce sera amusant de l'avoir avec nous.

De toute façon, elle était coincée à la maison pour les semaines à venir et elle ne voulait pas que William passe à côté d'un bon moment avec son fils. Le mieux était donc que Theo vienne à New York, comme cela, ils seraient tous ensemble.

Quand il découvrit la caserne, Theo n'en crut pas ses yeux. Il était aux anges. Encore plus quand son père lui montra comment descendre le long de la perche. Maddie était ravie de les avoir près d'elle durant sa convalescence. Un enfant mettait de la vie dans une maison. Père et fils sillonnaient la ville en tous sens pendant la journée, et lui racontaient leurs aventures le soir.

De son côté, elle était désormais debout et mobile, capable de se déplacer sans l'aide de ses béquilles. Ben et les siens firent le déplacement pour la voir et descendirent dans un hôtel de SoHo. Milagra et Bert s'arrangèrent aussi pour venir passer deux jours. Eux dormirent chez Maddie, et Penny organisa un grand dîner de famille dans le studio, en faisant appel à un traiteur. Ils se retrouvèrent à huit adultes, et six enfants. Ils étaient quatorze autour de la table pour fêter Maddie la rescapée ! Elle leur présenta officiellement William et Theo et leur annonça qu'elle abandonnait les engagements à haut risque. Il était temps de raccrocher les crampons.

— Merci, glissa Deanna à William après cette déclaration.

— La décision vient d'elle.

S'il donnait tout le crédit de cette annonce à Maddie, il n'était néanmoins pas étranger à cette conclusion, tout comme ses enfants.

Kendra et Theo ayant sympathisé durant le dîner, Deanna invita le garçon à passer le week-end dans les Berkshires. Une nouvelle ère s'ouvrait pour eux tous : Milagra revenait à la maison pour la première fois depuis des années, et tout le monde adorait Bert. Milagra l'avait promené à travers tout New York, qui l'avait stupéfié. Ben et Laura avaient quant à eux promis de descendre à Big Sur lorsque Maddie et William y seraient. Deanna avait invité sa mère et William dans les Berkshires une fois que Maddie serait totalement remise et, en attendant, elle passait prendre de ses nouvelles chaque jour. Maddie comptait bien, désormais, passer autant de temps que possible à Big Sur entre deux contrats. Quand William avait appelé ses enfants pour leur annoncer que leur mère était vivante, il était entré dans la famille. De nouveaux liens s'étaient forgés et

William apportait au groupe toute sa chaleur humaine – Ben et lui s'étaient donné une accolade émue en se rencontrant, et ils discutaient des heures entières.

Après le départ de tout le monde et une fois Theo couché, William vint s'asseoir auprès de Maddie, au lit. Quelle soirée ! Ils en avaient tous bien profité avant un week-end chargé. Maddie avait l'air fatiguée, mais heureuse.

— Tes enfants sont super, la complimenta William en s'allongeant à son tour.

Qu'elle ait réchappé à cette attaque sur l'hôtel les avait tous rapprochés.

— Merci d'avoir accueilli Theo ici, ajouta-t-il.

L'enfant était ravi de ce séjour si excitant, et il adorait les filles de Deanna.

— Il s'adapte parfaitement, répondit-elle avec un sourire.

Et toi aussi, aurait-elle pu ajouter – même Deanna l'avait embrassé chaleureusement pour le saluer.

— J'ai hâte de t'emmener à Big Sur après ton shooting pour *Vogue*.

Elle hocha la tête. Tout en se remettant vite, elle ressentait encore le contrecoup de l'attentat.

Quand les vacances d'été de Theo s'achevèrent, elle était néanmoins à nouveau sur pied, pleine d'entrain et prête pour la séance de *Vogue*. Entre-temps, son agenda s'était bien rempli : après ses deux semaines californiennes, Penny lui avait programmé des shootings en octobre et en novembre et, pour Noël, Theo avait demandé à revenir afin de passer les fêtes avec eux. Par ailleurs, Maddie avait informé son agent qu'elle n'accepterait plus les missions dangereuses, ce que même lui avait trouvé plus que sensé – elle aurait dû prendre cette décision depuis longtemps. Après tout, elle n'en avait pas besoin, même si elle adorait ce genre de reportage. Il était temps de laisser filer.

La mort dans l'âme, Theo repartit après le Labour Day, c'est-à-dire le premier week-end de septembre. Maddie et William n'étaient pas moins tristes que lui de le voir s'envoler. Ils reprirent toutefois rapidement une routine. William travaillait sur son livre en haut, et Maddie sur ses photos au rez-de-chaussée. Il était évident qu'ils allaient vivre ensemble, à cheval entre Big Sur et New York. William et Maddie étaient parvenus à la même conclusion quand ils en avaient discuté.

Tous deux étaient surpris de constater combien cette vie commune leur réussissait bien. L'exercice leur paraissait familier. Ils savaient comment doser le temps passé ensemble ou en solo et ne se marchaient jamais sur les pieds. C'est comme s'ils avaient de tout temps habité là ensemble. Ils semblaient avoir trouvé le bon rythme, en harmonie l'un avec l'autre.

Un soir, après avoir terminé de retoucher son texte, William descendit à la recherche de Maddie. Ne la trouvant pas dans la chambre ni dans son bureau, il suivit les bruits en provenance du studio et passa une tête pour voir ce qui se passait. La séance de *Vogue* avait lieu dans deux jours et comme Maddie voulait que tout soit parfait, elle réglait sans doute les derniers détails. William manqua s'étrangler en l'apercevant juchée sur une échelle, en train de modifier l'angle d'un projecteur qu'elle comptait utiliser pour les premiers clichés, et dont la position l'avait contrariée toute la journée.

Quand elle le remarqua, elle eut l'air d'une enfant prise en faute. Il traversa le studio à longues enjambées pour venir lui tenir l'échelle.

— Je croyais que nous avions passé un accord : tu n'es pas censée être là-haut.

— Ils ne l'ont pas bien positionné aujourd'hui. Ça me rendait folle.

— Pourquoi ne m'as-tu pas appelé pour que je vienne t'aider ?

— Tu travaillais.

Elle détestait l'interrompre quand il écrivait. Ils respectaient les habitudes de travail de chacun, ce qui expliquait en partie pourquoi ils s'entendaient si bien. Maddie ne se sentait jamais envahie, et lui trouvait la paix et l'espace dont il avait besoin là-haut.

— Ce n'est pas une excuse. Tu sais ce que Deanna fera si tu tombes à nouveau d'une échelle ?

— Ouais, elle me mettra dans une résidence médicalisée avec un bracelet alarme, dit-elle avec un large sourire.

— Et avant ça, elle me tuera. Est-ce qu'on peut passer un marché ? Plus d'échelle à moins que je ne sois à côté pour te rattraper.

— Promis, dit-elle en sautant les derniers barreaux et en atterrissant à côté de lui, légère comme une plume – depuis un mois qu'elle était revenue d'Allemagne, elle avait totalement récupéré.

— C'est drôle, mais je ne te crois pas. Tu es un vrai danger public. Je ne veux pas que tu te fasses mal, dit-il en essayant de garder un ton sévère.

— Ça n'arrivera pas. Je maîtrise. Je ne suis tombée qu'une fois. Et songe que sans ça, jamais je n'aurais pris la poudre d'escampette. Je n'aurais pas traversé tout le pays ni rencontré un bel écrivain à Big Sur. Tout a commencé avec cette chute, dit-elle avec un sourire tellement innocent qu'il était impossible de rester fâché.

— Mais maintenant, tu m'as. Alors ne le refais plus.

Elle avait hâte de passer ces deux semaines à Big Sur avec lui. L'idée de vivre sur deux côtes, entre deux maisons, d'alterner et de changer ainsi de décor, lui plaisait beaucoup. Leurs vies s'imbriquaient décidément incroyablement bien, mieux qu'ils ne l'auraient pensé. Et là-bas, elle pourrait plus voir Ben et Milagra.

William rangea l'échelle et elle monta avec lui – le projecteur était bien orienté, à présent. Ils dînèrent dans la cuisine et il lui raconta ce qu'il avait rédigé dans la journée. Elle adorait l'entendre parler de son travail. Et lui était fasciné par le sien. Le reportage au Pakistan était paru dans le *New York Times Magazine* et avait reçu un bon accueil. Les photos étaient extraordinaires, y compris celles qu'elle avait prises quand elle fuyait l'hôtel.

La séance pour *Vogue* se déroula sans problème. Les rédacteurs en chef furent enchantés du résultat. Deux jours plus tard, William et elle étaient dans l'avion pour San Francisco. Ce soir-là, ils dormiraient au Fairmont après avoir dîné avec Ben, Laura et les enfants. Ils ne descendraient que le lendemain à Big Sur. Maddie se sentait à nouveau en pleine forme, toute trace de l'attentat avait disparu. Ses petits-enfants avaient hâte de la revoir, ainsi que William. Ce dernier les adorait, et pour cause : ils lui rappelaient Theo au même âge.

Quand ils arrivèrent chez Ben et Laura, celle-ci embrassa Maddie avec chaleur.

— Nous sommes tellement heureux que vous alliez bien, lui dit-elle d'une voix émue.

— Et moi donc, répondit Maddie, plus que jamais consciente de sa chance, sur tous les plans.

Le dîner fut joyeux, et bruyant. Les adultes prolongèrent ensuite un peu la soirée en devisant tranquillement, mais William et Maddie ne s'attardèrent pas trop car ils voulaient partir tôt le lendemain matin. William était absent depuis un mois et il avait toute une liste de choses à faire.

— Au fait, j'ai demandé au jardinier de cacher toutes les échelles. Je ne te fais pas confiance, l'informa-t-il le lendemain, en route pour Big Sur.

— Tu as sans doute raison, reconnut-elle.

Elle avait hâte d'arriver et de s'installer avec lui sur la terrasse devant la mer. Il comptait écrire mais avant ça, il fallait remettre la maison en route. Ce ne fut donc pas avant la fin de journée qu'ils purent s'asseoir ensemble sur le deck, face au coucher de soleil, avec un verre de vin. Un vrai moment de grâce ! Ils s'étaient miraculeusement trouvés et s'étaient correspondu comme les deux pièces d'un puzzle. Tout fonctionnait à merveille.

Dire que tout avait démarré avec un carton de vieilles lettres et une chute malencontreuse ! Maddie avait traversé le pays en quête du passé, sans avoir conscience qu'elle recherchait en fait sa jeunesse perdue. Celle-ci avait filé, emportée par le temps. Mais ce qu'elle vivait avec William était encore mieux : un amour mature, et une vie commune épanouie. Dans ses bras, elle avait renoué avec sa féminité, après l'avoir fuie pendant si longtemps. Tous deux avaient l'impression de rajeunir. Or qu'y a-t-il de meilleur que cette sensation, hormis la jeunesse elle-même ? Ils avaient découvert ce qui leur convenait et n'avaient pas besoin de plus. Tout ce qu'ils avaient vécu avant cela les avait préparés à cette rencontre. Ils n'auraient pu rêver meilleur timing.

Le passé était un souvenir lointain et l'avenir incertain. Mais leur rencontre était un cadeau de la vie et les deuils d'autrefois n'importaient plus.

Très chers lecteurs,

J'espère que vous avez pris autant de plaisir à lire ce roman que j'en ai eu à l'écrire !

Et je suis très heureuse de vous rappeler tous nos rendez-vous de 2024.

Les voici.

— *Héroïnes*, le 4 janvier 2024
— *Seconde vie*, le 7 mars 2024
— *À tout prix*, le 2 mai 2024
— *Dernière chance*, le 27 juin 2024
— *Une mère trop parfaite*, le 22 août 2024
— *Tout ce qui brille*, le 7 novembre 2024

Je vous remercie pour votre fidélité.

Très amicalement,

HÉROÏNES

Pendant la Seconde Guerre mondiale, six jeunes femmes au courage extraordinaire s'engagent comme infirmières dans l'armée. Spécialisées dans le sauvetage aérien des soldats blessés, elles risquent leur vie à chaque mission. Au cœur du conflit, des amitiés indéfectibles se nouent, on échange même des serments d'amour. Mais la mort rôde et frappe souvent là où on s'y attend le moins…

SECONDE VIE

À la tête d'un grand studio de production hollywoodien, Andy Westfield voit son existence chamboulée lorsqu'il perd subitement son travail. Dans le petit village anglais dans lequel il est parti se réfugier, sa route va croiser celle de Violet Smith, une ancienne journaliste. C'est ensemble qu'ils vont écrire le scénario qui leur ouvrira les portes d'un nouvel horizon et d'une surprise importante.

À TOUT PRIX

Dans une agence artistique de talents, cinq New-Yorkaises luttent pour concilier leur vie de famille, leurs sentiments et leurs ambitions. Lorsque l'une d'elles décide de porter plainte pour harcèlement sexuel contre un des associés de l'agence, elles sont amenées à se soutenir. Les conséquences de ce geste plein de courage ne laisseront personne indemne.

DERNIÈRE CHANCE

Madison Allen, 58 ans et mère de trois enfants, est une photographe new-yorkaise de renom. Après un accident qui la force à prendre une pause, elle décide de se lancer dans un projet fou : retrouver ses trois anciens compagnons, afin de vérifier si elle a bien fait de les quitter. Kilomètre après kilomètre, au fil des rencontres, un nouvel avenir prend forme pour Maddie.

UNE MÈRE TROP PARFAITE

En apparence, Zoe Morgan a tout pour être heureuse : une carrière brillante, un mariage harmonieux, une magnifique petite fille. Mais de vieilles cicatrices ne tardent pas à refaire surface et très vite, la vie de la fillette est mise en danger. Une course contre la montre s'engage alors pour la sauver.

TOUT CE QUI BRILLE

Belle, intelligente et adorée par sa famille, Nicole « Coco » Martin a le monde à ses pieds. Sa vie s'écroule brutalement quand ses parents sont tués dans un attentat. Avec pour seul soutien Sam, son ami d'enfance, la jeune héritière tente de se frayer un chemin dans le monde. Ses nombreuses expériences sentimentales l'amèneront à comprendre que le véritable bonheur ne se cache pas toujours derrière ce qui brille.

ŒUVRES DE DANIELLE STEEL
AUX PRESSES DE LA CITÉ *(Suite)*

Une femme libre
Au jour le jour
Offrir l'espoir
Affaire de cœur
Les Lueurs du Sud
Une grande fille
Liens familiaux
Colocataires
En héritage
Disparu
Joyeux anniversaire
Hôtel Vendôme
Trahie
Zoya
Des amis proches
Le Pardon
Jusqu'à la fin des temps
Un pur bonheur
Victoire
Coup de foudre
Ambition
Une vie parfaite
Bravoure
Le Fils prodigue
Un parfait inconnu
Musique
Cadeaux inestimables
Agent secret
L'Enfant aux yeux bleus
Collection privée
Magique
La Médaille
Prisonnière
Mise en scène
Plus que parfait
La Duchesse
Jeux dangereux
Quoi qu'il arrive
Coup de grâce
Père et fils
Vie secrète
Héros d'un jour
Un mal pour un bien
Conte de fées
Beauchamp Hall
Rebelle
Sans retour
Jeu d'enfant
Scrupules
Espionne
Royale
Les Voisins
Ashley, où es-tu ?
Jamais trop tard
Menaces
Les Whittier
Héroïnes
Seconde vie
À tout prix

Vous avez aimé ce livre ?
Si vous souhaitez avoir des nouvelles de Danielle Steel,
devenez membre du
CLUB DES AMIS DE DANIELLE STEEL.

Pour cela, rendez-vous en ligne, à l'adresse :
https://bit.ly/newsletterdedaniellesteel
Ou retrouvez Danielle Steel sur son site internet :
www.danielle-steel.fr

La liste des romans de Danielle Steel publiés aux Presses de la Cité se trouve au début et à la fin de cet ouvrage. Si vous ne les avez pas déjà tous lus, commandez-les vite chez votre libraire !

Au cas où celui-ci n'aurait pas le livre que vous désirez, vous pouvez (si vous résidez en France métropolitaine) nous le commander à l'adresse suivante :

Éditions Presses de la Cité
92, avenue de France
75013 Paris

Composition et mise en pages
Nord Compo à Villeneuve-d'Ascq

Pour plus d'information :
#lisez engagé !
www.lisez.com
Imprimé sur du papier issu de forêts gérées durablement.

Imprimé en France par CPI Brodard & Taupin
en juin 2024

N° d'impression : 3057368
C19182/01